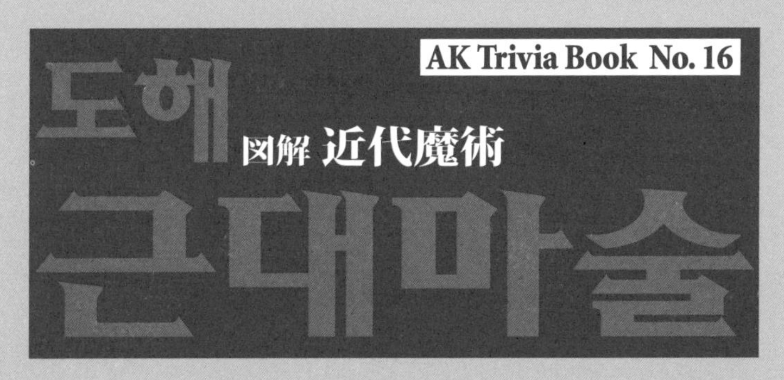

하니 레이 저

● 지식 한 조각

마　술 — 마력을 가지고 행하는 신기한 기술 「-에 걸리다」

마술사 — 마술을 쓰는 사람. 다른 말로 매지션.

마　녀 — 유럽의 민간전설에 등장하는 요녀. 악마와 결탁하여 마약을 사용하며 주문을 행하고 인간에게 해를 끼친다.

마　성 — 악마가 가지고 있는, 사람을 속이고 혼미하게 만드는 성질 「-의 여자」

서문

마술이란 무엇일까? 마술을 행하면 정말로 효과가 생기는 것일까?

마술은 대체 어떤 원리로 이루어져 있는가?

마술의 역사는 깊다. 인류의 역사와 비슷할 정도로 오래 되었다고 해도 과언이 아니다.

종류도 많이 있다. 백마술과 흑마술, 전례마술이나 자연마술, 소환마술, 거기에 세계 각지의 토착마술 등, 수를 헤아릴 수 없을 정도다.

이러한 마술에 공통되는 원칙이라 할 수 있는 것이 과연 존재할까?

마술의 기본은 이 세상에 존재하는 모든 것은 서로 영향을 주고받는다는 세계관에 있다. 미개사회에 있어 유감(類感)마술이나 접촉마술은 더욱 이러한 이론에 기초하고 있다. 또한 이러한 생각으로 인해, 하늘에 있는 별의 움직임이 지상에서 일어나는 일에 영향을 주며, 새가 날아가는 모습이나 구름의 모습 같은 것마저도 인간의 운명과 관계가 있는 것으로 여겨진다.

반대로 인간의 행위나 개념조차도 외부 세계에 영향을 줄 수 있게 된다.

이러한 영향은, 인간이 오감으로 감지한 물질적 세계의 배후에 있는 더욱 차원 높은 세계를 통해 작용하고 있다.

마술이란 이 초자연적인 영향관계를 이용하여 자신의 바램대로 결과를 이루어내는 기술이다.

인간의 행위가 주위의 환경에 영향을 끼치게 된다면 특정한 행위를 하여 소기의 목적을 달성하는 것도 가능하며, 인간의 상념이 외부 세계의 사상을 좌우한다면 굳센 마음을 가지고 바라는 것으로 마음먹은 성과를 달성할 것을 기대할 수 있다.

본서는 레비(프랑스의 신비사상가) 이후의 근대마술을 중심으로 마술에 관한 사상, 마술사 등에 대하여 해설하고 있다. 여기에서 소개하는 마술의 세계관을 믿을지 안 믿을지는 독자에게 맡겨두기로 하겠다.

하니 레이

목 차

제 1 장
마술의 개념

No.001

고대의 마술

Ancient Magic

마술은 거의 인류탄생과 동시에 발생하여 고대세계의 각지에서 여러 가지 마술이 발전해왔다. 그 대부분은 지금 소실되었지만, 서양 점성술과 같이 현대에까지 전해지는 것도 있다.

● 마술은 예로부터

마술의 역사는 인류의 역사와 비슷할 정도로 길다. 구석기시대의 유적에서조차 마술적인 신앙을 엿볼 수 있는 발굴품이나 벽화 같은 것이 많이 출토되고 있다.

서양점성술의 발상지인 고대 메소포타미아 지방에서는, 그 외에도 산제물을 바쳐 동물의 내장으로 미래를 점치는 간장점(肝臟占)이나 장점(腸占) 같은 것을 비롯하여, 다수의 점성술이 실제로 이루어졌다.

고대 이집트에서도 마찬가지로 이집트 각지의 유적에서 발굴된 미이라를 싼 붕대에는 무수한 **호부**(護符)가 꿰메어져 있어, 사자가 내세에서 평안할 수 있도록 지켜주었다. 고대 이집트의 여신 이시스는 마술의 신으로 알려져, 오빠면서 남편인 오시리스 신이 동생인 세트에게 살해당했을 때, 마술로 오시리스를 되살려냈다. 이시스 신앙은 로마 제국에도 전해져, 마술의 신으로 숭배의 대상이 되었다.

기원전 2900년 무렵에 기록되었다고 일컬어지는 고대 이집트의 문서『웨스토커 파피루스』에는 데디, 아바 아넬 등의 마술사의 이름이 기록되어 있다. 이 문서에 의하면 데디는 거위나 숫소의 목을 잘라 떨어트린 뒤에도 되살려 냈다. 또한 아바 아넬은 납세공으로 된 악어를 진짜로 바꿨다고 한다.『구약성경』의「창세기」에는 모세의 지팡이가 뱀으로 변할 때, 이집트의 왕 파라오의 왕궁에 있던 마술사도 같은 기적을 보였다는 기술이 있다. 이것도 고대 이집트 마술의 일부분을 보여주는 자료일 것이다.

고대 서유럽에서는 **드루이드**라고 불리는 켈트인 성직자들이 정령을 조종하거나 하늘을 나는 등의 기술을 보여주었다. **음양오행설**이나 **역**을 탄생시킨 고대 중국에서는 방사라고 불리는 직업적인 마술사가 활약했으며, 그들의 방술은 후에 **선술**로 발전하였다.

주요 고대 마술의 발생지

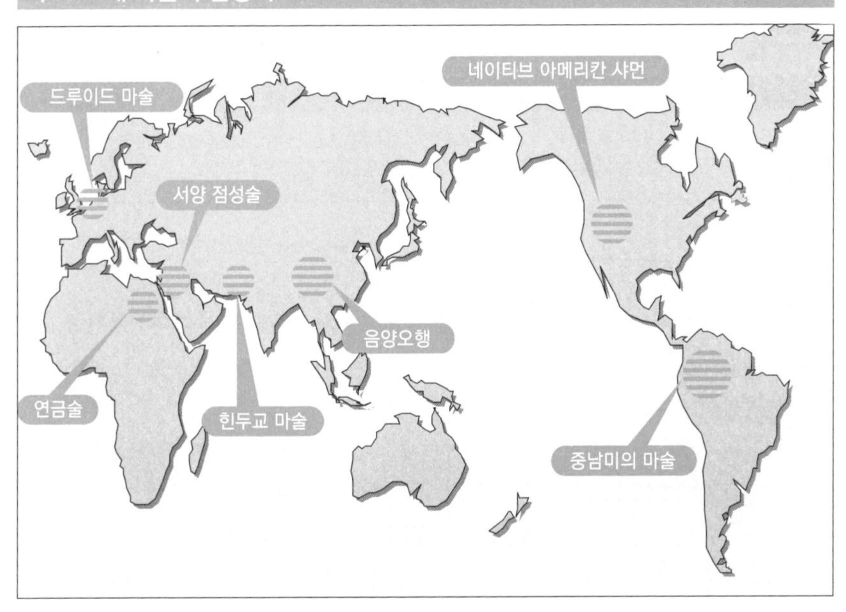

고대마술과 문화

유럽	선사시대 (라스코 동굴의 벽화) / 기원전 3500년 무렵 스톤헨지의 건설 / 기원전 1세기 로마 제국 성립 구석기시대 > 드루이드의 시대 > 고대 그리스 > 로마제국 기원전 2000년 무렵 미케네 문명(켈트 시대)
중동	기원전 3000년 무렵 고대 이집트 통일 / 7세기 이슬람교의 보급 고대 이집트 · 메소포타미아 문명 > 이슬람 문화 기원전 3000년 무렵 수메르인의 도시국가 건설 / 아라비안 나이트의 마술, 연금술, 점성술의 발전
아시아	기원전 1600년 무렵 중국 상왕조의 성립 / 기원전 770년 무렵 춘추전국시대 시작 / 4세기 갈홍(葛洪)의 『포박자(抱朴子)』 황하문명부터 중국왕조로 제자백가의 활약 (음양설, 오행설 등) / 신선사상의 확립
남북아메리카	구석기시대 아시아에서 아메리카 대륙으로 인류가 이주 / 기원전 500년 무렵 오르메카 문명 등의 발상
아프리카	각 부족의 마법의(醫) 및 주술사의 전통적 마술

관련항목
●마법의 지팡이
●서양의 여러 가지 점술
●동양마술

No.002

소환마술

Invocation

소환마술이란, 천사나 악마 및 각종 정령 등의 초자연적 존재를 소환하여, 그 힘을 빌려 행하는 것이다. 그 역사는 오래되어 고대의 신(新) 플라톤 학파에도 소환 방법이 전해지고 있었다.

● 고대부터 현대까지의 소환

소환이란 마술의 기술 중 하나로서 **천사**나 **악마**, 각종 정령 등, 신통력을 가진 초자연적 존재나 영 같은 것을 불러낸 후, 특정한 방법을 이용하여 이러한 영들을 조종함으로써 목적을 달성하는 것을 가리킨다.

자연계의 사물 상호간의 감추어진 영향관계를 이용하는 **자연마술**과 달리 소환마술은, 자연계의 배후에 있으며 초자연적인 힘으로 물질세계에 영향을 주는 존재를 불러내어, 이러한 존재와 직접 교섭하여 계약을 맺고 그 힘을 이용하는 것을 말한다.

일반적으로, **천사**나 선한 정령 등 선한 존재를 불러낼 경우에는 백마술이라 하고, **악마**나 악령 같은 사악한 존재의 힘을 이용할 경우는 흑마술이라 한다. 또한 죽은 자의 영을 불러내는 것을 강령술이라고 부르며 3세기 플로티노스에 의해 시작된 **신 플라톤 학파**에서는 소환마술을 신동술, 혹은 강신술이라고 부르는 경우도 있었다.

이런 종류의 마술의 기원은 오래되어, 세계각지의 민간신앙 중에도 선조의 영이나 신, 정령 같은 것을 자신에게 씌게 하는 영매사나 샤먼 등의 존재가 전해지고 있다. 서양에서는 기원 2세기에 쓰여진 『칼데아인의 신탁』에 소환 기법이 기록되어 있다.

소환의 방법은, 시대나 마술의 계통, 그리고 불러내는 상대에 따라 여러 가지가 있다.

중세 유럽에서 쓰여진 일련의 『**그리모어**』(grimoire-마법서, 주술서)에는 악마를 소환하는 방법이 기록되어 있지만, 16세기의 사상가 및 수학자이자 점성술사인 **디**(1527~1608)는 강령술사 **켈리**(1555~1595)를 통해 **천사**를 소환하여 같이 대화를 하였다는 기록도 있다.

근대에 있어서도 **레비**(1810~1875)나 **크로울리**(1875~1947) 등 많은 마술사들이 실제로 소환을 행하였다.

소환술사의 종류

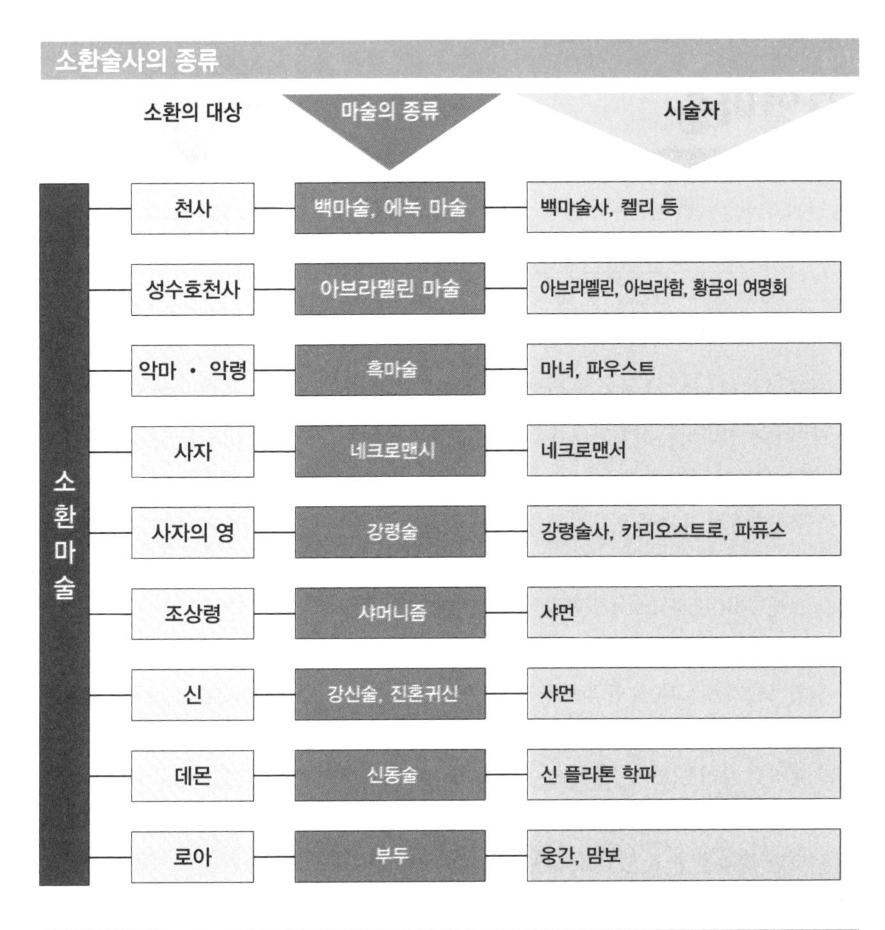

중세부터 근대까지 소환의 예

소환자	소환대상	소환방법
켈리	대천사 우리엘	슈스톤이라 불리는 수정구와 같은 도구 속에 대천사 우리엘을 불러냈다.
파우스트	메피스토펠레스	마법원을 그려 주문을 외웠다.
레비	티아나의 아폴로니우스	21일간 심신을 깨끗하게 정화한 후 경대나 제단, 향로를 준비하여 향을 태워 주문을 외웠다.
크로울리	성수호천사 에이와스	호루스 소환의 의식을 거행.
에뤼 코엔	천사	집단으로 원이나 원호를 그리고 양초에 불을 붙인 다음 주문을 외웠다.

관련항목

●백마술과 흑마술 ●심령현상 ●샤머니즘

No.003

자연마술

Natural Magic

자연계에 숨어있는 영향관계를 이용한 마술. 현대의 과학의 범위에 소속되어 있는 지식도 포함하여, 근대 과학의 원조가 되는 뉴턴도 자연마술적인 세계관에 심취되어 있었다.

● 미크로 코스모스와 마크로 코스모스

중세 유럽에 있어 미크로 코스모스인 인간은 마크로 코스모스인 우주의 축소판이며 양자 사이에는 신비적인 상응관계가 존재하여 서로 영향을 주고받고 있다고 믿었다. 이것은 **헤르메스 사상**의 중심을 이루는 관념이었으며, 이러한 숨겨진 영향관계에 관련된 지식을 이용하여 마술적 효과를 얻으려고 한 것이 자연마술이다.

이 자연계 상호 영향관계라는 관념은 선사시대부터 존재하였으며, 영국의 인류학자 제임스 프레이저(1854~1941)가 주장한 **유감(類感)마술**과 **접촉마술**(감염마술)도 「공감」이라는 원리에 기초를 둔 자연마술이라고 할 수 있다.

자연마술에는 고대 유럽의 **드루이드**의 마술, 각종 점술, 거기에 **보석**이나 약초의 사용을 포함하여, 눈에 보이지 않는 영향관계의 근거로서 자석의 작용이 중시되기도 했다. 영국의 로버트 플러드(1574~1637)도 자석의 작용을 중시하였다.

근대마술의 원조라고 할만한 로버트 보일(1627~1691)이나 아이작 뉴턴(1642~1727)도 이러한 생각을 품고 있었고, 프란츠 안톤 메스머(1734~1815)가 주장한 동물자기설도 이러한 영향관계가 존재하는 증거로서 생각되어, 후에 마술사들에게 큰 영향을 끼쳤다.

4대 **엘레멘트**를 지배하는 자연계의 정령을 사역하는 것도 또한 자연마술의 일종으로 여겨진다. 이러한 종류의 자연마술을 집대성한 것이 **파라켈수스**(1493?~1541)이다.

자연마술에는 자연계의 식물이나 광물에 관련된 지식을 이용한다는 의미로, 현대의 과학이나 의학보다 앞선 기술도 포함되어 있었다. 보통 자연마술은 기본적으로 선한 마술, 백마술로서 여겨지는 경우가 많으나, 다른 사람을 저주하거나 상처입히는 사악한 목적으로 이용된다면 자연마술이리고 해도 흑마술이 된다.

자연마술의 기본

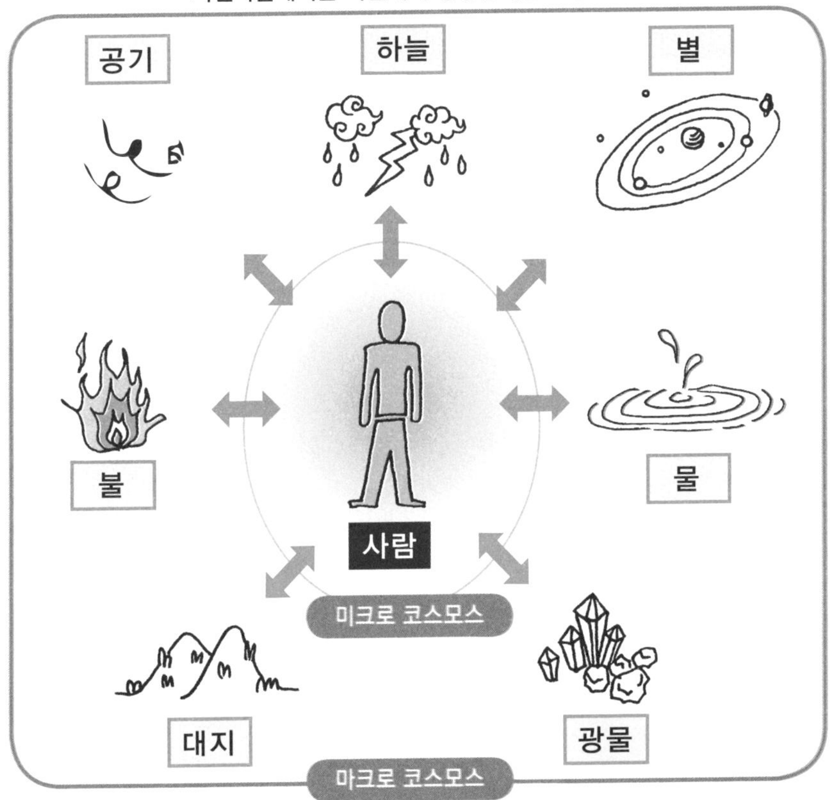

자연마술에서 자연과학으로

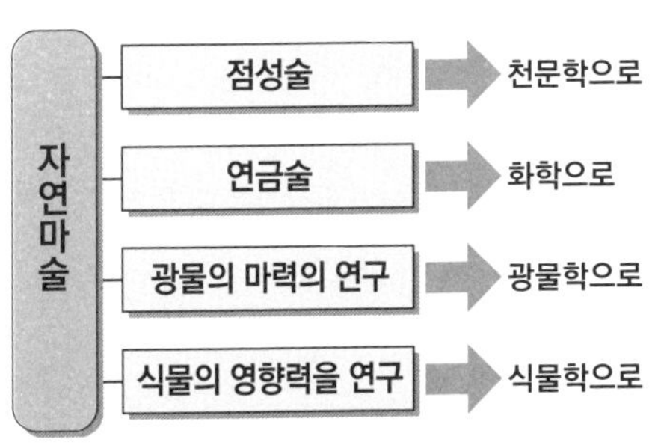

자연마술의 세계관에 따르면, 이 세상에 존재하는 여러 가지 생물, 물체 사이에는 신비적인 상호영향관계가 존재하고 있다. 프레이저가 주장하는 유감마술이나 접촉마술은 물론, 더 나아가 천체의 움직임 같은 자연현상이 인간의 운명에 영향을 주는 각종 점술 등이 전형적인 자연마술이라 할 수 있다. 이러한 자연계의 물체 상호간에 존재하는 관계를 풀어내기 위해서 이루어진 각종 실험이 과학의 기초가 되었다.

관련항목

● 백마술과 흑마술

No.004

백마술과 흑마술

White Magic & Black Magic

마술적인 힘의 원천이 어떠한 성질인가에 따라 나눈 통상적인 분류. 그러나 본래 중립적인 자연마술이라고 해도, 술자의 의도에 의해 흑마술이 되기도 한다.

● 힘의 원천과 술자의 의도

백마술과 흑마술이라는 체계는, 일반적으로 잘 알려진 분류이다.

통상은 **천사**나 선한 정령 등「선한 존재」를 소환하여 그 힘을 빌려 마술효과를 기대하는 것이 백마술이며, 반대로 흑마술은 사악한 **악마**나 정령의 힘을 빌려 초자연적인 효과를 끼치는 것이라 할 수 있다.

『**그리모어**』라고 불리는 중세 유럽의 마술서나 **파우스트**의 전설 같은 것에는 악마를 불러내서 계약하는 전형적인 흑마술의 방법이 적혀있다. 그러나 이러한 분류로는 백마술도 흑마술도 결국 어떠한 초자연적 존재를 불러내는 것을 전제로 하고 있기에, 넓은 의미로 보면 어떤 것이든 **소환마술**의 일종이 되고 만다.

한편, 마술사의 의도에 의해 백마술과 흑마술을 분류하는 것도 가능하다. 즉, 마술사 자신의 이기적인 욕망실현을 목적으로 이루어지는 것이 흑마술이며, 사회나 공공의 이익이 되는 것을 목적으로 마술을 사용하는 것은 백마술이 된다. 풍작이나 풍어를 기원하는 풍양마술이나 타인을 재앙에서 지켜주는 방어마술이 백마술로 분류되는 것도 이러한 사고에 기초하고 있다.

자연계의 감추어진 영향관계를 이용한 **자연마술**은 백마술로 분류되는 경우가 많지만, 자연마술이라고 해도 사람에게 해를 끼칠 목적으로 사용되면 흑마술이 된다.

중세의 마녀는, 악마와 계약을 맺어 악마의 힘을 빌려 우박을 내리게 하거나 가축을 불임으로 만드는 등 지역사회에 재해를 끼치는 사악한 마술을 펼친다고 여겨졌는데, 이 경우는, 마력의 원천이라는 의미와 주술자의 의도 양쪽을 모두 만족시키는 전형적인 흑마술이라 할 수 있다.

이러한 흑마술에 대해 요술, 혹은 사술이라는 이름이 쓰이는 경우도 있다.

백마술과 흑마술

백마술이란?

1 선한존재를 소환한다

↓

천사 • 신 • 정령 등

2 사회나 공공의 이익을 목적으로 한다

↓

풍작 • 풍어 • 재앙의 회피 등

흑마술이란?

1 사악한 존재를 소환한다

↓

악마 • 악령 등

2 자신의 이익을 목적으로 한다

↓

암살 • 축재 등

그 이외의 분류방법

대상과 비슷한 것을 통해 마술을 펼친다 ➡ 유감마술과 접촉마술

초자연적인 힘을 불러내어 이용한다 ➡ 소환마술

수순이 매뉴얼화되어 있다 ➡ 전례마술

관련항목

●악마숭배

No.005

유감마술과 접촉마술

Homoeopatic Magic & Contagious Magic

영국의 인류학자 프레이저에 의한 분류. 본래는 미개사회의 마술에 이용되는 명칭으로, 그 근저에는 공감이라는 원리가 상정되어 있다.

● 프레이저와 공감의 원리

유감(類感)마술과 접촉마술이라는 분류는, 영국의 인류학자 제임스 프레이저(1854~1941)가 대표작『황금가지』에서 제창한 것으로, 민속학에 있어서는 주요 분류법이 된다.

민속학에서는 마술보다도 주술이라는 말을 사용하기 때문에, 민속학 관련 서적에서는 유감주술이나 접촉주술로 기재되어 있는 경우가 많다.

유감마술은「모방마술」이라고도 불리며, 형태가 비슷한 물체끼리는 서로 영향력을 주고 받으며 그 한편에 작용하면 다른 한편에도 효과가 미친다는「유사의 법칙」에 근거하고 있다.

특정 인물과 비슷한 인형이나 사진에 침을 꽂아 그 본인에게 재앙이 닥치게 하는 행위나 사냥감 동물로 분장한 인물을 창으로 죽이는 흉내를 내어 사냥감이 많이 잡히도록 기대하는 의식 같은 것도 이 유감마술에 속한다.

접촉마술은「감염마술」이라고도 불리며, 일단 접촉한 것들끼리는 그 후에도 서로에게 영향을 준다고 하는「접촉 혹은 감염의 법칙」에 기초하고 있다. 사람의 발자국에 직접 칼을 찔러 본인에게 해를 끼치려고 하는 것이 대표적인 예이다.

어느것도 본래 마술의 대상이 되는 사람이나 물체, 또는 그것과 비슷한 물체, 혹은 한번 이것과 접촉한 물체와의 사이에 영향관계가 존재한다는 것을 전제로 하고 있기 때문에, 프레이저는 이 영향관계를「공감」이라고 부르며 유감마술과 감염마술(접촉마술)을 합쳐 공감마술이라고 부르고 있다. 자연계에 숨겨져있는 영향관계를 이용한다는 의미에서는 모두 **자연마술**의 일종이라고 할 수 있다.

이러한 관념은 구석기시대부터 존재하여 프랑스 남부, 레 트로와 프레르 동굴에 남아있는 사슴같은 인간의 그림은 사냥감이었던 사슴의 풍어를 기원하기 위해 사슴으로 변장한 마술사를 그려넣은 것이며, 스페인의 알타미라 동굴 벽화도 마술적 목적으로 그려졌다는 설이 있다.

민속학자 제임스 조지 프레이저

제임스 조지 프레이저
(1854~1941)

프레이저는 영국의 고전학자, 인류학자로 스코틀랜드의 글래스고에서 태어났다. 글래스고 대학 재학 중 고전학에 흥미를 가져 그 후 케임브리지에서 특별연구원으로 있을 때 비교종교학에도 관심을 갖는다. 대표작『황금가지』는 세계 속의 미개민족의 풍습, 관습, 미신 등을 모은 것으로 야외조사를 실시하지 않고 문헌자료만을 연구하여 집필한 것이다.

공감마술의 분류

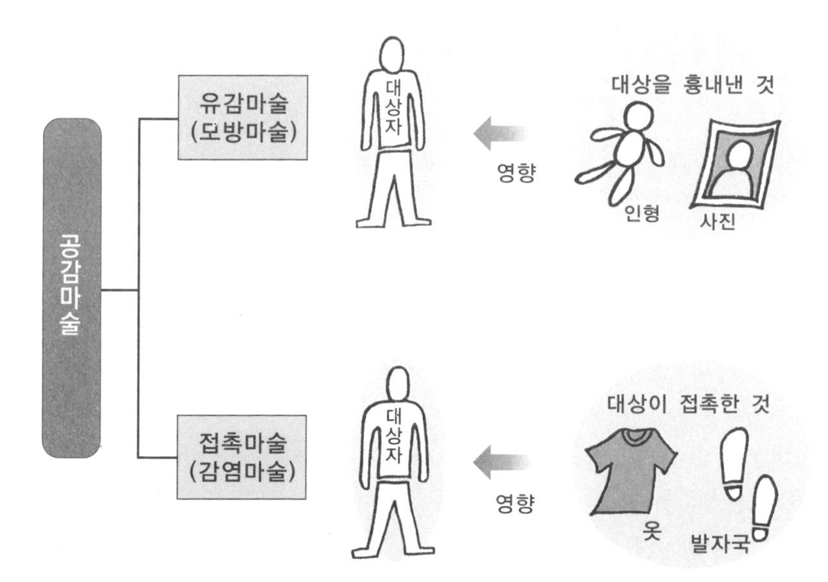

관련항목
- 고대의 마술
- 샤머니즘

No.006

전례마술

Ritual Magic

어떤 특정한 의식이나 행동을 지키면서 행하는 것으로, 정해진 마술적 효과를 얻을 수 있는 기법. 다시 말해 매뉴얼화 되어 있는 마술 체계. 소환마술을 가리키는 경우도 있다.

● 마술의 매뉴얼화

마술을 거행할 때, 정해져있는 일정한 양식에 따라 의식을 거행할 경우가 있다.

이 경우, 복장이나 동작, **주문**의 단어 등 정해져있는 양식을 충실하게 지킬 필요가 있으며, 이것이 조금이라도 틀리게 되면 원하던 결과가 나타나지 않거나 때로는 술자에게 위험이 미치기도 한다.

이러한 일정한 의식적인 행동양식을 충실히 거행하는 것으로, 그 의식에 대응하는 마술적 효과를 기대할 수 있는 것이 전례마술이며, 일본어로는「의례마술」로 번역되거나「제의적 마술」로 불리기도 한다.

마술을 거행할 때에는, 필요한 주문이나 마술약의 제조방법이 엄밀하게 정해져 있는 경우가 많고, 이러한 마술은 어느 쪽이나 넓은 의미에서 전례마술이라고 할 수 있다. **소환마술**에 있어서는 특히 이 경향이 두드러져 있어서, 소환마술의 의미로 전례마술이라는 단어가 쓰이는 경우도 있다.

본래 마술적 의식은 마술적인 법칙이나 각종 **엘레멘트**의 작용을 이해하고 목적한 효과를 얻기 위해 필요한 용구나 **주문**, **호부** 같은 것을 매번 작성해서 거행해야 하지만, 전례마술은 그때까지 축적된 마술적 지식을 매뉴얼화 하여 하나의 체계로 정리함으로써, 술자가 각각의 행위에 담겨있는 본래의 의미를 이해하지 못하더라도 일정한 양식을 모방하는 것만으로 충분히 목적을 달성할 수 있도록 의식화된 것이라고 할 수 있다.

이 의미에서 전례마술의 전형이라고 할 수 있는 것이 **레비**(1810~1875)가 정리한「생텀 레그넘」이라 불리는 마술체계이다.

레비의 체계는 미크로 코스모스와 마크로 코스모스의 대응관계에 더해, 인간의 의사와「하늘의 빛」이라 불리는 특수한 힘의 존재를 기초로 하여, **서양 점성술**의 요소도 덧붙이는 등 당시 전해져온 서양마술의 요소를 종합한 것이다.

전례마술의 메리트

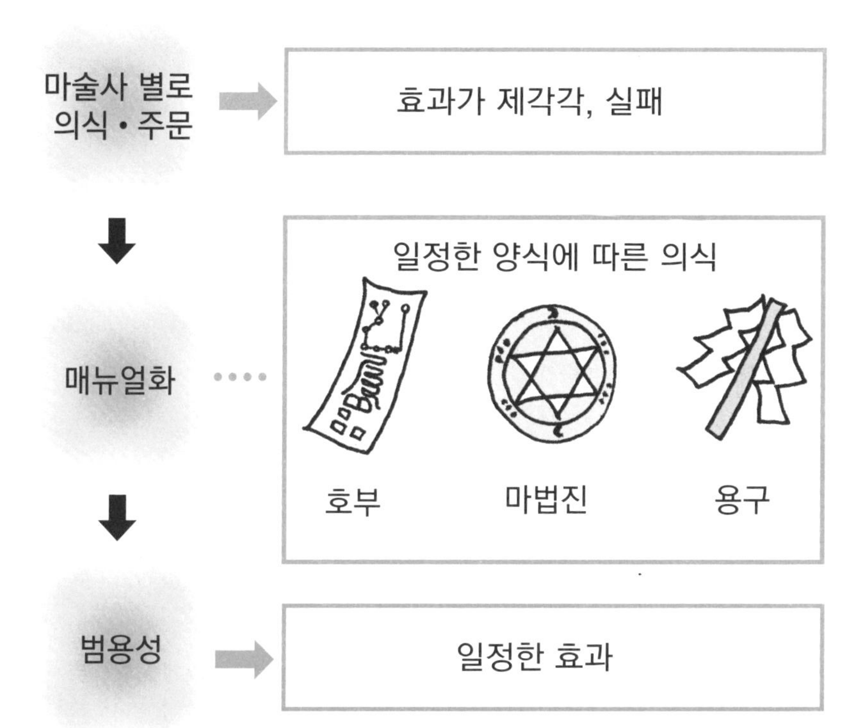

각종 전례 마술

생텀 레그넘	프랑스의 엘리파스 레비가 그때까지의 마술을 정리한 체계
아브라멜린 마술	이집트의 아브라멜린에서 시작된 마술체계로 성수호천사와 접촉한다
에녹 마술	영국의 존 디가 정리한 체계
풍수	물체를 배치하여, 빠진 엘레멘트를 보충하는 기법이 있다
밀교의 수법	각종 수법은 일정한 의식을 거행하는 것으로 소기의 성과를 얻을 수 있다
각종 소환마술	소환마술에 있어서는, 정해진 의식을 지키는 경우가 많다

관련항목
●자연마술
●헤르메스 사상

No.007

성마술

Sexual Magic

마술적 성교에 의해 효과를 얻는 것. 그 기원은 인도의 좌도(左道) 탄트리즘이라고 본다. 성마술 단체에는 단순히 난교를 목적으로 하는 단체도 있다.

● 성행위의 마술적 이용

마술의식의 일환으로서 혹은 각종 마술적 결과를 실현하기 위한 보조수단으로서 성 에너지를 이용하거나 의식적 성교를 하는 등, 성적 요소를 포함한 마술체계를 전반적으로 성마술이라고 부른다. 성마술의 일환으로서 이루어지는 행위에는 남녀간의 성행위뿐만 아니라, 동성간의 행위나 자위행위도 포함되어 있다.

풍요의례와 관련있는 성기숭배는 고대부터 세계 각지에 있었으며, 고대 중국의 방중술도 성교섭과 불로불사와 관련이 있으나, 성행위를 마술적으로 이용하는 경향이 현저했던 것은 인도에서 발생한 **탄트리즘** 이후이다.

탄트리즘은 본래, 시바신과 그 아내인 샤크티와의 대화형식으로 알려진「탄트라」를 받드는 힌두교의 일파를 가리키지만, 좌도 혹은 좌수도라고 불리는 일파는 샤크티가 성 에너지를 의미한다고 해석하여 의식적으로 성욕을 자극하는 행위를 의식에 포함시켰다.

중세 유럽에서는 마녀가 사바트(마녀집회)나 발푸르기스의 밤(5월제가 벌어지는 5월 1일의 전야) 등에서 **악마**와 성교를 한다는 주장도 있으며, 17세기의 프랑스에서 흥행했던 흑미사에서도 제사장이 제단역할의 여성과 교접하는 행위를 했다.

그러나 현대까지 이어지는 서양의 성마술 체계는 독일의 카를 케르너(?~1905)가 **동방 성전 기사단**에 좌도 탄트리즘을 조합한 것으로 시작된다.

동방 성전 기사단은 독일 외부로도 지부를 넓혔으며, 그중 영국지부 미스터리아 미스티카 마키시마를 설립한 것이 **크로울리**(1875~1947)이다.

미국에서는 **라 베이**(1930~1997)가 설립한 **악마숭배**단체인 사탄교회 등도 흑미사를 거행하고 있다.

성마술의 종류

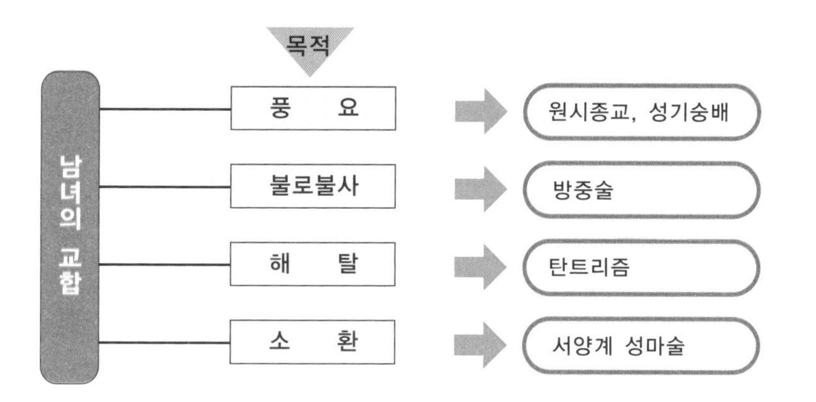

성마술의 전파

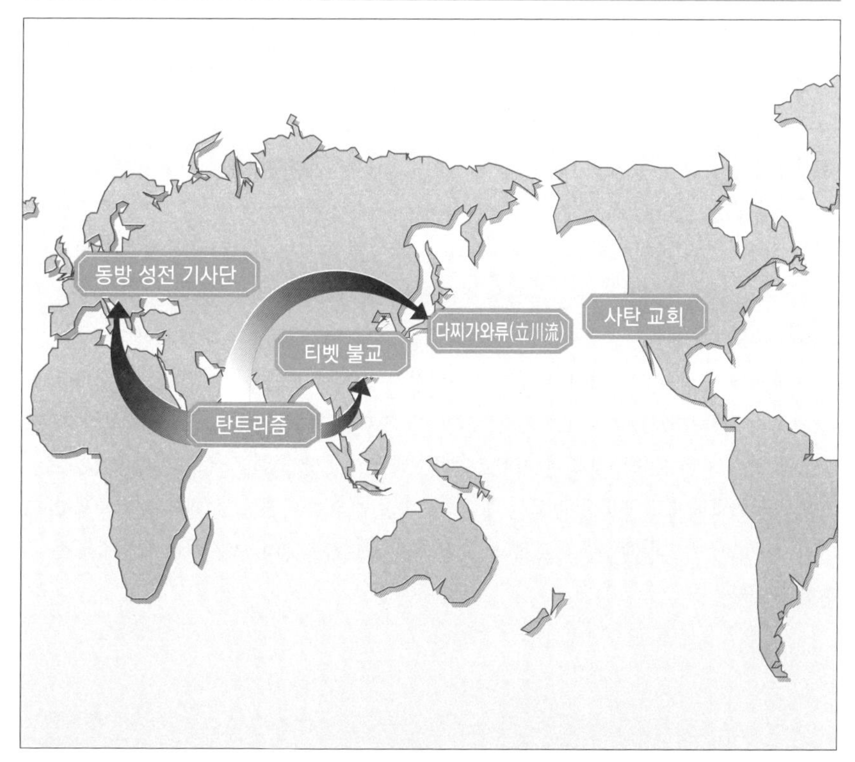

관련항목

- ●악마숭배
- ●동양마술

No.008

악마숭배

Devil Worship

신에 적대하는 존재로서 악마를 숭배하는 행위. 유대 · 크리스트교의 악마에는, 타민족에게 있어서 신으로 숭배받던 존재도 포함되어, 이라크에서는 공공연히 악마를 숭배하는 집단도 있다.

● 각종 악마숭배

크리스트교에 있어 **악마**는 신에게 적대하는 존재이지만, 그러한 악마를 신 대신 숭배하는 것도 서양에서는 종종 벌어지고 있다.

선한 신에 적대하는 존재나, 인간의 수행을 방해하는 존재로서의 악마는 세계각지의 종교에서 보이지만, 유대 · 크리스트교의 전승에 있어서는 신의 명령을 거스른 **천사**들이 악마가 되었다고 해석되고 있다. 그러나 유대 · 크리스트교에서 악마로 여겨지는 존재 중에는, 다른 종교에서 신으로 숭배받는 존재도 다수 포함되어 있다.

영국의 민속학자 마가렛 말레(1863~1963)는 이러한 크리스트교 이전의 신을 숭배하는 원시종교의 잔재로서 악마숭배가 현대에 이르기까지 유럽 각지에 여전히 존재하고 있다는 주장을 하면서, 중세의 마녀사냥에 있어서 이러한 이단종교의 신자가 고발당하였다는 해석을 하고 있다.

그녀에 의하면 이러한 악마숭배의 섹트는 13인으로 구성된 카븐이라는 그룹을 한 단위로 하며, 이 13인의 카븐이라는 구성은 현대의 ***위카**에도 이어지고 있다.

한편 말 그대로 악령으로서의 악마를 숭배하는 의식도 고대로부터 존재한다.

이라크를 중심으로 주거하는 예지드 교도들은 공작의 모습을 한 악마를 숭배하고 있다고 하며, **템플 기사단**은 바포메트라는 악마를 숭배하고 있다는 혐의로 탄압받았다. 프랑스의 원수 지르 도 레(1404~1440)도 악마숭배로 고발당했었다. 게다가 17세기의 프랑스에서는 악마에게 산제물을 바치는 흑미사도 빈번히 이루어졌다. 현대에는 미국의 **라 베이**(1930~1997)가 설립한 사탄 교회나 그 분파인 세트사원 등이 공공연히 악마숭배를 주장하고 있다.

*위카 : 영어 문화권을 중심으로 전 세계에 널리 퍼진 신흥종교 또는 종교운동이다.

원시종교와 악마숭배

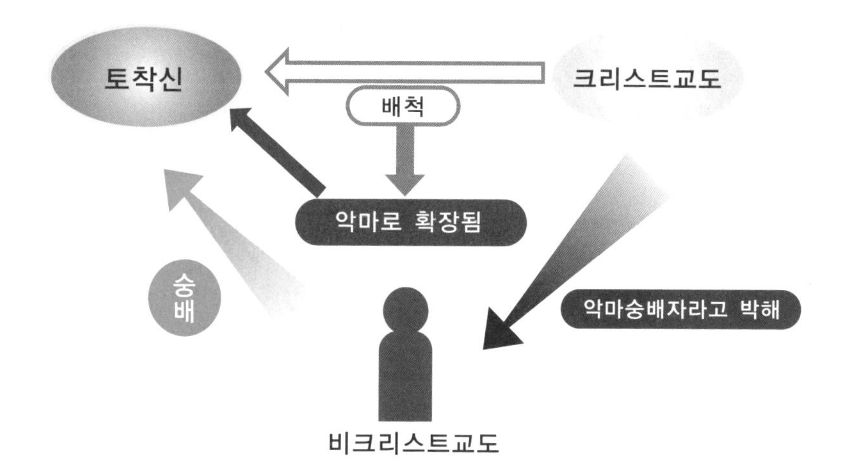

악마숭배의 예

숭배하는 단체	숭배대상	년대・장소
사탄교회	사탄	1966년에 미국에서 설립
세트사원	세트	1975년에 사탄교회에서 분리
템플 기사단	바포메트	1119~1312년(그 후에도 살아남았다는 설이 있음)
중세마녀	각종 악마	중세 유럽
예지드 교도	마라크 타우스	627년에 창시

예지드 교도란?

이라크를 중심으로 이란 터키 등에 주거하고 있는 일파로, 마라크 타우스라고 불리는 공작의 모습을 한 악마를 숭배한다. 스스로는 다신이라고 부르며 이슬람력 5년(627년)에 아디 빈 무사필이 창시했다. 『자르와와 루쉬의 서』라고 불리는 독자적인 교전을 가지고 있으며, 양상치와 컬리플라워를 먹는 자를 극형에 처하거나, 푸른색을 성스러운 색으로서 혐오하는 등 독자적인 교의를 갖는다.

관련항목
●가드너
●백마술과 흑마술

No.009

토착마술

Traditional Magic of the World

서양마술의 체계 이외에도 세계 각지에는 독자적인 마술체계가 남아있다. 티벳 불교의 라마들은 여러 가지 비술을 보여주었다고 하며, 하와이나 발리섬에도 독자적인 마술이 전해진다.

● 발리, 하와이, 티벳의 마술

마술은 인류와 거의 동일할 정도로 오랜 역사를 지니고 있다.

구석기시대의 벽화에도 원시적인 마술이 행해졌다는 흔적이 보이며, 고대 이집트나 메소포타미아에서도 독자적인 마술이 존재하고 있었다. 그 대부분은, 현대에는 소실되었지만, 고대 바빌로니아에서 발생한 **서양 점성술** 등은 아직까지도 세계 각지에서 상당한 영향력을 갖고 있다.

그 외에도 세계 각지에는 독자적인 마술이 남아있다.

리조트로 유명한 인도네시아의 발리섬에는 토착 신앙과 융합된 독자적인 힌두교가 전해지고 있는 외에 발리 매직이라고 불리는 전통적인 마술도 남아있다.

발리 매직에는 푸파상강, 보바이낭 등의 종류가 있다. 푸파상강은 본래 마술에 사용되는 물질을 말하는데, 바람이 되어 상대의 체내에 들어가 미치게 만드는 부바이, 마술에 의해 식품에 독을 넣는 츄티크 등의 지법을 포함하고 있다. 또한 보바이낭은 발리섬의 마술에서 가장 고도의 마술로 여겨지는 것으로, 변신하여 적에게 접근한 다음 상대를 병에 걸리게 하여 죽이기도 한다.

하와이에서는 카프나라고 불리는 신관들이 독특한 마술을 전하고 있어, 녹아내린 용암 위를 걷는 등의 비술을 보였다.

티벳 불교(라마교)도 또한 인도에서 전래된 **탄트리즘**을 중심으로, 토착 종교인 본교의 **샤머니즘**적인 요소가 섞여들어간 독자적인 마술 체계를 가진 종교로서, 전생 사상에 기초한 활불(달라이 라마 등)의 제도나 사후세계의 안내서인 「사자의 서」로도 유명하다.

티벳 불교 가규 파의 조상이 되는 밀라레파(1040~1123)나 그 스승인 마르파(1012~1097) 등은 기후를 조종하거나 공중부양을 하는 등 여러 가지 비술을 보였던 마술사로 전해지고 있다.

토착마술이란?

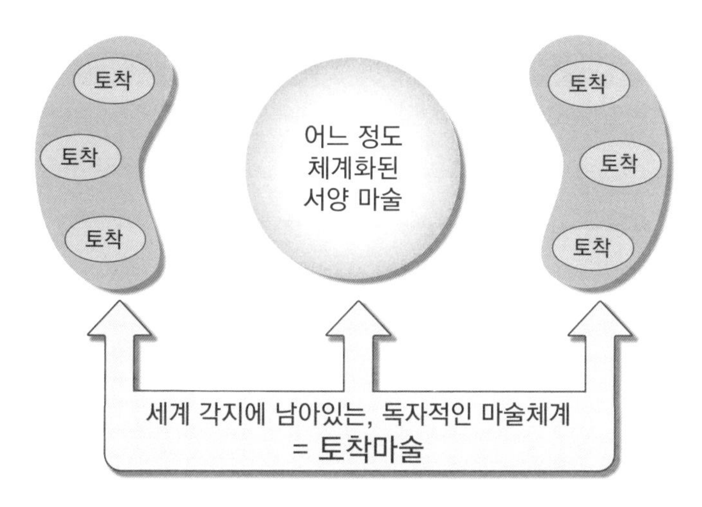

각지의 토착마술

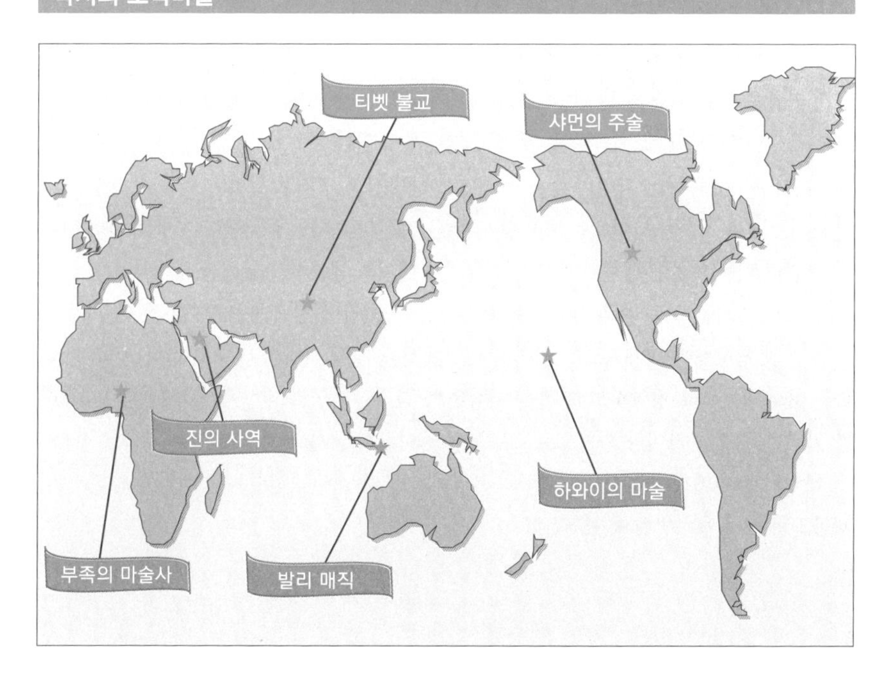

관련항목

●고대의 마술

●동양마술

No.010

샤머니즘

Shamanism

샤먼을 중심으로 한 민족종교. 본래는 시베리아나 중앙 아시아의 토착신앙을 가리키지만, 비슷한 것이 세계 각지에서 전해지며, 오소레잔(恐山)의 이타코 등도 샤먼의 일종이라고 할 수 있다.

● 영과 교류하는 민족종교

샤머니즘이란 샤먼이라고 불리는 인물을 중심으로 구성된 민족종교 형태를 가리키는 말로, 루마니아 출생의 종교학자 미르치아 엘리아데(1907~1986)가 명명했다.

샤먼이란 트랜스 상태 같은 이상한 의식상태 아래에서 신이나 정령 등과 직접 교류를 하면서, 그 부족 안에서 병치료, 전통의 전승, 강신, 점술, 제의, 신이나 정령과의 접촉 등의 종교적 직무를 수행하는 인물을 가리킨다.

샤먼이라고 하는 말은 산스크리트어의 「슈라마나」 혹은 「사마나」에서 유래했다는 설과 페르시아어의 「셰멘(우상 · 사당)」에서 전화되었다는 설이 있으며, 본래는 시베리아나 중앙 아시아의 부족에서 이러한 역할을 담당하는 인물을 지칭하는 말로 사용한다. 그러나 같은 역할을 했던 사람은 북아메리카의 네이티브 아메리칸 부족들이나 인도, 만주, 한국, 일본, 고대 페르시아, 스키타이 등 세계 각지에서 보인다.

샤먼은 크게 나누어 자신의 혼을 육체에서 해방시켜 영계로 날아가 영들과 직접 이야기를 나누거나 지시를 받아오는 탈혼형과, 영을 자신의 신체에 불러들이는 빙의형이 있다.

샤먼이 되는 인물에 대해서는 특정한 가계가 대대로 세습하여 일정한 의례와 훈련을 거쳐 선대의 족적을 잇는 경우와 특수한 소질을 받은 인간이 선택받는 경우가 있다.

후자의 경우에는 대체적으로 선천적 이상체질을 가진 사람이 많다고 한다. 이러한 인물은 유소년기부터 병약하고 고독을 사랑하며 신경질적으로 내향적 성격이 두드러질뿐만 아니라 종종 환각이나 환청으로 고민하면서 이상한 꿈을 자주 체험하는 자라고 한다.

네이티브 아메리칸의 샤먼이 탈혼 중에 체험한 사상에 대해서는 외계인에 의한 납치 체험과의 유사성이 발견되기도 한다.

샤먼의 종류

네이티브 아메리칸의 샤먼 등

이타코, 동란(탄키) 등

세계의 샤먼

명칭	지역	역할	후계방법	타입
안가코크	북극권	정령과의 교신	재능이 있는 자에게	탈혼형
샤먼	북미	정령과의 교신	세습, 혹은 수행에 따름	탈혼형 빙의형
이타코	토호쿠	공수, 점술	수행에 따름	빙의형
유타	오키나와	공수, 점술	수행에 따름	빙의형
동란(탄키)	중국	신탁을 전함	수행에 따름	빙의형

관련항목

●고대의 마술
●소환마술

No.011

수피즘

Sufism

이슬람 신비주의에서는 각종 수행을 통해 신과의 합일의 경지를 추구한다. 한편 많은 수피들에게는, 수많은 기적을 행하였다는 전설이 남아있다.

●신을 추구하는 자들

수피즘이라는 말은 이슬람 신비주의에 대한 영어 호칭을 읽은 것이다. 이 어원은 아라비아어로 양모를 의미하는「수프」에서 유래한 것으로 보이며, 이슬람 신비주의의 수행자가 조잡한 양털 의복을 입고 있는 것에서 유래한다. 그렇기 때문에 이슬람 신비주의의 수행자는 아라비아어로「수피」라고 불리며 이 호칭에서 수피즘이라는 영어가 탄생했다. 아라비아어에서 이것에 해당하는 말은「타사우프」라고 한다.

또한 아라비아어에서 빈자를 의미하는「파키르」나 페르시아어 기원으로 탁발승을 의미하는「다르비쉬」등도「수피」와 거의 같은 의미로 사용되고 있다.

이슬람교에 있어서 신비주의란, 타종교와 마찬가지로 여러 가지 수행을 통해 세계의 창조주인 신에게 다가가면서 결국 일체화되는 것으로, 진리에 근접하려 노력하는 것이다.

수피즘의 용어에는 신과의 합일의 경지를「파나」라고 부르며 이 경지에 도달한 수피들은 손을 대지 않고 물건을 움직이거나 다른 인물로 변신, 또는 물 위를 걷는 등 여러 가지 기적을 행하였다고 전해지고 있다. 이러한 인물이 각지에서 성자라고 불리며, 자연발생적으로 수피 교단이 탄생한 예도 많다.

파나에 도달하기 위한 수행법은 교단에 따라 다르다. 그러나 금욕을 지키며 빈곤한 생활을 하고 이슬람교의 성전인『코란』을 낭독하며 명상하거나, 신의 이름이나 코란의 특정 구절을 반복하여 암송하는「지쿠르」등의 수행법은 많은 교단에서 공통적으로 실시하고 있다. 교단에 따라서는 음악이나 무용을 도입하였는데 터키에서 중앙아시아에 걸쳐 세력을 떨친 메우레위 교단은 양손을 펼쳐 회전시키는 선회무용으로 유명하다.

수피즘의 유래

주요 수피즘 교단

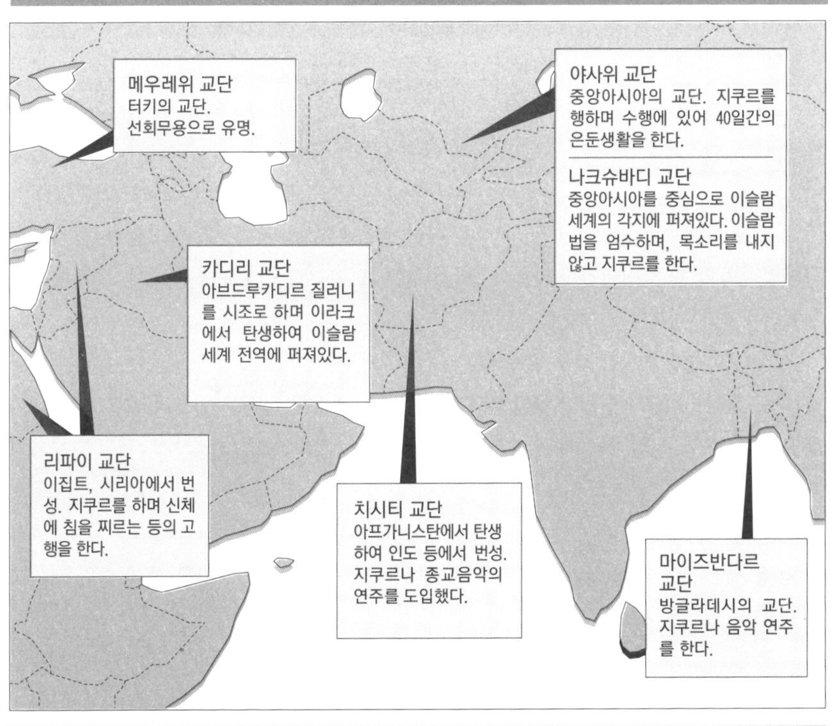

관련항목

●그루제프　　●헤르메스 사상

No.012

탄트리즘

Tantrism

본래는 시바와 샤크티의 대화형식의 가르침을 가리키지만, 차츰 성마술 체계를 가리키는 말이 되었다. 동방 성전 기사단 이후의 서양마술이나 밀교에도 영향을 주었다.

● 성마술의 원류

탄트리즘은 「탄트라」를 중시하는 힌두교 일파의 명칭이지만, 특히 정력의 활용을 이야기한, **성마술**을 실천하는 좌도의 일파를 대변하여 쓰이는 경우가 많다.

「탄트라」란 본래 힌두교의 주요 신인 시바와 그의 아내 샤크티의 대화형식의 가르침으로서, 어원에 대해서는 베틀 혹은 날실을 의미한다고도 하며, 또는 탄(넓히다)과 트라(가르치다)를 조합하였다는 설, 탄트바(진실)에 만트라(진언)를 합쳤다는 설 등이 있으며, 7세기부터 17세기에 걸쳐 탄트라 형식의 성전이 여러종 편찬되었다.

한편, 요가에서도 샤크티는 쿤다리니(요가에 있어서 생명에너지)와 마찬가지로 보고 있기 때문에, 탄트라는 쿤다리니를 각성시키는 방법을 가르친 것이라고 생각되었다. 그로 인해 의식적으로 성욕을 자극하여 그 목적을 달성하려고 하는 성마술의 일파를 탄생시킨 것이다.

이러한 의미로서 탄트리즘은, 육식을 하며 술을 마시고 남녀간에 성교를 하는 것으로 쿤다리니의 힘을 각성시킨다고 한다. 이 영향은 **밀교**나 티벳 불교에도 남아, 일본에서는 신곤타치가와류(真言立川流)가 좌도 탄트리즘의 대표적인 것이다.

서양의 마술결사에서 좌도 탄트리즘의 성마술을 본격적으로 받아들인 것은 독일의 카를 케르너(?~1905)가 설립한 **동방 성전 기사단**이다. 케르너 자신은 인도의 벵골 지방을 여행했을 때 아랍인 한 사람과 인도인 두 사람에게 탄트라 계 요가의 이니세이션(통과의례)을 받았다고 주장하고 있으며, 동방 성전 기사단의 런던지부를 만든 사람은 **크로울리**(1875~1947)이다.

동방 성전 기사단의 성마술은 카를 요하네스 게르마(1885~1962)를 통해 스위스나 미국의 단체에도 전해졌다.

힌두교에서 각지로

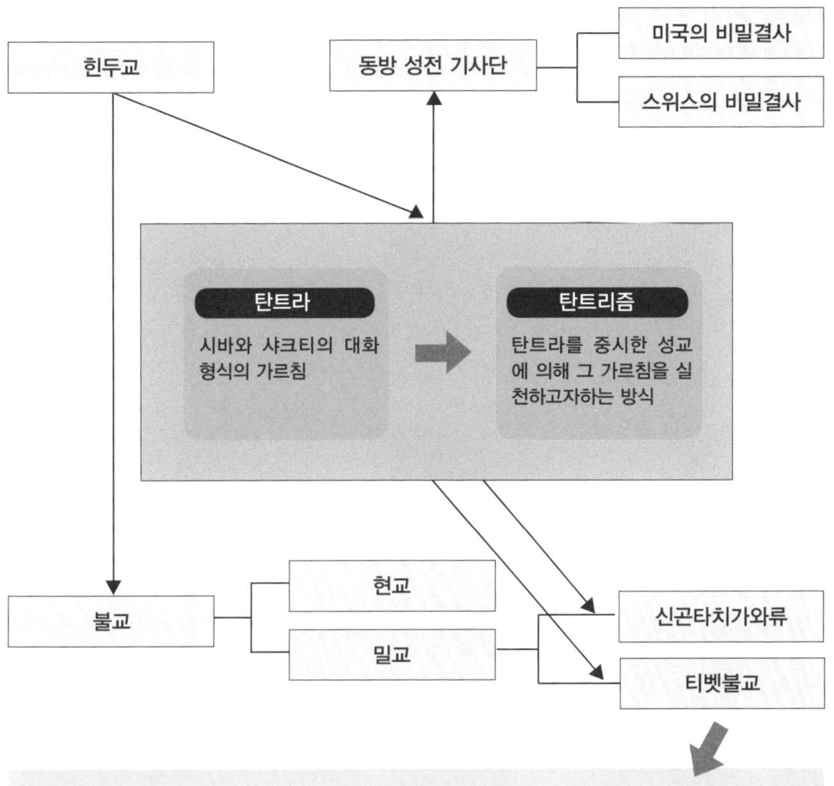

달라이 라마 14세

불교는 7세기 경 티벳에 전해져 토착종교인 본교의 요소를 더하여 독자적인 티벳 불교로 발전했다. 티벳 불교는 탄트리즘의 영향을 강하게 받고 있다. 닝마파, 게룩파, 까규파, 사캬파의 4종파가 있으며 환생을 전제로 한 활불제도 등 독자적인 교의를 갖는다. 달라이 라마는 본래 게룩파의 지도자이다. 그리고 사후세계의 안내서로 유명한 티벳의 『사자의 서』는 비주류인 닝마파의 성전.

관련항목

●동양마술
●토착마술

No.013

부두

Voodoo

아이티에 전해진 민간신앙. 살아있는 사인(死人) 좀비로도 유명. 로아라고 불리는, 여러 가지 영을 받드는 의식을 중심으로 삼고 있다. 아이티에서는 사회적으로도 커다란 영향력을 가지고 있다.

● 아프리카 기원의 민간신앙

살아있는 사인 좀비로도 유명한 부두는 카리브해의 섬나라인 아이티에서 널리퍼진 민간신앙이다. 부두의 형성과정은, 아프리카 흑인노예들의 자손이 다수를 점하고 있는 아이티의 역사나 그 독립과도 밀접하게 관련되어 있으며 현대에도 사회적으로 강한 영향력을 유지하고 있다.

부두에 대해서는 아프리카에서 온 노예들이 가지고 있던 전통종교가 로마 카톨릭과 결합하였다고 설명되고 있다. 실제 크리스트교의 성인이나 카톨릭의 의식과 비슷한 형식이 부두교에 흡수되어 있지만, 미국의 웨이드 데이비스 박사 등은 로마 카톨릭의 영향은 거의 없다고 기술하고 있다.

유일신의 존재를 인정하고 있는 점은 부두도 크리스트교와 마찬가지이지만, 부두에서는 그 유일신이 「로아」라고 불리며 여러 가지 영의 형태가 되어 인간과 관계를 맺고 있다고 믿고 있다. 그래서 부두의 의식에서는 이 로아와 접촉하여 로아를 올바르게 받드는 것을 중요시하고 있다.

부두의 의식을 주최하는 것은 웅간이라고 불리는 신관, 혹은 맘보라고 불리는 여신관으로 로아를 불러낼 경우에는 노래와 춤을 중심으로 한 의식을 치루고, 그 열광이 정점에 달하게 되면 로아는 신관이나 신자에게 빙의하여 신탁을 내리거나 문제를 해결하는 법을 가르쳐주게 된다.

한편으로 사악한 힘을 조종하는 보코루라고 불리는 마술사도 존재한다.

보코루는 여러 가지 **주문**이나 분말, 나아가 초자연적인 존재를 조종하여 때때로 **악마**와 계약을 맺거나 스스로 다른 동물로 변신하거나 혹은 사자의 영을 적에게 내밀기도 한다. 이러한 보코루가 사람을 좀비로 만드는 것이며, 악의가 있는 보코루나 다른 사악한 존재에게 습격당할 경우에는 역시 다른 보코루에게 의지해서 보호받을 필요가 있다.

부두의 성립

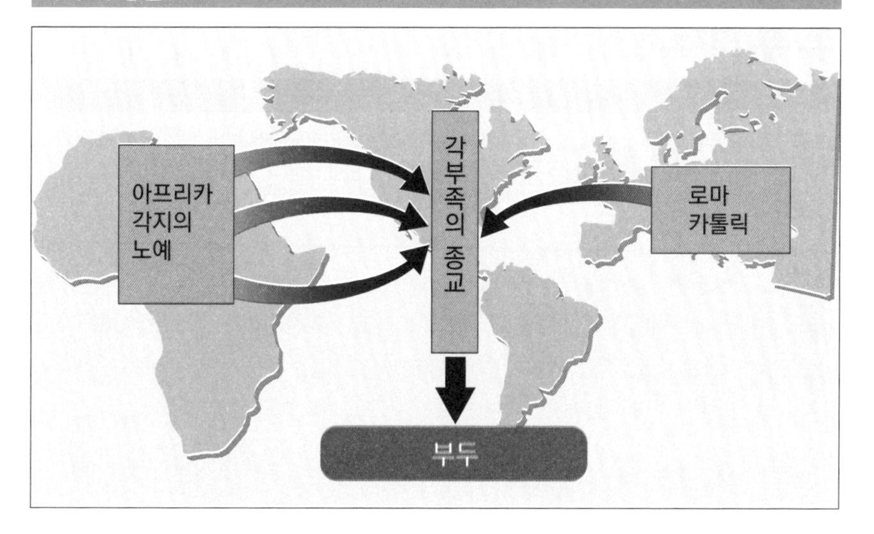

부두의 신관들

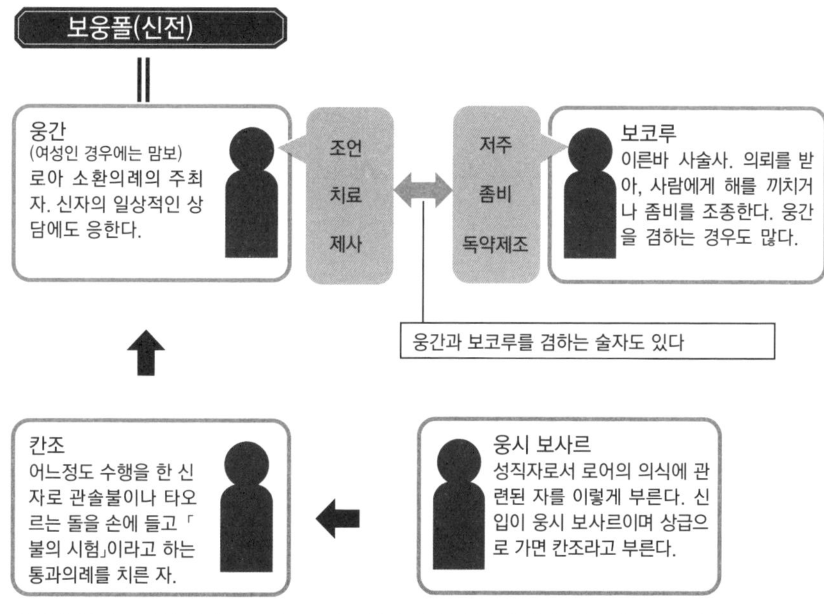

관련항목
●소환마술
●백마술과 흑마술

No.014

드루이드

Druid

켈트의 승려계급을 말한다. 하늘을 날거나 거석을 움직이는 등의 비술을 행하였다. 이러한 드루이드들의 이미지는 아더왕 전설의 멀린에게도 반영되어 있다.

● 켈트의 승려들

고대, 유럽 서부에는 갈리아인, 혹은 켈트인이라고 불리는 민족이 살고 있었다.

이 민족의 실체는 율리우스 카이사르(BC100~BC44)의『갈리아 전기』등 동시대의 로마측 자료에서밖에 보이지 않는다. 드루이드란 이 켈트의 종교계급, 혹은 승려계급을 가리키는 것으로, 이 드루이드의 이름을 따서 켈트인의 종교를 드루이드교라고 부르기도 한다.

이 어원에 대해서는「드루」가「떡갈나무」를「이드」가「지식」을 의미한다고도 하고「드루」는「많다」,「이드」는「알다」라고도 한다.

어느쪽이든 켈트인은 떡갈나무를 성목으로 생각하여 숭배하였고, 드루이드들의 종교의식도 떡갈나무 숲에서 이루어졌다. 또한 드루이드들은 떡갈나무 지팡이를 사용하여 여러 가지 마술을 행함으로써 정령이나 요정을 조종하거나 하늘을 날기도 했다고 전해진다.

영국의 솔즈베리 평원에 있는, 스톤헨지로 대표되는 거석구조물에 대해서도 드루이드가 마법으로 아일랜드에서 돌을 옮겨와서 만들었다고 전해진다. 드루이드들이 상당한 천문지식을 알고 있었던 것은 확실하다. 영국이나 프랑스에 남아있는 많은 거석 구조물에서 그러한 천문지식의 존재가 드러나고 있다.

이러한 드루이드의 기억은 아더왕 전설에 등장하는 멀린 등의 마술사에도 반영되어 있다.

현대에도 드루이드를 자칭하는 교단이 있어서, 하지 날에 스톤헨지에서 의식을 거행하는 것으로 알려져 있지만, 이 단체는 18세기 이후에 생겨난 것이다.

또한 **가드너**(1884~1964)가 창시한 **위카**도 드루이드의 **자연마술**의 부활을 주장하고 있다.

드루이드와 관련된 연표

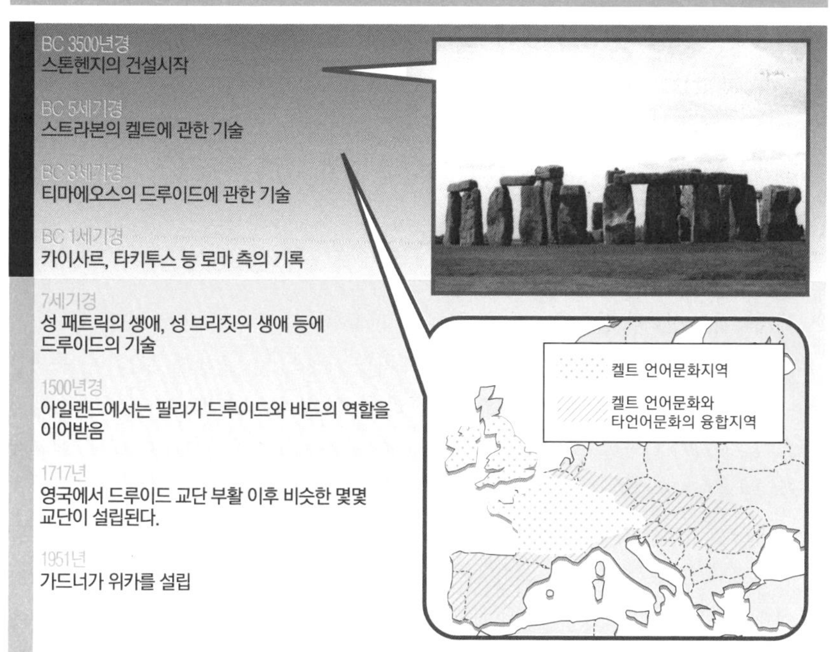

성직자의 계급

드루이드
켈트인 사회의 제사 계급. 종교의식을 거행하며 정치•사회적으로도 영향력을 지녔다.

바드
시인이며 연설자. 시를 짓고 낭독한다. 시에는 풍자도 들어간다.

와테스
예언자. 공희나 복점에 의해 미래를 예언.

필리
아일랜드에서는 15세기까지 드루이드나 바드가 맡던 역할을 필리라고 부르던 자들이 이어받았다.

관련항목
●마법의 지팡이
●고대의 마술

No.015

신화 · 전승의 마술

Magic in Myths & Folklore

고대 이집트에서는 마술의 여신 이시스의 신화가 남아있다. 고대 그리스 신화에서는 키르케나 메디아 등의 마녀들이 활약했으며, 북유럽신화에서도 마술사의 이야기가 많이 전해진다.

● 마술사들의 신화

세계각지의 신화나 전승에도 많은 마술이나 마술사들의 이야기가 남아있다.

고대 이집트의 신화에서는 오시리스의 배우자인 이시스가 중요하게 부각되며, 동생인 세트에게 살해당한 오시리스를 이시스가 되살려내거나 조각조각으로 절단된 사체를 복원시켰다는 신화가 남아있다. 이시스는 위대한 여마술사로서 신앙의 대상이 되어 로마 제국에서도 숭배받았다.

그리스 신화에서는 마술의 신 헤카테를 비롯하여 키르케나 메디아 같은 마녀들이 활약했다.

키르케는 호메로스의 서사시 『오디세이아』에도 등장하며, 지중해의 아이아이에 섬에 살며 인간을 동물로 변신시키는 마술을 특기로 삼았다.

이아손이 이끄는 아르고 호의 승조원, 아르고노츠를 구한 메디아는 키르케의 조카이다. 메디아는 코르키스의 왕 아이에테스의 딸이었지만 사랑의 여신 아프로디테의 힘에 의해 이아손과 사랑에 빠져, 결국 아버지 아이에테스를 배신하고 그 마술로 이아손을 구한다.

북유럽신화에서는 신들의 수장으로서 룬 문자를 펼친 마술의 신 오딘이나 엄청난 힘을 자랑하던 신 토르를 마술로 농락한 거인왕 우트가르다 로키의 이야기가 전해지고 있다.

이 신화에 의하면 토르는 어느날 로키와 소인족의 용사인 아울반디르의 아이 샤르비를 데리고 거인의 나라 우트가르드에 올라갔다. 그러나 우트가르드의 왕 우트가르다 로키는 중간부터 거인의 모습으로 일행에 합류하여 그들을 고민하게 만드는 등 우트가르드에서도 한참 농락했다고 한다.

그 외에 『아라비안 나이트』에서도 진이라고 불리는 많은 마신이나 마술사가 등장하여 인간을 동물로 바꾸거나 스스로 여러 가지 모습으로 변신하여 싸움을 계속하였다.

신화 · 전승에 등장하는 마술사들

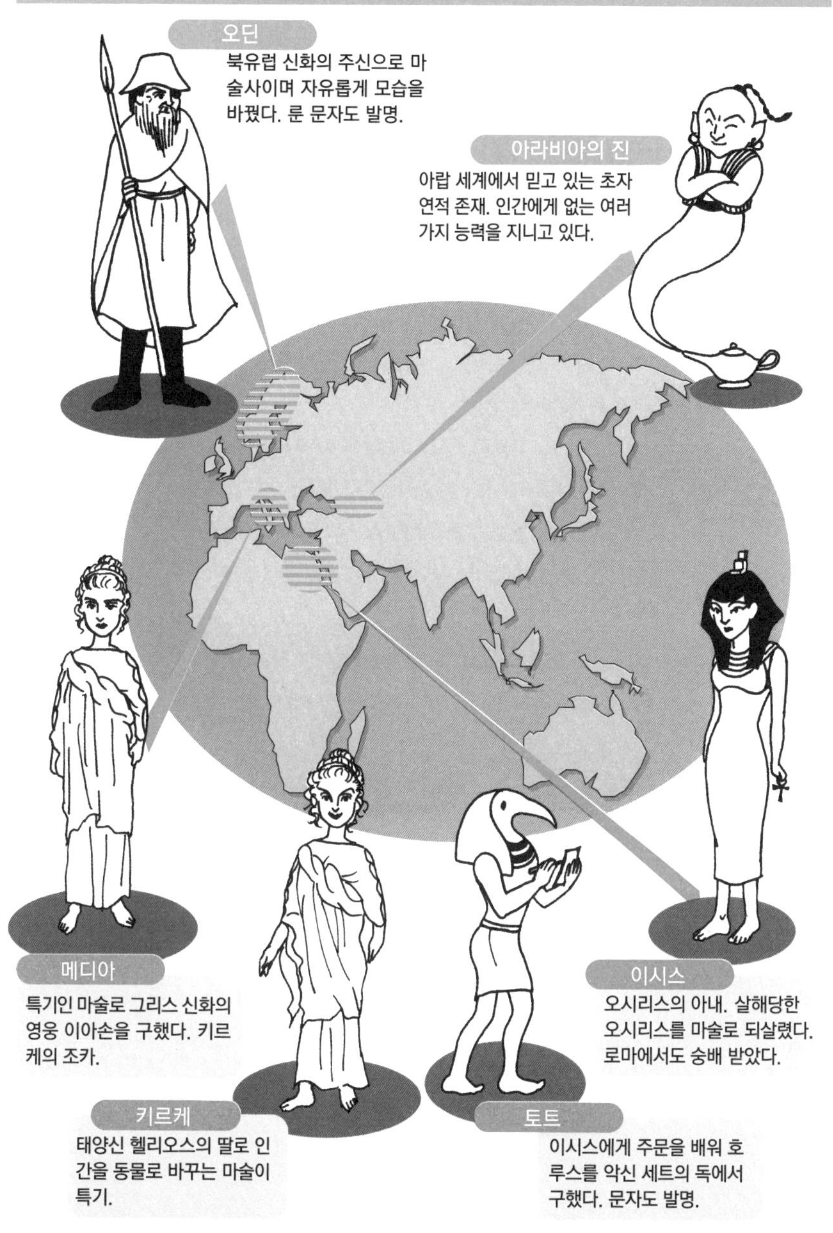

관련항목

●사역마

●고대의 마술

No.016

그노시스 파

The Gnostics

크리스트교 초기의 이단으로 많은 분파가 있다. 기본적으로는 영육이원론을 주장하고 있으며, 현세를 만든『구약성서』의 신을 악신이라고 규정하고 있다.

● 시몬 마구스의 후예들

「그노시스」란 그리스어로「지식」혹은「인식」을 의미하는 단어이다. 그노시스파는 기원후 1세기부터 4세기에 걸쳐 로마, 시리아, 팔레스타인, 소아시아에 퍼진 신비주의적 철학 · 종교적 유파를 부르는 명칭이다.

그노시스파는 일반적으로 초기 크리스트교의 일파로 분류되며 그 개조는『신약성서』의「사도 언행록」에도 등장하는 사마리아의 마술사 **시몬 마구스**라고 하지만, 크리스트교 측에서는 이것을 이단으로 여겨 배척했다. 결국 그노시스파는 서양에서 4세기에 거의 소멸했지만, 현대에도 그노시스파의 일파로서 이라크의 만다인(사비교도) 등이 존재하고 있다.

한마디로 그노시스파라고 해도, 카르보나리파, 카르포크라테스파, 바실레이데스파, 발렌티누스파, 알비조아파, 카탈리파 등 많은 분파가 있어, 그 교의도 꼭 일치하는 것은 아니다. 그중에는 크리스트교를 유대교의 일파로 인식한 노바트파, 에덴동산에서 이브를 유혹한 뱀을 숭배하는 배사교도, 성교를 장려하는 바르벨로 등도 있다. 기본적으로는 영육이원론의 입장에 서서 물질세계를 창조한『구약성서』의 신을 악신 데미우르고스로 인식하고, 진정한 신인 선신과의 합일을 통해 육체라고 하는 감옥에 갖혀있는 혼을 해방시키는 것을 강조한 것이 일반적인 경향이다.

그노시스파의 형성에 대해서는 오르페우스교 등의 고대밀의나 유대교의 에센파, 나아가 메소포타미아 고대종교의 영향도 들 수 있으며, 1945년에 이집트에서 그노시스파의 성전을 모은『나그함마디 문서』가 발견됨으로 인해,『신약성서』에 포함되지 않는 독자적인 경전을 갖고 있었다는 것이 밝혀졌다.

그노시스파의 계보

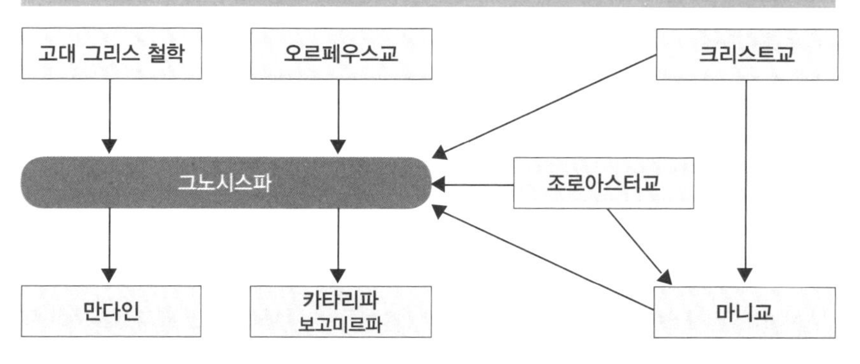

그노시스파의 기본개념

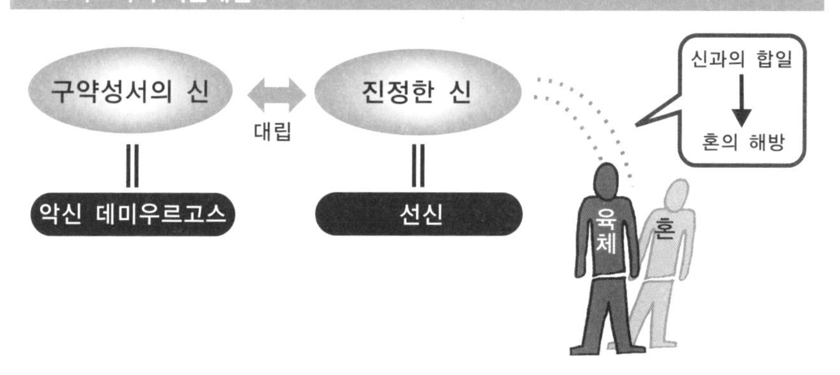

나그함마디 문서

1945년 12월, 이집트의 룩소르 남쪽 95킬로미터에 있는 나그함마디 마을 근처의 절벽아래에서 발견된 콥트어로 쓰여진 파피루스 문서. 적어도 53개의 문서를 포함하여 그중 11개의 사본이 완전한 형태로 보존되어 있다. 이것은 2세기에 쓰여진 그리스어 원본을 4세기 무렵 콥트어로 필사한 것이라고 추정되며, 플라톤의 『국가』의 일부 등도 포함되어 있지만, 대부분은 그노시스파적인 내용이었다. 나그함마디 문서는 그때까지 단편만 전해지던 「토마스 복음서」나 「베드로 묵시록」 등의 문서도 포함되어 있어, 정전인 4복음서에서는 볼 수 없는 예수 그리스도의 모습을 이야기하고 있다.

관련항목

●고대의 마술
●헤르메스 사상

No.017

카발라

Kabbalah

유대교 신비사상을 말한다. 팔레스타인의 메르카바 신비주의를 원류로 하며, 점차 토라의 신비적 해설을 행하는 사색적 카발라로 발전. 게마트리아, 테믈러 노타리콘 등의 기법을 이용한다.

● 메르카바 신비주의에서 사색적 카발라로

「카발라」는 헤브라이어로 「전승」을 의미하는 단어이지만, 통상적으로는 유대교 신비사상을 의미하는데 쓰인다.

카발라의 기원은, 기원후 1세기의 팔레스타인에서 탄생한 메르카바 신비주의에서 찾을 수 있다. 메르카바 신비주의란 『구약성서』의 하나인 「에제키엘서」 제1장에 등장하는 신의 전차(메르카바)를 감상하는 명상을 행함으로써, 신의 모습을 직접 보는 것을 목적으로 하는 수행을 가리킨다. 그러나 후대에 와서는 천지창조의 비밀을 이론적으로 밝히려고 하는 「사색적 카발라」가 우세하게 되어, 일시적으로는 스페인이 그 중심지가 되기도 했다. 그러나 1492년, 스페인에서 유대인이 추방됨에 따라, 이후에는 팔레스타인의 제파트가 중심이 되었다.

사색적 카발라는 토라(『구약성서』의 모세 오경)의 숨겨진 의미를 해석하는 것으로 진리에 다다르기 위한 오의(奧義)이며, 그 사상은 열개의 세피로트에서 자란 「생명의 나무」로 상징된다.

토라의 숨겨진 의미를 해석하기 위해서 이용되는 기법으로는, 문자를 숫자로 변환하여 특정한 단어에 사용된 문자의 총수로 다른 단어와의 관계를 보는 「**게마트리아**」, 한 개의 단어를 복수의 단어의 첫문자를 늘어세운 것으로 본 「노탈리콘」, 그리고 애너그램으로서의 「테무라」 등이 대표적인 것이다.

카발라의 기법은, 본래 유대교의 성서해석 중에 발생한 것이지만, 토라를 『구약성서』의 일부로 흡수한 크리스트교에 있어서도 유효하다. 거기서 이탈리아의 피코델라미란돌라(1463~1494)는 카발라에 주목하여 처음으로 크리스트교에 그 기법을 도입했다. 이후 많은 마술사가 카발라를 연구하여 현재에 이르기까지, 서양마술의 기본적인 기법 중에 하나가 되어 있다.

카발라의 개념

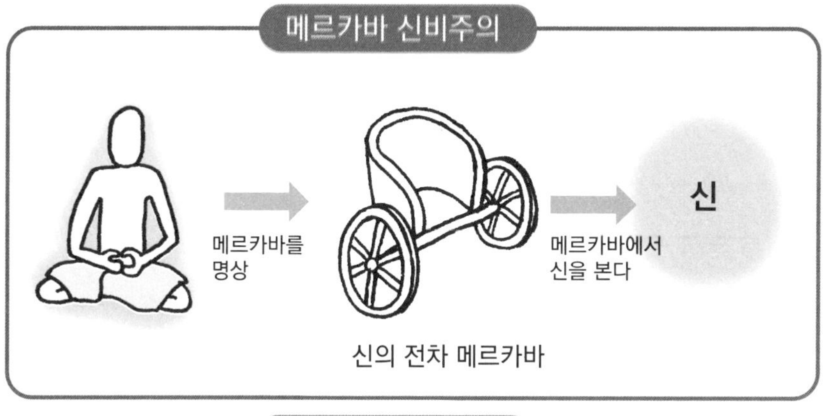

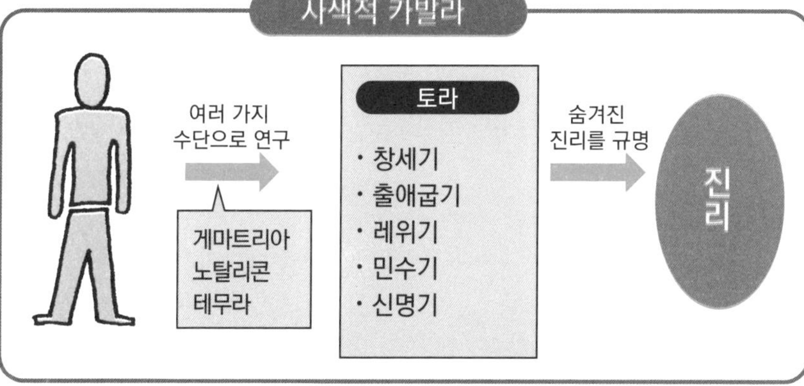

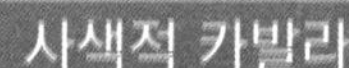

노탈리콘이란?

노탈리콘은 카발라의 기법 중 하나로, 어떤 단어를 다른 복수의 단어의 첫문자로 연관짓는 수법이다. 예를들면 영어의 bat는 박쥐라는 의미가 있지만, Bachelor of Art in Teaching(교육학사)의 약칭이기도 하다. 어떤 일련의 어군의 첫문자만으로 의미를 표시하는 방식은 USA, JAL, am, pm 등 일상적으로 널리 쓰이고 있다.

테무라란?

테무라는 어떤 단어의 순서를 바꿔 다른 단어를 만드는 기법으로, 노스트라다무스의 예언해독에 다용되는 애너그램과 같다. 예를 들면 블아이쿠 이오네스크(Vlaicu Ionescu)는 예언서 제4장 71「ACONILE」라는 단어를「LE HANOI(하노이)」로 변환하여 베트남 전쟁의 예언이라고 해석했다.

관련항목
●골렘 ●창조의 서 ●광휘의 서

No.018

게마트리아

Gematria

카발라의 기법 중 한가지. 알파벳의 문자를 숫자로 치환하여 토라의 숨겨진 의미를 찾는 기법. 사람의 이름을 숫자로 바꾸는 것으로, 사람의 운명을 점치는 것도 할 수 있다.

● 문자에서 숫자로 전환

게마트리아는 본래 유대교 신비사상인 **카발라**의 기법 중 하나로, 헤브라이 문자를 각각 숫자로 변환함으로써 토라(『구약성서』의 모세오경)의 숨겨진 의미를 읽어내는 것이다.

이 의미로 게마트리아는 토라의 문구를 하나씩 수식으로 환산하고 그것을 사칙연산하여 별도의 수식을 도입한 다음, 도출된 결과를 다른 문장으로 변환함으로써 성전에 숨겨진 의미를 발견하려고 한 기법이다.

한편, 이 방법을 응용하여 어떤 특정한 인물의 이름에 포함되어 있는 문자를 숫자로 변환하거나, 생년월일의 숫자의 총계 같은 것으로 그 인물의 운명을 판정하는 방법도 게마트리아라고 불린다. 이 의미의 게마트리아는 일본어로 수비술(數秘術), 숫자점 등으로 번역되는 경우도 있다.

이 경우, 알파벳을 변환시킨 숫자나 생년월일의 숫자의 총계로 두 자리 이상이 될 경우에는 제각각의 자릿수의 숫자를 모두 더해 최종적으로 1에서 9 중에 어떤 숫자를 얻고, 이 1부터 9까지 숫자의 의미에 맞추어 판단하는 것이 일반적인 방법이다. 그러나, 때때로는 11이나 13같은 특수한 숫자를 추가적으로 사용할 경우도 있다.

게마트리아는 본래 헤브라이어 알파벳을 숫자로 변환하는 것으로, 로마자 알파벳에 그대로 응용하는 데에는 문제가 있다. 현재 로마자의 변환방법에는 알파벳 문자의 순번에 따라서 자동적으로 1부터 9까지를 부여하는 방법이나, 로마자의 발음을 감안하여 헤브라이어 알파벳과 비슷한 발음의 문자에 같은 숫자를 부여하는 방법이 있다.

프랑스의 **카리오스트로 백작**(1743~1795)은 게마트리아의 명수로, 게마트리아를 사용하여 루이16세(1754~1793)이나 그 왕비 마리 앙투와네트(1755~1793)의 운명을 예언하여 적중시켰다.

헤브라이어의 대응표

문자	발음	수치	의미
א	Alef	1	공기
ב	Bet	2	생명
ג	Geemel	3	평화
ד	Dalet	4	지혜
ה	He	5	언어
ו	Vav	6	사고
ז	Zayeen	7	운동
ח	Chet	8	시각
ט	Tet	9	청력
י	Jod	10	동작
כ	Kaf	20	부

문자	발음	수치	의미
ל	Lamed	30	성교
מ	Mem	40	물
נ	Noon	50	후각
ס	Samech	60	수면
ע	Ayeen	70	진노
פ	Pe	80	우아
צ	Tsadee	90	미각
ק	Kof	100	웃음
ר	Resh	200	종자
ש	Sheen	300	불
ת	Tav	400	왕권

알파벳에서 숫자의 대표적인 환산법

A	B	C	D	E	F	G	H	I	J	K	L	M	
1	2	3	4	5	8	3	5	1	1	2	3	4	닮은 음의 숫자로 배당하다
1	2	3	4	5	6	7	8	9	1	2	3	4	자동적으로 배당하다

N	O	P	Q	R	S	T	U	V	W	X	Y	Z
5	7	8	1	2	3	4	6	6	6	6	7	7
5	6	7	8	9	1	2	3	4	5	6	7	8

관련항목

●서양의 여러 가지 점술

No.019

신 플라톤 학파

Neoplatonism

고대 그리스 철학의 일파. 세계의 근원적 존재로서 「일자(一者)」와 하위의 제세계의 존재를 「유출」이라는 개념으로 설명하려고 했다. 그 체계에는 소환 기법도 포함되어 있다.

● 고대 그리스 최후의 철학조류

고대 그리스 철학에 있어 마지막 조류라고 일컬어지는 신 플라톤 학파는 3세기의 플로티노스(205년경~270)의 철학에 기초하여 태어났다.

플로티노스는 이집트의 류코폴리스(현재의 아슈트)에서 태어나 **티아나 아폴로니우스**(1세기경)의 영향을 받은 뒤, 알렉산드리아에서 암모니오스 사카스(3세기경)에게 가르침을 받았다. 40세 이후에는 로마에서 사숙을 열고 자신의 철학을 가르쳤다.

플로티노스는 세계의 근원적 존재로서 「일자(一者)」라고 하는 것을 상정하고 「일자」로부터 유출에 의해 발생하는 하위 세계의 존재를 인정하는 한편, 인간의 혼은 본래 이 「일자」의 성질을 갖고 있기 때문에, 그 근원에 복귀하려고 한다는 사상을 전파했다. 이 근원적 존재인 「일자」로 귀일하여 동화되기 위해서는 금욕이나 선행을 할 필요가 있다고 하였으며, 플로티노스 자신은 4회에 걸쳐 일자와 합일의 경지를 경험했다고 한다.

플로티노스는 마술이나 그노시스파에는 비판적이었다. 그러나 플로티노스의 제자 포르필리오스(232/3~305?)에게 배운 이안브리코스(250~330년경)는 데몬이라고 불리는 영들의 소환에 빠져들어, 이후 신 플라톤 학파는 소환을 중심으로 하는 마술적 색채를 굳히게 되었고, 소환의 달인인 맥심이나 프로클로스, **연금술사**인 스테파노스 등의 일련의 인물들도 등장했다.

신 플라톤 학파에는 몇몇 분파가 있어, 시리아 학파, 로마 학파, 아테네 학파 등 그 활동의 중심지에 따라 명명되었다. 361년에는 로마 황제 율리아누스(331경~363)가 신 플라톤 학파로 개종하였지만, 그 사후에는 세력이 쇠하여 6세기에는 소멸했다. 그러나 이 사상은 아우구스티누스(354~430)를 비롯한 초기 크리스트교 신학에도 영향을 주어, 르네상스기의 신학자 마르실리오 피치노(1433~1499)에게도 영향을 주었다.

신 플라톤 학파의 계도

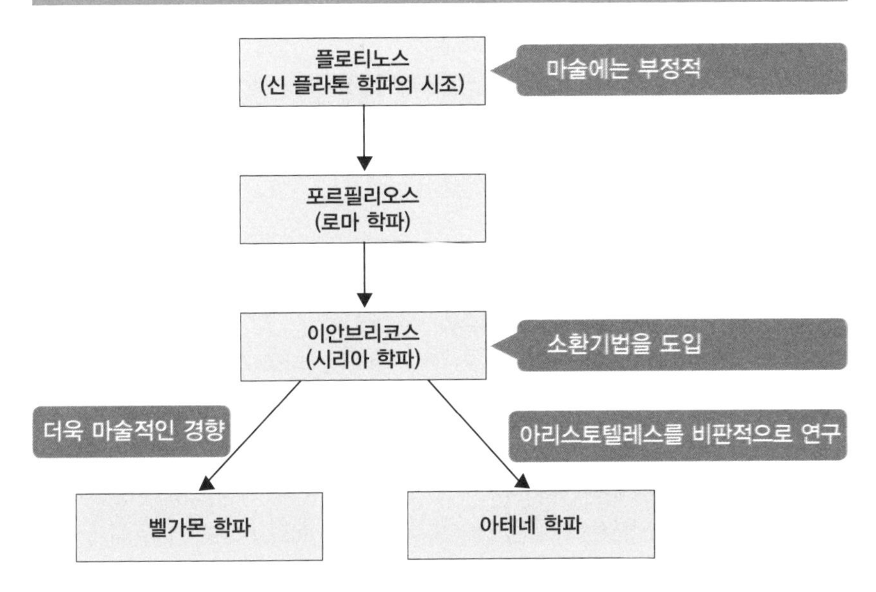

배교자 율리아누스

율리아누스
(331년경~363)

331년경~363. 로마제국황제(재위 361~363). 크리스트교를 로마제국국교로 지정한 콘스탄티누스 1세의 조카에 해당하며, 크리스트교도로 자랐으나, 후에 크리스트교를 버리고 그리스 로마의 신들에 대한 신앙을 부활시켰다. 그로 인해 후에 배교자로 불리게 된다. 363년에 페르시아와의 전투에서 사망.

관련항목

● 헤르메스 사상

No.020

헤르메스 사상

Hermeticism

헤르메스 트리스메기스토스의 가르침에 기초를 둔 신비주의적인 사상. 일련의 헤르메스 문서에 그 내용이 전해지며, 미크로 코스모스와 마크로 코스모스의 상호영향관계를 주장했다.

● 헤르메스 트리스메기스토스로부터 피치노까지

전설의 인물 **헤르메스 트리스메기스토스**에게로 돌아가자는 일련의 신비주의적 사상을 헤르메스 사상이라고 부른다. 헤르메스 사상에 대해서는 **헤르메스 트리스메기스토스**로부터 오르페우스로 이어져, 아그라오페모스로부터 피타고라스(BC582?~BC500?)에게 전해졌다고 하는 전설도 있다.

기본적으로는 **그노시스파적**인 세계관에 기초하여 마크로 코스모스인 우주와 미크로 코스모스인 인간 사이의 영향관계의 존재를 인정하는 세계관이라고 한다.

이러한 헤르메스 사상은 기본적으로는 「헤르메스 문서」로 총칭되는 일련의 문서에 기록되어 있으며, 헤르메스 문서의 대표적인 것으로서 『헤르메스 선집』이나 『아스클레피오스』 등이 있다. 또한 1945년에 이집트에서 발견된 『나그함마디 문서』에도 헤르메스 문서로 분류될만한 내용이 포함되어 있다.

헤르메스 문서에는 **연금술**이나 **서양점성술** 등의 오컬트 지식도 많이 포함되어 있으며 이러한 지식을 헤르메스학이라고 부르기도 한다.

한때 이집트의 알렉산드리아 도서관에는 **헤르메스 트리스메기스토스**가 썼다고 하는 전 42권의 헤르메스문서가 소장되어 있었다고 전해지지만, 이것은 도서관이 불타 소실되고 말았다.

유럽에서는 1455년 무렵부터 『헤르메스 선집』을 비롯한 일련의 헤르메스 문서가 돌아다니기 시작하여 피렌체의 신학자 마르실리오 피치노(1433~1499)는 17권 정도 되는 『헤르메스 선집』을 1471년에 라틴어로 번역했다.

헤르메스 문서는 이슬람권에도 돌아다녀 **수피즘**에 영향을 끼쳤다고 한다. 현재의 연구로는 『헤르메스 선집』의 용어 등에서, 이 문서가 작성된 시기를 기원후 250년부터 300년 사이라고 추정하고 있다.

헤르메스 사상개관도

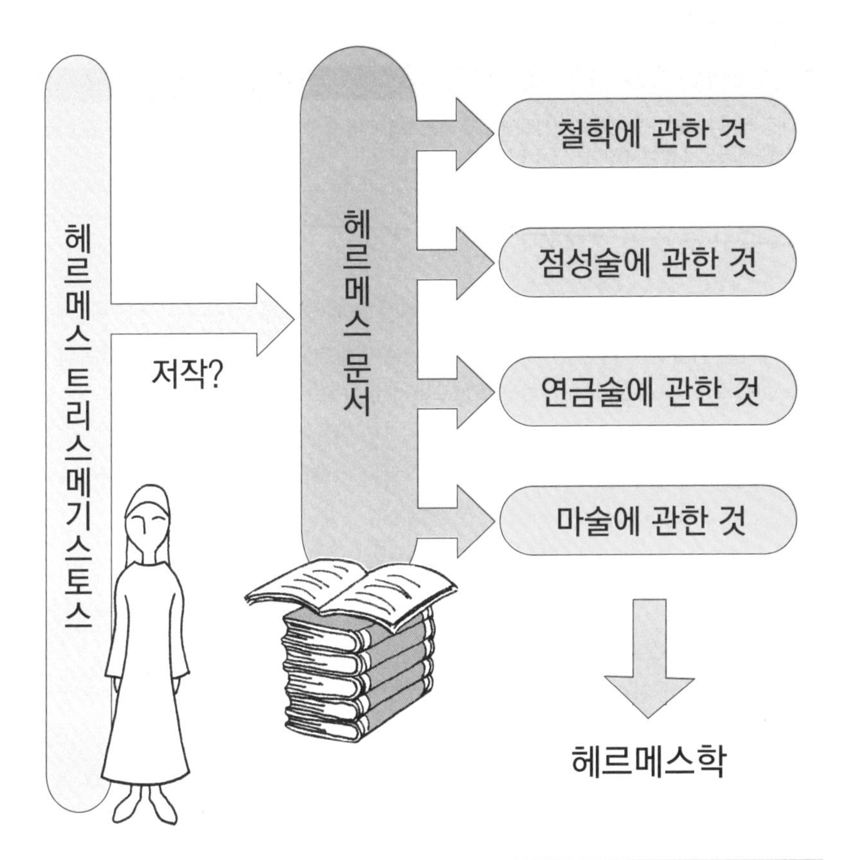

주요 헤르메스 문서

문서명	등장한 시대	내용
에메랄드 타블릿	13세기	연금술이나 점성술의 오의 등
헤르메스 선집	15세기초	세계가 빛과 어둠에서 만들어졌다는 것, 혼의 불사성, 점성술이나 연금술의 원리를 기술
아스크레피오스	?	천체의 지상의 사건에 대한 영향 등
나그함마디 문서	1945년	일부에 헤르메스 문서가 포함되어 있다.(자세한 것은 P.37을 참조)

관련항목

●자연마술

No.021

연금술

Alchemy

고대중국이나 헬레니즘 시기의 이집트에서 그 싹을 보였으며 중세 유럽에서 번성하였다. 실제로 비금속(卑金屬)을 금으로 변성시켰다는 연금술사도 있다.

● 아담으로부터 전해진 비밀의 지식

연금술이란, 납 같은 비금속에 일정한 인위적 조작을 가해 금이나 은 같은 귀금속으로 변환시키는 기술을 가리킨다. 다만 실제로 금을 만들어내는 것이 아니라, 비금속이 금이 되는 과정은, 인간의 혼이 정화되어 완전무결한 인간이 되기까지의 과정을 비유적으로 가리킨 것이라는 신비적인 해석도 있다.

영어로는 「알케미」라고 부르며 그 어원은 「켐의 국가(이집트)의 기술」에서 유래되었다고 하는 설이 일반적이다.

연금술의 기원을 고대중국의 연단술에서 찾는 방법도 있지만, 서양에서는 이미 헬레니즘기의 이집트에서 그 싹이 보였는데, 파노폴리스의 조시모스(3세기 무렵) 등이 당시의 유명한 연금술사로 알려져있다.

후대에 발생한 전승에는 인류의 선조인 아담이나 노아도 비금속 변성의 지식을 갖고 있었다고 한다.

서양중세의 세계관에서는 세계에 존재하는 만물은 땅, 물, 불, 바람 이렇게 네 가지 **엘레멘트**로 구성되어 있다고 생각하였기 때문에, 그 구성을 인위적으로 바꾸어 어떤 물질을 다른 물질로 변환시키는 것도 논리적으로는 가능하였다.

그리스 문화권의 연금술은 5세기의 아카데미아 폐쇄 후, 아라비아로 건너간 시리아의 학자에 의해 이슬람권에 전해져, 8세기의 게벨(721~?)이나 러지(865~923?) 등의 연금술사가 그 논리적 발전에 공헌했다. 이러한 아라비아 연금술의 이론은 중세 유럽에서 연금술이 번성했을 때에 역수입하게 되었다.

플라멜(1330~1418)이나 슈바이처 등 유명한 연금술사가 실제로 비금속에서 금이나 은 같은 귀금속변성에 성공했다고 하는 전설도 어느정도 남아있다. 한편, 중세 유럽에서 빈번히 이루어진 연금술 실험을 통해 많은 화학물질이 발견되어, 후에 화학의 발전에도 크게 공헌했다.

연금술의 여정

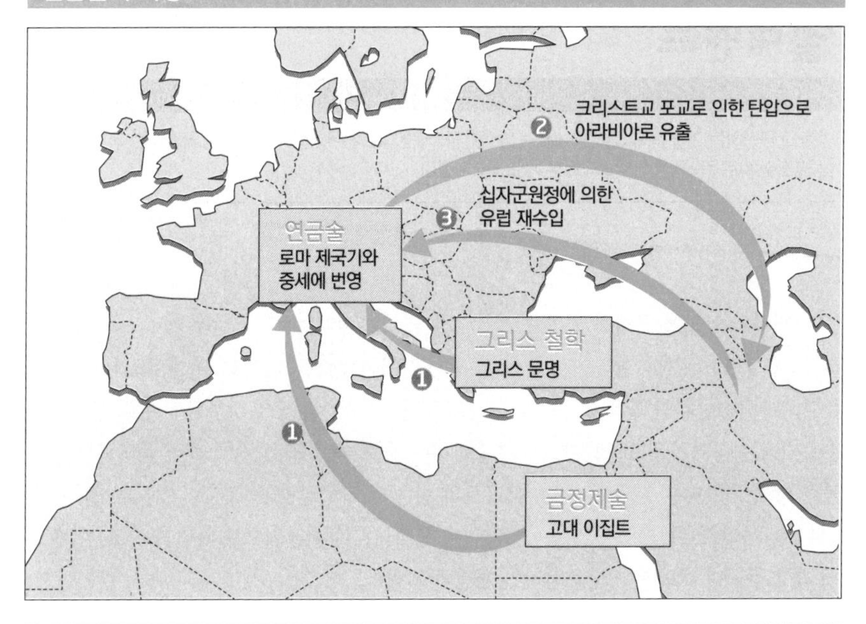

연금술의 기본이 되는 개념

헤르메스 사상	헤르메스 사상에 있어 연금술은 금속변성뿐만 아니라, 세계 창조의 과정을 재현하는 위대한 기술(아루스 마그나)이다.
연단술	고대 중국에서는 단사(황화수은)로 만들어진 금속을 복용하는 것으로 장수할 수 있다고 믿었다.
4대설	중세 유럽의 지배적인 사상으로, 모든 존재는 4대원소(엘레멘트)로 구성되어 있다는 것이다. 따라서 조성을 바꾸는 것으로, 어떤 물질에서 다른 물질을 만들어낼 수 있다는 결론에 이른다.
신비적해석	연금술이라고 하는 금속전환은 단순한 비유이며, 그 과정은 죄 지은 인간을 완전무결한 인간으로 바꾸는 방법에 대해서 비유적으로 서술한 것이라는 해석.

관련항목
● 선술
● 엘레멘트
● 파라켈수스
● 루돌프 2세
● 안드레

No.022

엘레멘트

Elements

만물을 구성하는 기본적요소. 서양에서는 땅, 물, 불, 바람으로 이루어진 4대, 고대중국에서는 목화토금수(木火土金水)로 된 오행이 만물의 기본이라고 여겨졌다.

● 서양의 4대와 동양의 오행

자연계의 만물을 구성하고 있는 기본적인 요소를 엘레멘트라고 부른다.

고대 그리스의 헤라클레이토스(BC540?~475?)는 만물의 근원을 불이라고 하였다. 그는 창조의 제1물질인 불은 천상에서 불타고 있지만, 불이 지상에 강하함에 따라 응축되어 수증기라는 공기가 되고 그것이 더욱 강하하여 물로 변했으며, 결국 물이 응축되고 얼어붙어 땅이 되었다는 논리로 4대 엘레멘트의 변환에 대해 설명했지만, 이 땅, 물, 불, 바람 4원소는 아리스토텔레스(BC384~BC322)에 이르러서야 이론적으로 자리를 잡고, 이후「4대」라고 불리며 서양철학의 중심적인 개념이 되었다.

서양점성술에 있어서도 12성좌는 이 네 개의 엘레멘트로 나뉘어져 있다고 보았으며, 또한 만물이 이 4원소로 구성되어 있다고 한다면, 그 비율을 인위적으로 변화시킴으로써 비금속을 귀금속으로 변환시키는 **연금술**도 이론적으로는 가능하였다.

더욱이 이러한 땅, 물, 불, 바람의 4원소 외에 5번째 원소가 상정되는 경우도 있다. 이 제5원소야말로 만물에 침투하여 생명을 부여하는 존재이며, 실체가 없고 볼 수 없는 것으로 여겨지며, 연금술에 있어서는 후에 **현자의 돌**과도 동일시되었다.

자연현상을 배경으로 여러 가지 영령들을 상정한 **파라켈수스**(1493?~1541)는 이러한 4대원소에, 각각 그것들을 지배하는 정령을 특정시켰다. 그에 의하면 바람의 정령은 실프, 물은 운디네, 불은 샐러맨더, 땅은 노움이라며, 이러한 정령을 지배하는 것이 가능하다면 자연계를 마음대로 조작할 수가 있다.

고대중국에 있어서는 만물은 음과 양, 두 가지 요소가 생성 · 유전한다는 음양설과, 목화토금수 이 다섯가지 요소를 만물의 근원으로 상정한 오행설이 엮인 음양오행설이 중심적인 학설이 되었다.

세계의 구성요소

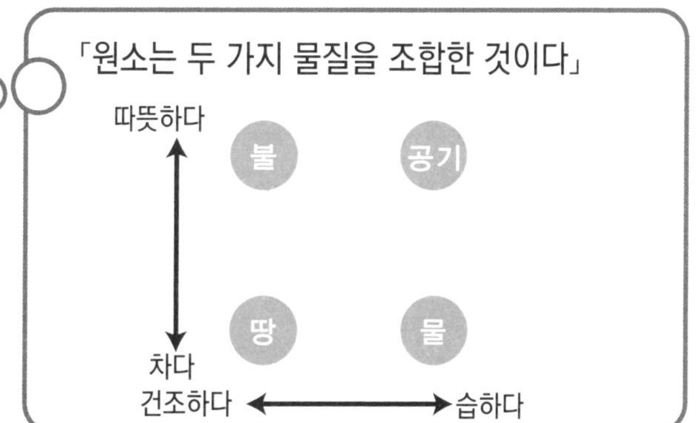

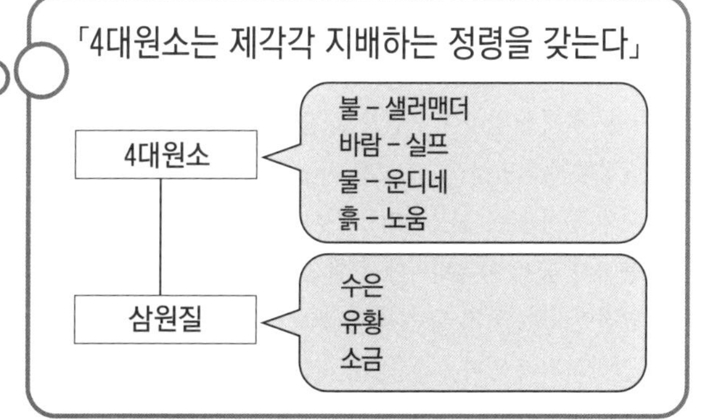

관련항목

- 자연마술
- 역
- 동양마술

No.023

서양점성술

Astrology

고대 메소포타미아에서 발생하여 고대 로마, 중세의 아라비아에서 발전, 현대에 이른다.
황도 12궁과 10행성의 운행을 기초로 하는 점성술.

●고대 메소포타미아에서 현대까지

일본에서 서양점성술로 불리는 점술은 실은 고대 메소포타미아에서 발생하였다.

고대 메소포타미아에서는 육안으로 확인가능한 수성, 금성, 화성, 목성, 토성에 태양과 달을 포함한 7행성에는 제각각 신이 살고 있으며 그 운행이 지상의 사건에도 영향을 준다고 생각하였다.

이 7행성과 황도 12별자리와의 조합은 지금도 서양점성술의 기본이 되어있는데, 이미 기원전 410년 무렵의 문서에는 현재 사용되고 있는 것과 동일한 12성좌가 특정되어 있다.

고대 메소포타미아에서 발생한 점성술은, 주로 칼데아인들에 의해 서양에 전해졌기 때문에 칼데아인은 점성술사를 의미하는 말로서 사용되는 경우도 있다. 그중에서도 유명한 것은 기원전 280년 무렵, 소아시아의 코스 섬에 이주한 벨 마르두크 신의 신관 벨로소스이다.

그 후 2세기가 되어 알렉산드리아에서 활약하며 천동설을 주장한 천문학자 프톨레마이오스(?~150년경)가 그의 저서 『테트라비브로스(4서)』에서 당시 이루어졌던 점성술을 집대성하였다.

본래 서양점성술은 일곱 개의 행성이 12별자리의 어디에 위치하는가, 혹은 서로의 위치관계가 어떻게 되어있는가를 기초로 전쟁이나 재해 같은 국가적 사건을 점치는 용도로 쓰였지만, 후에 국왕이나 고위 인물 같은, 국가의 운명에 중요한 영향을 끼치는 개인의 운명을 판정하게 되면서, 차츰 보통 사람들의 운명을 판단하는 형태가 되어갔다.

현재의 점성술은, 전통적인 7행성에 천왕성, 해왕성, 명왕성 세 행성을 추가한 10행성을 이용하며 중세 아라비아에서 발생한 「하우스」라고 불리는 천궁분할법을 병용하는 것이 일반적이지만, 잡지 같은 곳에서 소개되는 것은 태어난 날의 태양의 위치만을 이용하는 등 간략화되어 있다.

서양점성술의 위인들

벨로소스

본래는 바빌론의 벨 마르두크 신의 신관으로 기원전 280년 무렵 소아시아의 코스섬에 이주하여 천문학이나 점성술의 지식을 고대 그리스에 전했다.

프톨레마이오스

?~150년 무렵. 알렉산드리아의 천문학자로 천동설을 주장했다. 그의 저서 『테트라비브로스』는 서양점성술의 기본서 중에 하나이다.

하우스 시스템

일본어로는 「실(室)」로 번역된다. 서양점성술에서 이용되며 천정이나 지평선상의 점 등, 지상을 기준으로 한 포인트를 기초로 천구를 12분할한 것. 그 분할방법에 따라 몇 가지 시스템이 있다. 제각각의 하우스는, 인생에 있어 특정한 사건과 연관지어 점성술상의 판단을 내리는 중요한 역할을 한다.

플라시두스(Placidus) 하우스

17세기의 플라시두스가 고안.

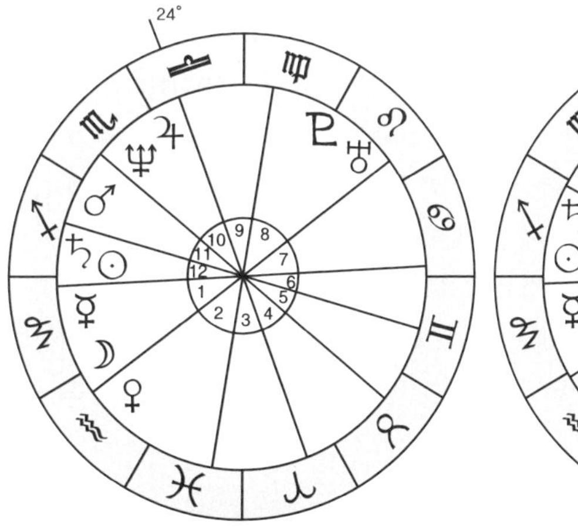

이콜 하우스

상승점을 기준으로 하여 30도씩 구획분할.

24°
10 9 11 8 12 7 1 6 2 5 3 4

관련항목

- 서양의 여러 가지 점술
- 고대의 마술

No.024

서양의 여러 가지 점술

Western Traditional Divinations

서양의 점술에는 많은 종류가 있다. 수상(手相), 인상(人相) 외에 흙점이나 꿈풀이, 내장점 같은 것들이 기록에 남아있다.

● 손금부터 내장점까지

서양점성술이나 수정구 응시, **타로트** 같은 것 외에, 수상이나 인상, 흙점 같은 것도 중세 유럽의 전통적인 점술로 전해지고 있다.

점술에 대해서는『구약성서』에도 언급이 있어, 고대 그리스 피타고라스(BC582?~BC500?)의 문하에도 수상, 인상에 뛰어난 자가 보이며, 철학자로도 이름높은 아리스토텔레스(BC384~322)도 손금이나 지문을 논하였다.

중세에는 수상이 카톨릭 교회의 탄압을 받으면서도 은밀히 집시들에게 전해져 15세기 중반에 부활했다. 19세기가 되면서 프랑스에 데발로르(Adolphe Desbarrolles, 1801~1886)나 다르반치니가 나타나 현대에 이르기까지의 수상법을 정비하여 많은 전문어가 탄생했다.

인상도 고대 그리스에서 시작되어 18세기 스위스의 라바터가 종래의 관측기록에 자신의 관측예를 덧붙인『인상학』을 출판. 그 후 19세기에 현대의 인상학이 확립되었다.

흙점은 **아그리파**(1486~1535)의 대표작『오컬트 철학』에도 수록되어 있는 전통적인 점술로 지중해 전역 이외에 중동, 아프리카의 절반 이상의 지역에서 전해온다.

기본적으로는 지면이나 종이에 아무렇게나 선을 긋거나, 대추야자의 씨를 왼손에서 오른손으로 옮기는 방법으로 네개의 숫자를 찾아내어 그것이 홀수인지 짝수인지에 따라 점치는 방법이 일반적이다. 홀수와 짝수의 조합으로 16종류의 패턴이 있으며, 홀수와 짝수의 조합이라는 기법은 역에도 쓰이는 것이다. 또한 한줌의 흙이나 몇 개의 사리, 조약돌, 대추야자씨 등을 던져 그것의 패턴으로 점을 치는 것도 흙점이라고 부른다.

꿈풀이도 현대까지 전해오는 전통적인 점술이다.

고대 메소포타미아나 로마에서는 신들에게 산제물을 바치면서 동물의 내장을 사용한 점술도 왕성했었지만, 현재는 거의 이루어지지 않고 있다.

다종다양한 점술

수정구 응시

수정구를 응시하면 그 안에 미래의 정경이나 질문에 대한 답이 떠오르는 것이 보인다. 마술에 있어서 영과의 교신에도 이용되는 경우가 있다.

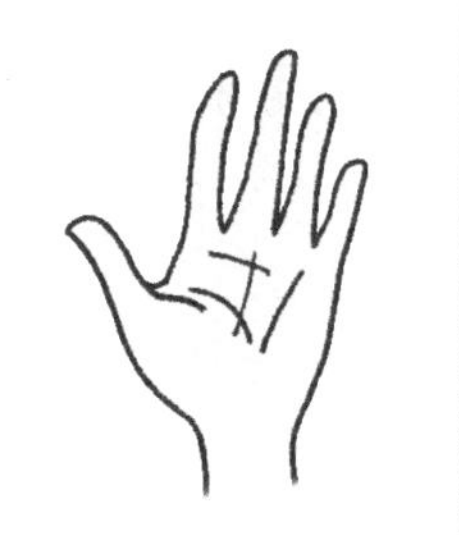

수상

손이나 손가락의 형태, 손바닥의 금이나 주름 같은 것에 의해 본인의 성격, 운명을 점치는 방법. 생명선, 두뇌선, 감정선 등 많은 선을 관찰한다.

인상

사람의 얼굴, 이마나 눈, 귀, 코, 턱, 이 그 외의 부분의 크고작음이나 형태 같은 것으로, 얼굴의 특징을 개별적으로 혹은 다른 부분과의 관련성을 가지고 해석하는 점술.

꿈풀이

수면 중에 꾸는 꿈으로 미래를 점친다. 전문지식을 가진 인물에게 꿈을 해석해달라고 할 필요가 있다.

흙점

지면이나 종이에 아무렇게나 선을 긋고 그 수를 보거나, 한줌의 흙이나 몇 개의 모래, 조약돌, 대추야자의 씨 같은 것을 던져 그 패턴으로 점을 친다.

타로트

타로트를 이용한 점술. 카드를 정해진 형식으로 배치하여 점을 친다. 배치의 형상은 여러 가지가 있으며 대 아르카나(arcane)만을 사용하는 경우도 있다.

관련항목

● 고대의 마술

No.025

동양마술

Eastern Magic

동양의 마술로서는 선도, 음양도 이외에 수험도나 주금도 같은 것이 있다. 일본의 신도에도 독자적인 마술이라 할 수 있는 비술이 전해진다.

● 수험도와 주금도

동양의 마술체계로서는 중국의 **선술**(선도), 티벳 불교, **음양도** 외에 일본의 독자적인 것으로 수험도나 주금도가 있다. 또한 일본의 신도에 있어서도 언령학이나 진혼귀신 등 독자의 마술적 행법이 전해지고 있다.

수험도는 일본 고유의 산악신앙에 **밀교**나 도교의 요소가 섞인 것으로 나라시대의 엔노 오즈누(634~701)를 개조로 한다.

엔노 오즈누는 역행자(役行者)로서 숭배되며 산악수행의 결과, 여러 가지 신통력을 얻어 공중을 비행하거나 젠키와 고키라고 불리는 귀신을 부리기도 했다고 한다.

헤이안 중기에는 밀교계의 행자들이 엔노 오즈누를 따라 산악수행을 하게 되어, 각지에서 수행의 거점이 되는 영봉이 열렸다.

수행도에도 영향을 준 주금도는 577년, 백제에서 주금사가 전래되면서 일본에도 전해졌지만 현재에 자세한 내용은 전해지지 않는다.

일본의 신도에 독자적인 것으로서 진혼귀신법이라고 불리는 소환법이 있다.

이 행법은 아마테라스의 바위굴 열기에 있어 아마노우즈메노미코토가 아마테라스를 부르기 위해 춤을 추었던 것에 기원을 두고 있지만, 근대에 와서는 혼다 치카아츠가 부흥 체계화시킨 혼다류 진혼귀신법이 주류가 되어, 메이지 이후 차차 생겨난 신도계 종교단체에서도 형태를 바꿔 계승하고 있다.

언령학은 말 중에 존재하는 영력을 연구하는 것으로 문자의 영력이라는 의미로는 **카발라**와 통하는 부분도 있지만, 일본의 언령학은 기본적으로 문자보다도 음을 중시한다.

그 외에 전국시대에는 인술을 수행한 닌자들이 활약하여, 수많은 불가사의한 술법을 보여주었다고 전해지고 있다.

동양마술개관

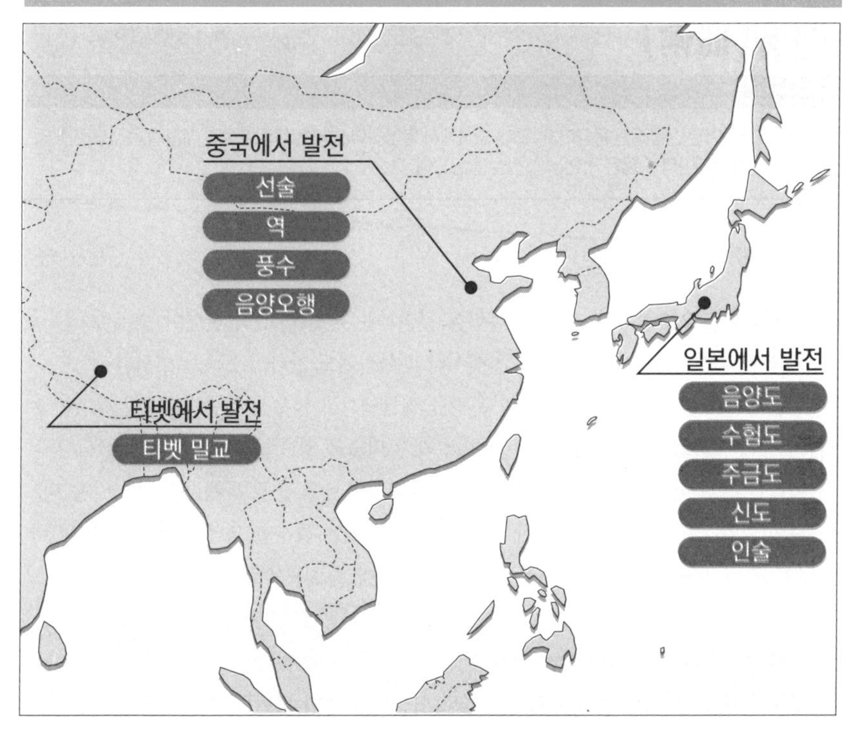

닌자

닌자의 기원은 확실하지 않다. 기록으로서는 쇼토쿠태자(574~622)가 시노비를 이용했다는 내용이 있다. 그 후 밀교나 수험도, 음양도 등의 마술적인 기법을 더해 여러 가지 무기의 사용이나 체술 같은 것을 흡수, 전국시대까지는 게릴라 전술이나 스파이, 암살, 정보수집 같은 특수한 임무를 전문으로 하는 직능집단으로서의 닌자의 모습이 확립되어 있었다. 이리하여 닌자들은 각지의 다이묘나 무장들에게 용병으로 고용되어, 때로는 자신들의 도당을 이루고 유력한 무장세력이 되기도 하였다. 그중에서도, 가장 유명한 것이 이가와 코가의 닌자들이다. 이가의 핫토리한조는 도쿠가와 이에야스에게 고용되었다고 알려져있지만, 그 외에도 호죠 가문에게 고용된 후마 고타로, 모리가의 사다 형제, 무라카미 가문의 아이베 지로 사우에몽, 다케다 가문의 토미다 고자에몽, 우에스기 겐신의 노키자루 등 많은 닌자들이 있다.

관련항목
●소환마술 ●사역마

No.026

선술(仙術)

Xiansui

도교와 연결지어진 전통적인 동양마술. 고대 중국에서 발생하여 본래는 불로불사의 체현을 목적으로 했었다. 시대가 지남에따라 수많은 선인들의 전설을 낳았다.

● 선인의 비술

중국에서는 오래전부터, 여러 신통력을 발휘하는 선인(仙人)의 전설이 수없이 전해왔다. 선인은 본래 「僊人」이라고 쓰며, 신선이라고 불리기도 한다.

선인은 불로불사인 데다가 사람의 운명을 꿰뚫어보고 영부를 조종하며 하늘을 날거나 사물을 다른 것으로 바꾸기도 하는 등 여러 가지 비술을 일으킬 수 있었다.

이러한 선인이 되기 위해서는 오랜 시간 깊은 산에서 송진 같이 특수한 음식만을 먹거나 도인(導引), 호흡법 같은 특수한 수행을 쌓거나 또는 특수한 영약을 복용하여야한다. 선인이 쓰는 비술을 선술이라고 부르며 선인이 되어 불로불사를 얻기 위한 여러 가지 행법을 총칭하여 선도라고 부른다.

선술의 기원은 고대 중국에서 발생한 방술에서 찾을 수 있다.

방술은 술수, 수술이라고 불리며 지금도 선술과 동일한 의미로 쓰이는 경우가 많다.

그 내용은 **역**이나 **풍수**, 인상, 주부(呪符)의 사용이나 연단, 여러 가지 민간신앙 등을 흡수한 마술체계로, 전한의 역사가 사마천(생몰년 불명)이 지은 역사서 『사기』에서도, 진나라 시대의 연나라나 제나라에 방선도라 불리웠던 유파에 속한 일파가 있었다고 기록되어 있다.

이런 방술을 행하는 자는 처음에는 방사라고 불렸지만, 시대가 지남에 따라 불로불사를 체현한 선인의 신앙이 정착되어갔다.

선인에도 몇가지 종류가 상정되어 있었는데 대표적인 것은 진(晉)나라 시대의 갈홍(283~343)이 이야기한 천선, 지선, 시해선의 분류이다.

선도는 중국의 민간신앙인 도교와도 깊은 연관성을 보이며, 도교에서 숭상받는 신들, 고대의 신화나 전설상의 인물인 황제, 서왕모, 적송자, 도교의 시조인 노자 등도 후에 선인으로 보게 되었다.

선인의 종류

천선	지선	시해선
●하늘을 난다. ●대낮에 사람들 앞에서 승천한다. ●1200번의 선행을 쌓아야만 한다.	●하늘에는 올라가지 않고, 지상의 산에 산다. ●300번의 선행을 쌓아야만 한다.	●일반인에게는 죽은 것처럼 보인다. ●죽은 후 선인이 된다. ●관을 열어보면 시체가 없다.

팔선

여동빈

당에서 오대 시대에 실재했던 인물이라고도 한다. 운필에 자주 등장한다. 민간신앙에서는 관우에 필적하는 인기인.

종이권

여동빈의 스승. 한의 무장이라고도 하며 머리카락을 머리 위에서 둘로 묶은 거한.

장과로

항상 하얀 나귀를 타고 쉴 때는 나귀를 접는다.

한상자

당종팔대가의 한사람인 한유의 조카로 한유의 운명을 예견했다.

이철괴

일단 지옥에 떨어졌지만 여동빈이 구해주었다. 그러나 사체가 불에 타버렸기 때문에 다리가 부자유한 걸인의 몸에 들어간다.

조국구

여동빈이 이끌어 선인이 되었다.

남채화

여선. 주루에서 취해 노래부르며 하늘에 오른다.

하선고

여선. 어린시절에 이인에게서 복숭아를 받아 먹었을 때, 사람의 길흉화복을 맞출 수 있게 되었다.

관련항목
●호부

No.027

음양도

Ommyo do

고대중국에서 전해진 각종 마술적 기법이 일본에서 독자적으로 발전을 거듭한 것. 사자를 되살리거나 무신을 조종하는 등의 비술도 포함되어 있다.

● 고대 일본의 관제마술

음양도는 고대중국에서 발생한 음양설, 오행설, 그리고 나아가 주금도, 각종 점술, 숙요술(宿曜術), **선술** 등이 일본에 전해져, 도교나 지상, **풍수**, 민간신앙 등을 받아들이면서 독자적으로 발전한 것이다.

음양도가 형성되는 과정에 있어서는 고대 일본의 정부관청인 음양료(陰陽寮)가 중요한 역할을 수행하였다.

음양료는 타이보우(大宝) 원년(701) 타이보우 율령에 의해 나카츠카사쇼(中務省) 관할하의 궁청으로서 설립되어, 길흉판단 등의 점술이나 역(歷)의 작성, 천문관측 등을 담당했다. 동시에 음양사를 양성하는 교육기관이기도 하여, 학생들은 『주역(역경)』이나 『오행대의』 등의 중국의 **역, 음양오행설**을 배웠지만 그 수업의 내용에 독자적인 것이 더해져 특유의 음양도를 생성하였다.

음양도에는 육인신과나 태을신수 등의 점술, 우걸(雨乞)이나 견귀술, 나아가 무신이라고 불리는 초자연적 존재를 자유자재로 부리는 술법이나 사자를 되살리는 술법까지 포함되어 있다.

음양도에 통달한 인물을 음양사라고 부르지만, 이것은 본래 음양료에 설치되었던 관직을 가리키는 것이었다. 그러나 후에는 음양도에 통달하여 각종 점술이나 주술을 전문으로 하는 인물을 총칭하게 되었다.

헤이안시대의 음양사 아베노 세이메이(921~1005)의 이름은 만화나 영화로 현대의 일본인에게도 잘 알려져있지만, 음양사의 지위가 가장 높았던 시절은 무로마치시대였으며, 음양도의 사상이 일반에도 널리 퍼진 것은 에도시대이다.

메이지 시대의 초기까지 아베노 세이메이의 가계인 츠치미가도 가문이 음양사의 면허를 부여했지만, 메이지3년(1870) 정부가 음양료를 폐지함에 따라, 현재 정식 음양사라는 것은 존재하지 않는다.

음양도의 성립

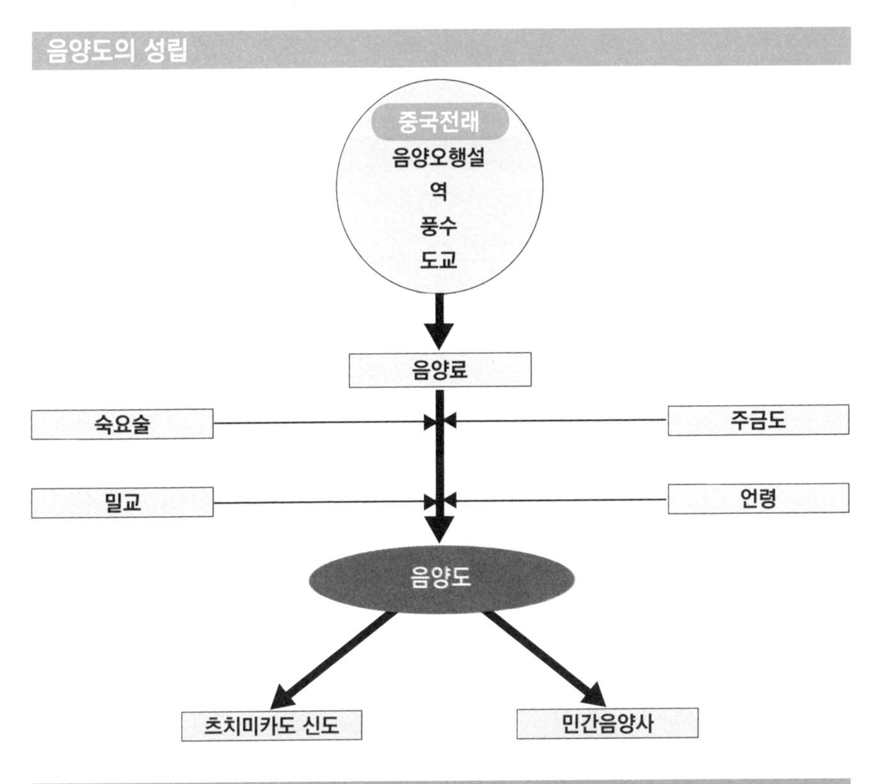

음양도의 술법

점술

육임신과
점술을 행하는 시점의 월, 일, 시간을 점술의 기준으로 삼아 천지반을 작성하는 점술

태을신수
간지 같은 것을 기준으로 사회 · 국가의 장기적인 운명을 점친다

불제

추라
악귀를 퇴치하는 의식

나데모노(撫物) · 인형
인형이나 종이를 사람에게 만지게 하여 그 사람에게 묻은 더러움을 만진 대상으로 옮긴다

저주

주금
음양도의 주술로 음양오행설에 기초한다

부주
주문을 적어넣은 영부를 사용하는 주술

관련항목

●동양마술
●사역마

No.028

풍수

Feng Shui

고대중국에서 발생한 기의 흐름을 읽는 술법. 현대에는 체계적으로 정비되어 매뉴얼화된 전례마술로 변하였다.

● 황제로부터 현대까지

풍수도 또한, 고대 중국에서 발생한 기법 중 하나로, 지형이나 방위, 그 외에 자연환경을 고려하며 천지자연에 존재하는 기의 흐름을 읽어내는 술법이다. 또한 지형을 바꾸거나, 오행(목화토금수) 중 부족한 요소를 추가하거나 해서 운기를 바꾸는 기법도 포함한다.

풍수라고 하는 호칭은 곽박(276~324)이 지은 『장서(葬書)』의 한 절에 쓰인 단어로, 그 외에도 관여, 지리, 음양, 산 등으로 불리기도 한다. 풍수를 이용하여 기의 흐름을 읽어내는 자를 일반적으로 풍수사라고 부르지만, 중국에서는 풍수선생, 산사, 산인 등으로 부르는 방법도 쓰이고 있다.

고대중국에서는 「기」라고 하는 에너지는 인체를 흐르며 사람에게 활력을 부여하는 것뿐만 아니라, 대지나 공기 중에도 존재하고 있다고 생각하였으며, 황제의 궁전의 입지나 전투의 귀추를 판단하는 것은 물론이고, 산이나 강을 흐르는 자연 속의 기의 형태를 지켜보는 것도 중요했다.

자연 지형에서 기의 흐름을 읽어낸다는 의미로의 풍수는 고대 중국의 제왕인 황제(黃帝)의 시대부터 시작되어, 처음에는 죽은 사람의 장례를 치를 묘자리의 길흉을 지형에 따라 판단하는 은택풍수로서 이용되었다. 이후 풍수는 묘뿐만이 아니라 주거지 같이 다양한 목적의 입지를 정할 때에도 응용하게 되었다. 한나라 시대에는 하나의 체계를 갖춘 지상술(地相術)로서 풍수가 확립되었고, 위진남북조 시대에는 풍수의 개조로 여겨지는 곽박도 활약하였으며, 당송시대에는 산천의 배치에서 길지를 귀납하는 풍경(만두〈巒頭〉)파와 나경(풍수에서 사용하는 나침반)을 중시하는 계측(이기)파 이렇게 두 학파가 형성되었다.

중국에서 발생한 풍수는 한국이나 대만, 홍콩, 일본에도 전해져, 헤이안쿄의 배치나 에도성의 입지 등에도 풍수의 영향이 보인다고 한다.

나침반의 기본구성

나침반에는 몇가지 종류가 있고, 세부는 각각 다르며, 가장 복잡한 것은 36층을 갖는다. 기본적인 것은 아래와 같다.

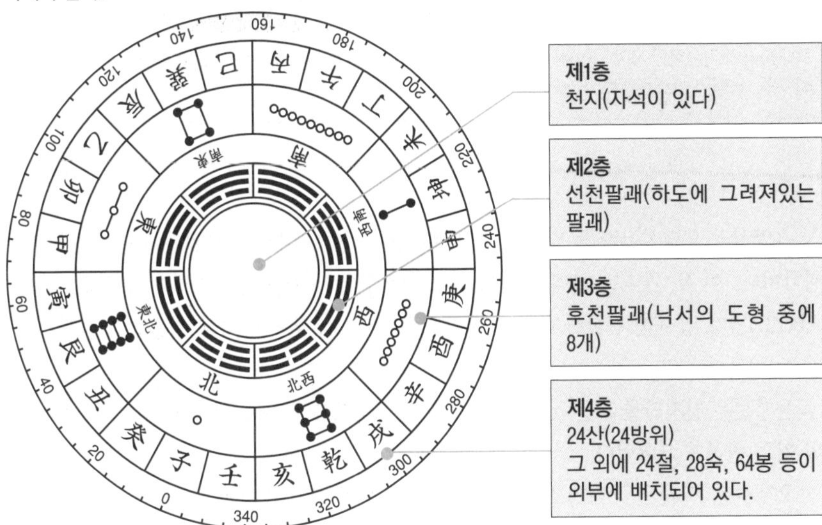

사신상응

동에 청룡을 살게하는 유수가 있고, 남에 주작이 노는 고인물, 서에 백호가 달리는 대도, 북에 현무를 상징하는 높은 산이 있는 지형을 가리킨다.

에도의 경우 동에는 스미다가와, 아라가와, 나카가와 세개의 강, 남에는 도쿄만, 서에는 토카이도, 북에 난타이산.

헤이안쿄의 경우 동에는 카모가와, 남에는 오구라이케, 서쪽은 산인도, 북으로는 후나오카 산.

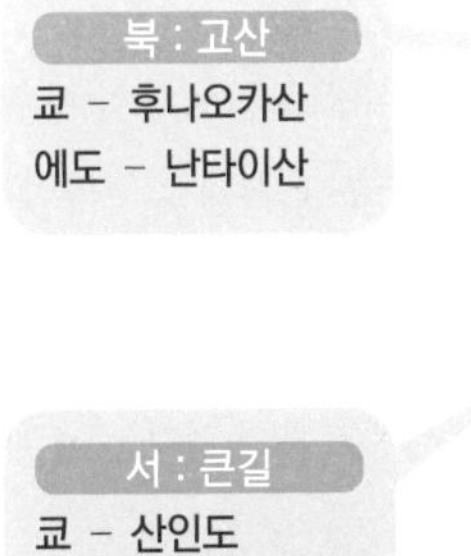

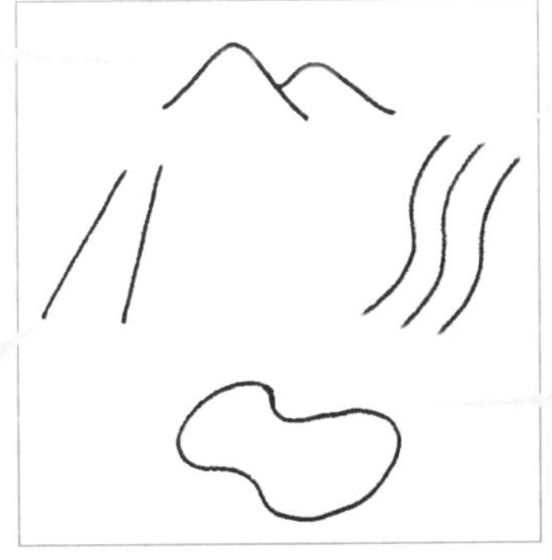

동 : 유수
쿄 - 카모가와
에도 - 스미다가와
아라가와
나카가와

남 : 습지
쿄 - 오구라 이케
에도 - 도쿄만

관련항목

● 선술
● 음양도

No.029

음양오행설

In-yo Gogyo, Yin-Yang school

고대중국의 기본적인 세계관이 된 사상으로 현대에도 대부분의 중국계 점술에 들어가 있다. 음과 양 사이의 이동, 오행의 상호관계로 세계의 여러 가지 현상을 설명한다.

● 음양설과 오행설의 합체

음양설과 오행설이란 둘 다 고대중국에서 탄생하여 세계의 근본원리에 관해 설명하는 철학이다. 이 두 가지는 본래 별개의 사상이었지만, 전한중기의 유학자 동중서(BC176?~BC104?)가 양자를 통합하여 이후 음양오행설이 대부분의 중국계 점술의 기본적 원리가 되었다.

음양설은 천지만물 모든 것이 음과 양 두 가지의 **엘레멘트**에서 생겨났다는 생각으로 **역**의 기본 원리가 되어있다.

오행설은 고대 중국 하왕조의 시조인 전설의 성왕 우가 생각해 낸 것이다.

우왕이 중국을 지배하였을 때, 낙수라고 하는 강에서 한 마리의 영귀(거북이)가 기어나왔는데, 그 등껍질에 「낙서(洛書)」라고 하는 모양이 새겨져 있었다. 우왕은 이 「낙서」에서 다섯개의 수를 깨달아 목화토금수라는 엘레멘트를 생각해내, 정치의 기본원리로 삼았다.

이 오행설은 제나라 시절에 다섯개의 행성과도 연관지어져, 만물을 구성하는 이 다섯개의 요소가 서로 돕거나 대항하면서 세계의 모든 것이 변화한다고 생각하게 되었다.

전국시대에는 이 오행의 상호관계의 계통을 세워, 세개의 학설이 생겨났다. 이것을 오행생성설, 오행상생설, 오행상극설이라고 부른다.

우선 오행상생설은 오행이 이 세계에 출현한 순서를 가리키며, 수화목금토의 순서로 되어 있다. 오행상생설은, 어떤 엘레멘트가 다른 엘레멘트를 살려주는 관계에 있다고 설명하면서, 목은 화를 살려주고, 화로 인해 불타 없어져 재가되면 토로 변하고, 토에서 금이 산출되며, 금이 차가워지면 표면에 물방울이 나오기 때문에 금은 수를 낳는다는 원리를 도출해내었다. 나아가 오행상극설은 어떤 엘레멘트가 다른 엘레멘트에 이긴다는 관계를 설명하고 있다.

상생 · 상극

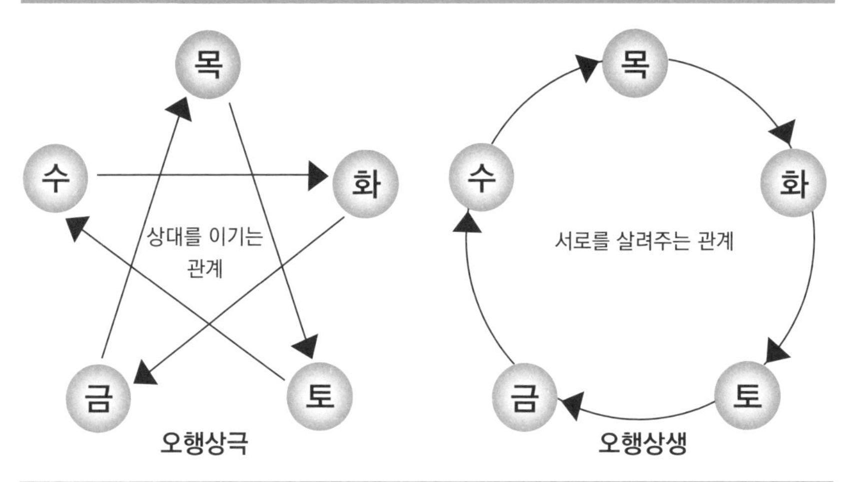

오행대응표

계절	해	연령	시간	오행	음양	색	영	행성
봄	아침	10대		목		창(蒼)	용	세성(歲星)〈목성〉
여름	낮	20대		화		주	봉황	혹성(惑星)〈화성〉
토요	-	30대		토		황	기린	진성(鎭星)〈토성〉
가을	저녁	40대		금		백	범	태백성(太白星)〈금성〉
겨울	밤	50대		수		흑	거북	진성(辰星)〈수성〉

관련항목

● 동양마술

No.030

역

I Ching

고대 중국기원의 점술. 기본적으로는 음과 양의 소장(消長)으로 만물의 생성과 유전을 설명한다. 역은 점시에 있어 음과 양의 추세를 판단하는 기법

● 음양의 소진을 읽어내는 기법

고대중국에서 발생한 역은, 세계가 음양 두가지 **엘레멘트**로 구성되어 있다는 음양설을 따라, 음양의 소진에 의해 만물이 생성 유전된다는 세계관에 기초한 점술이다.

역(易)이라는 한자자체는 본래 도마뱀을 의미하는 상형문자로 도마뱀의 몸색이 변화하기 때문에 변화를 가리키는 글자가 되었다.

중국에서는 운명학을 명복상의산(命卜相醫山)의 다섯가지 종류, 오술로 나누었지만, 역은 점시의 상황을 판단하는 복의 대표적인 점술이다.

역을 가리키는 하나의 직선인 양효(−)와 중심이 갈라져 있는 음효(−−)를 세 개 조합하는 것으로 팔괘를 이끌어내고, 거기에 그것을 두 개 조합하는 것으로 64개의 괘를 얻어, 다양한 상황을 점칠 수 있게 된다. 이 육십사괘의 해설서인 『역경』은 유교의 기본적인 서적, 사서오경 중 하나이다.

음양 두 종류의 효를 이끌어내기 위해서는 통상 서죽이라고 하는 점대 혹은 대나무 봉 50개를 사용한다. 본래 본서법이라고 불리는 방식에서는, 효를 한 개 얻기 위해서 이 50개의 서죽을 세번 조작한다. 다시 말해, 육십사괘를 얻기 위해서는 같은 조작을 18회 반복해야 한다.

그래서 더욱 간략화된 방식도 몇가지 나와있다. 또한 3닢의 동전이나 팔면체로 된 주사위를 사용하여서도 역의 괘를 얻을 수 있다.

메이지 시대의 역성(易聖)이라고 불린 타카시마카에몽(1832~1914)은 서죽을 3회만 조작해서도 괘를 얻을 수 있는 간서법을 주로 사용하여 많은 예언을 적중시켰다.

역의 기초가 되는 팔괘는 여덟개의 방위나 천지자연의 여러 가지 사물, 인간계의 사회적 신분 등에도 비정(比定)되어 **음양오행설**이나 십간십이지(간지)와 함께 대부분의 중국계 점술의 기본원리가 되어 있다.

팔괘대칭표

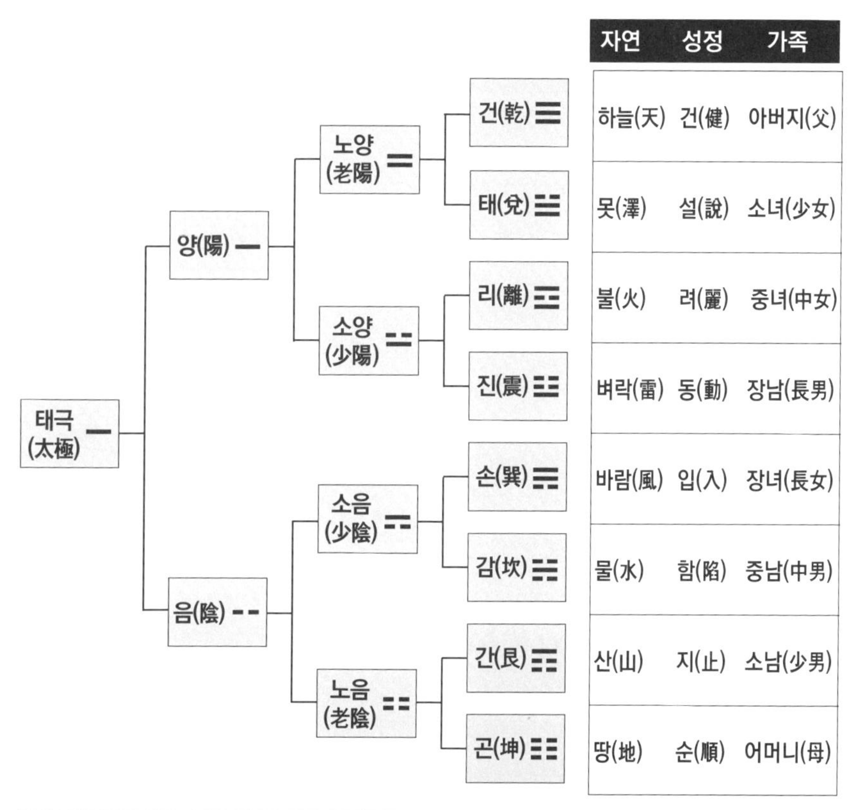

육십사괘의 주요 괘

	건위천(乾爲天)	모든 것이 잘 진행된다.		지천태(地天泰)	만사가 생각하는 대로 된다.
	곤위지(坤爲地)	모든 것이 잘 진행된다.		천지부(天地否)	최악의 시기이지만, 시간이 지나면 호전.
	풍천소축(風天小畜)	생각했던 대로 상황이 움직여주지 않는다. 작은 일은 이루어지지만 큰 일은 불가.		전척귀매(雷澤歸妹)	흉도. 바라는 것이 이루어지지 않는다.

관련항목

● 동양마술

No.031

밀교

Esoteric Buddhism

인도에서 발생한 각종 마술적기법이 불교에 흡수되어 체계화된 것. 인도에서는 사라졌지만, 일본, 티벳 등에서 독자적인 형태로 남았다.

●탄트리즘의 불교적 전개

밀교는 불교의 유파 중 하나로, 현교에 대치하는 의미를 가진 명칭이다. 그러나 그 내용에는 병을 치유하거나 재액을 막고, 나아가 전쟁에서 이기는 행법까지 포함되어 있다. 일본에 정식 밀교를 전했다고 하는 쿠카이(774~835)에게도, 사가덴노(786~842)의 어전에서 대일여래의 화신을 보인 일이 있다는 이야기를 시작으로, 많은 기적들을 행했다는 기록이 있다.

여러 가지 수행을 쌓아 대일여래와의 합일을 목표로 하는 밀교는 불교 중에서도 신비주의적인 것이며, 불교마술체계라고도 부를 수 있는 내용을 품고 있다.

전설에 따르면 밀교는 본래 대일여래가 깨달음을 얻은 비법이었으며, 이것이 금강살타(金剛薩埵)를 통해 용수(龍樹, 150년경~250년경)에 전해졌다. 그러나 역사상으로는 대승불교의 최종기에 태어난 공의법, 결과작단법, 호마나 인계, 만다라 등의 마술적 기법을 그 기원으로 한다. 이리하여 기법은 현대의 밀교에까지 이어지게 되며, 이 단계에서는 아직 체계화가 되어 있지 않았기 때문에, 후대로부터 잡밀이라고 불리고 있다.

7세기에 들어서면『대일경』『금강정경』이라는 기본적인 경전이 성립되어 순밀이라고 불리는 체계가 정리된다.

인도의 밀교는 그 후, **탄트리즘**의 색채가 강해져 1203년에 근본도장이던 비크마시라 사원이 이슬람교도에 의해 파괴당하는 것을 계기로 쇠퇴하였다. 그러나 티벳에서는 8세기에 판드마 삼바바에 의해 전해지고, 토착 본교와 융합하면서 독자적으로 발전을 계속하여 티벳불교(라마교)로서 현대에 이르고 있다.

중국에서는 7세기 반 정도부터 후반에 걸쳐 선무외(637~735)나 금강지(671~741) 등에 의해 전해졌고, 일본에는 혜과(746~805)에게 배운 쿠카이가 밀교를 가지고 돌아왔다.

불교에서 밀교로의 흐름

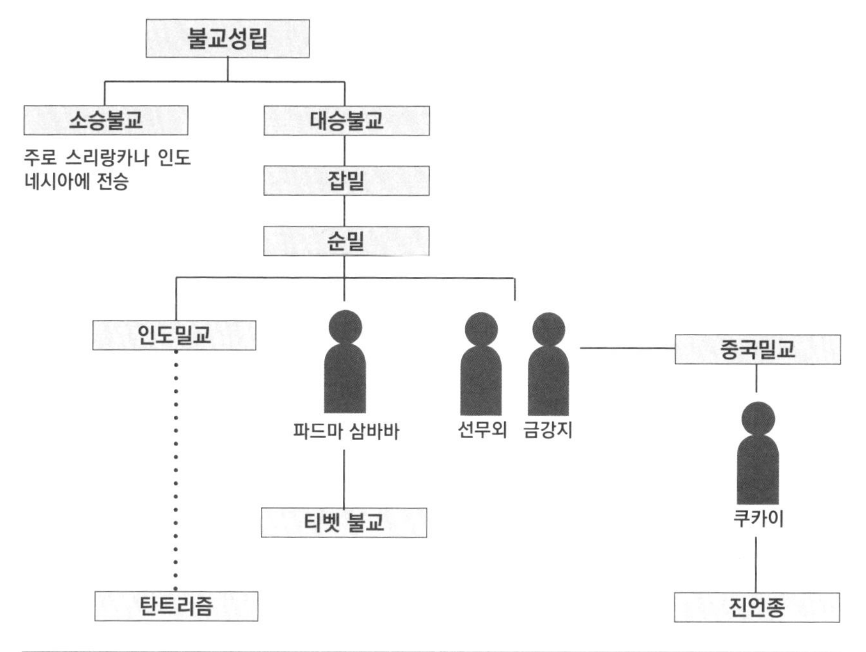

일본밀교의 시조 쿠카이

쿠카이(空海)

호키5(774)년~조와2(835)년

홍법대사라는 이름으로 알려져있으며, 진언종을 일본에 전한 인물이다. 또한 사가덴노, 타카바나노 하야나리와 함께 삼필이라고 불리면서, 서예의 명수로서도 이름을 남기고 있다. 엔랴쿠 23(804)년에 조당사의 일원으로 선발되어 입당. 장안에서는 혜과에게 사사하여 그해에 모든 비법을 전수받았다.

관련항목

● 동양마술
● 토착마술

No.032

심령현상

Spiritual Phenomena

영이 일으키는 여러 가지 현상. 크게 물리적 심령현상과 정신적 심령현상으로 분류된다. 19세기말에 개념이 확립되어 20세기 초까지 많은 영매가 활약했다.

●마술에서 과학적연구로

심령현상이라는 말은 영이라는 존재가 개입하여 발생하는, 통상의 물리적법칙으로는 설명이 불가능한 현상에 대해 쓰인다. 이런 종류의 현상에 대해서는 고대서부터 많은 보고가 있어, 사자의 영을 소환하는 강령술 등에서는 마술의 일종으로 분류되어 왔다.

그러나 심령현상이 본격적으로 연구되기 시작한 것은 1848년에 미국의 뉴욕에서 발생한 하이즈빌 사건(폭스 자매 사건) 이후이다.

이 사건 이후 서양에서는 프로렌스 쿡(1856년경~1904)이나 레오노아 파이퍼(1859~1950) 등의 영매가 여러 가지 심령현상을 보였다.

심령현상에는 굉장히 많은 종류가 있지만, 크게 「물리적 심령현상」과 「정신적 심령현상」으로 나뉘어진다.

물리적 심령현상이란 물리적으로 측정가능한 어떠한 현상을 포착할 수 있는 것을 의미하며, 영이 그 전신이나 신체의 일부를 실체화하는 물질화현상, 물체나 인체의 부양이나 순간이동, 생 나무를 꺾거나 무언가를 두드리는 소리가 나는 랩(=rap 두드리는 소리)현상, 폴터가이스트나 심령사진, 직접대화나 직접 글쓰기 및 심령치료가 포함된다.

그리고, 정신적 심령현상이란 물리적 현상을 동반하지 않는 종류를 가리키며 대표적인 것은 영매에게 영이 빙의되어 메시지를 전하는 형태의 것으로서 자동 글쓰기나 자동언어, 영시나 영청 같은 것이 포함되어 있다.

이렇게 각종 심령현상에 대해 초심리학의 입장에서, 그 대부분은 ESP(초감각적 지각) 혹은 사이코키네시스로서 설명가능하다는 설도 있다. 이처럼 여러 가지 심령현상을 ESP 혹은 사이코키네시스로 설명하려고 하는 설을 초ESP가설이라고 부른다.

심령현상분류

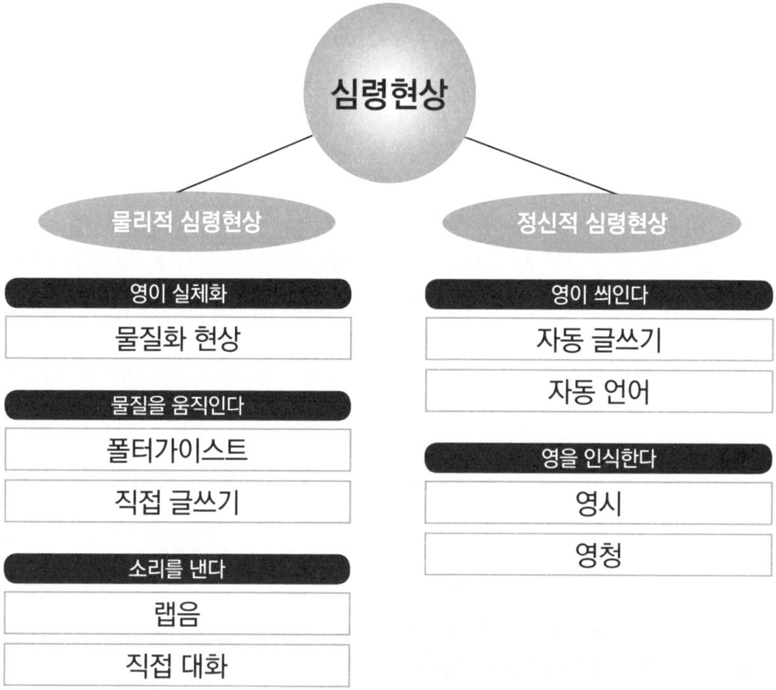

심령현상

물리적 심령현상

영이 실체화
물질화 현상

물질을 움직인다
폴터가이스트
직접 글쓰기

소리를 낸다
랩음
직접 대화

정신적 심령현상

영이 씌인다
자동 글쓰기
자동 언어

영을 인식한다
영시
영청

✤ 하이즈빌 사건

1848년 3월말, 미국의 뉴욕주 하이즈빌에 살고 있던 폭스가에서 발생한, 근대 심령주의 발생의 직접적인 계기가 된 사건. 폭스가가 1847년 12월에 문제의 가옥에 이사온 이래, 랩 현상이 발생하게 되었다. 3월 31일에 딸 중에 한 사람인 캐서린은 그녀가 손가락을 튕기면, 같은 소리로 대답하는 것을 발견하여 교신을 시험했다. 그 결과 랩 현상을 일으켰던 것은 수년 전에 이 장소에서 살해당한 상인의 영이었다는 것이 밝혀졌다. 후에 케이트와 여동생 마가렛은 프로 영매가 되었지만, 1888년에 스스로 관절을 꺾어 랩 소리를 인공적으로 냈었다고 자백했다.

관련항목

- 소환마술

막달라 마리아

막달라 마리아에 대해서는 『신약성서』에 포함된 네 개의 복음서 모두가 언급하고 있다.

복음서의 기술이나 각종 전설을 종합하면, 막달라 마리아는 본래 왕가와 이어진 가계에서 태어났으며 아버지의 이름은 사이루스, 어머니는 유카리스이다. 그녀의 남동생은 한 번 사망했지만 예수 그리스도에 의해 죽음에서 되살아났다는 전설의 주인공인 나자로, 그리고 언니는 복음서에 등장하는 또 한 사람의 여성 마르타이다.

아버지의 사후, 세 사람은 아버지의 유산을 나누어 마리아는 막달라 성과 예루살렘 시내의 토지를 이어받았기 때문에 막달라 마리아라고 불리게 되었다. 그러나 마리아는 몸을 함부로 하며 육욕에 빠져지냈기 때문에 「죄지은 여자」라고 불리고 있었다.

덤으로 일곱 악령에게 사로잡히고 말아, 말 그대로 불행의 바닥에 있었지만, 예수가 이 악령들을 쫓아냈고 이후 예수와 행동을 함께 하게 되었다.

복음서에는 마리아가 예수의 발에 향유를 묻혀 자신의 머리카락으로 닦아내었다는 기술이나 십자가 위의 예수의 죽음을 마지막까지 지켜보았던 것이 막달라 마리아였다는 기술이 보여 예수에 대한 그녀의 헌신이 어느 정도였는지 알게 해준다. 그리고 예수 자신도 막달라 마리아를 죄가 깊은 부정한 여자라고 하는 바리세파의 비난에서 그녀를 변호해 주었다.

더욱이 중요한 것으로 네 개의 복음서는 부활한 예수가 가장 먼저 막달라 마리아의 앞에 모습을 드러냈다고 입을 모아 이야기하고 있다.

이러한 기록으로 미루어, 당연하게도 예수와 막달라 마리아는 복음서에서는 명확하게 드러나지 않은 특별한 관계에 있는 것이 아닐까 하는 추정이 나타나고 있다.

실제로 『신약성서』의 정전에 포함되지 않은 문서, 다시 말해 외전 중 하나인 「필립보 복음서」는 예수는 막달라 마리아를 제자 중 누구보다도 사랑하였다고 기술하고 있다.

오스트레일리아의 바바라 실링은 『예수의 미스터리』 중에서 이 생각을 발전시켜, 예수는 기원후 30년 9월 36세 중반에 마리아와 결혼하여 아이를 낳았다고 이야기했다.

한편 막달라 마리아는 예수의 제자로서 복음서의 저자이기도 한 요한의 아내로도 알려져 있다.

또한 막달라 마리아는 예수가 일단 부활하여 승천한 후, 나자로나 마르타와 함께 프랑스의 마르세이유로 이주해서 정착했다고 전해지며, 그 유골이 베젤레의 생 마들렌 교회에 안치되어 있다.

막달라 마리아는 프로방스나 시실리섬 나폴리의 수호성인이며, 회개하는 여성이나 수형자, 항부 등을 지켜준다. 성인으로서의 축일은 7월 22일이다.

제 2 장

마술사들

No.033

헤르메스 트리스메기스토스

Hermes Trismegistus

고대 아틀란티스의 전설의 왕. 헤르메스 문서나 에메랄드 타블렛을 작성한 인물로 중세 유럽의 신비주의에 큰 영향을 주었다.

● 아틀란티스의 왕으로서 고대 이집트의 신

헤르메스 트리스메기스토스(생몰년 불명)는 『구약성서』에 등장하는 모세와 동시대의 인물이라고도 하고 고대 아틀란티스의 전설의 왕으로도 알려진, 그야말로 전설상의 인물이다. 헤르메스 트리스메기스토스라는 이름 자체는 그리스어로 「3배 위대한 헤르메스」를 의미하며, 고대 이집트의 지혜의 신 토트와도 동일시되고 있다.

헤르메스 트리스메기스토스의 이름은 헤르메스 문서라고 불리는 일련의 신비학적 문헌에 등장하기 때문에, 헤르메스 트리스메기스토스가 이러한 문서들의 원저자일 것으로 여겨지고 있다.

어떤 전설에 의하면, 헤르메스 트리스메기스토스는 고대 대륙 아틀란티스의 왕으로서 3,226년간 군림하며 자연의 원리를 설명한 3만6,525권의 서적을 남겼다고 한다.

다른 설로는, 고대 아틀란티스의 제사왕 토트가 그 후 세번 인간의 육신으로 환생하여, 세번째로 환생한 것이 헤르메스 트리스메기스토스라고 불리기도 한다. 이 설에 따르면 토트는 아틀란티스 침몰 후 이집트로 도망쳐 기원전 5만년에서 3만6000년까지 고대 이집트를 지배했다. 기자의 대 피라미드를 만든 것도 이 토트이며, 대 피라미드에는 고대 아틀란티스의 예지(叡智)가 봉인되어 있고, 내부에는 **에메랄드 타블렛**이 보관되어 있다고 한다.

이 **에메랄드 타블렛**의 내용은 장기간 잊혀져 있었지만, 유럽에서는 1455년 무렵부터 그 일부를 기록한 문서, 흔히 말하는 헤르메스 문서라고 불리는 일련의 문헌이 출현하였다.

그 내용은 대부분 신들과의 대화형식으로 알려져 있으며, 헤르메스 트리스메기스토스 뿐만 아니라 이집트의 신 이시스나 토트, 고대 이집트의 현인 임호테프 등도 등장하고 있다.

헤르메스 사상

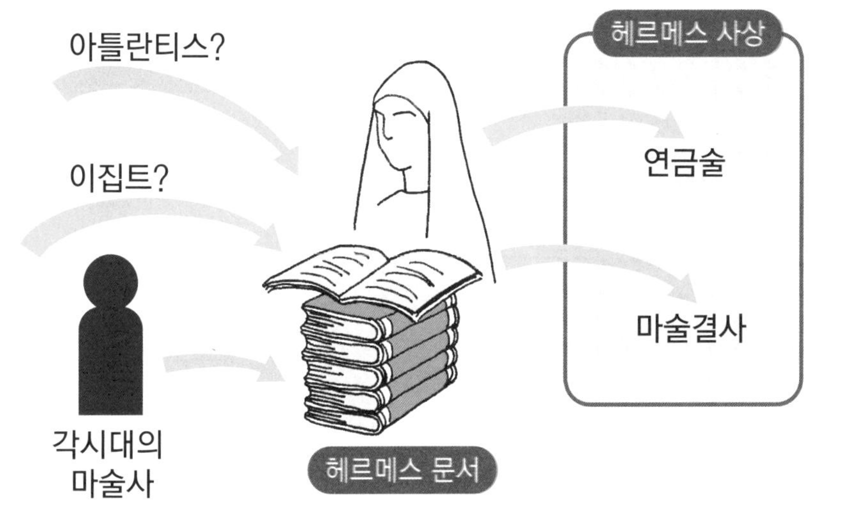

트리스메기스토스의 원형

토트

이집트 신화에 나오는 서기의 신. 인간의 몸에 따오기의 머리, 혹은 비비의 머리를 가진 모습으로 표현된다. 원래는 달의 신으로 달력의 계산을 맡고 있었던 것으로 생각되지만, 후에 학문전반을 담당하는 신이 되었다. 숫자를 발명했다고 하며, 그리스인은 헤르메스와 토트를 동일시한다.

헤르메스

그리스 신화의 신으로 올림푸스 12신 중에 한명. 페타소스라고 불리는 날개가 달린 모자, 날개가 붙은 샌들을 신고 손에는 케리케이온이라고 불리는 지팡이를 들고 있다. 여행자, 도둑, 변론, 상인, 운동경기 등의 신이지만, 한편으로는 수금(豎琴-하프)을 발명하여 음악이나 문학, 수학, 천문학 등을 생각해냈다고도 한다. 사자를 명계로 이끄는 역할도 수행하고 있다.

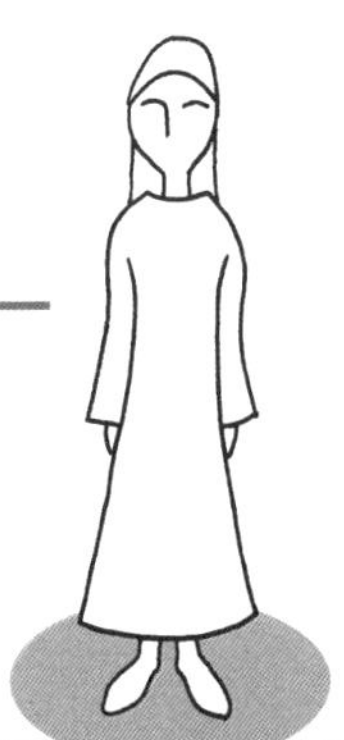
헤르메스 트리스메기스토스

관련항목

● 헤르메스 사상

No.034

시몬 마구스

Simon Magus

『신약성서』에 등장하는 사마리아의 마법사. 하늘을 날거나 인간을 만들어내는 등의 비술을 보였다. 그노시스파의 원조라고도 한다.

●예수 시대의 위대한 마술사

예수 그리스도(BC4?~29?)와 동일한 시대, 현대의 이스라엘의 한 지방인 사마리아에 살면서, 여러 가지 비술을 보여주어 주변 사람들에게 숭배를 받았던 마술사.

그가 보여준 비술에는 불속에 잠긴 상태에서 빠져나오거나, 죽은 사람을 되살리거나 하늘을 나는 것뿐만 아니라 공기 중에서 인간을 만들어내기까지 했다.

『신약성서』의「사도언행록」제8장에 의하면 예수 그리스도의 12사도 중 한 사람인 필립보가 사마리아를 방문해서 예수의 가르침을 펼칠 때, 사람들에게 손을 대는 것만으로 성령을 부여하는 기적을 보인 시몬 마구스가, 성령을 받아들이는 힘을 돈으로 사고 팔았다고 기록되어 있다.

시몬 마구스에 대해서는 그 후 로마로 가서 사도 베드로(?~64?), 바오로(?~67?)와 동석하여 로마 황제 네로의 안전에서 하늘을 날아보였다는 전설도 남아있다. 이때 베드로가 기도하자 시몬 마구스는 마력을 잃고 추락하였는데, 그때 상처를 크게 입어 사망했다고 한다.

한편 예수 그리스도의 부활을 흉내내어 관에 들어가 흙속에 묻혔지만, 지금에 이르기까지 부활하지 못했다는 다른 전설도 남아있다. 그러나 그의 마술은 메난드로스라는 인물에게 계승되어, 메난드로스도 또한 뛰어난 마술사로서 숭배받고 있다.

시몬 마구스는 페니키아의 티로스(현재의 레바논의 수르)에서 매춘부를 하고 있던 헬레나라는 여성을 낙적시켰는데, 그녀는 항상 시몬 마구스와 행동을 함께 하였다고 한다. 시몬 마구스는 헬레나를 하계에 내려온 소피아(지혜)라고 말하였으며, 그런 소피아의 개념을 중심으로 그노시스파의 원조가 되었다고 한다.

1세기 무렵의 지중해

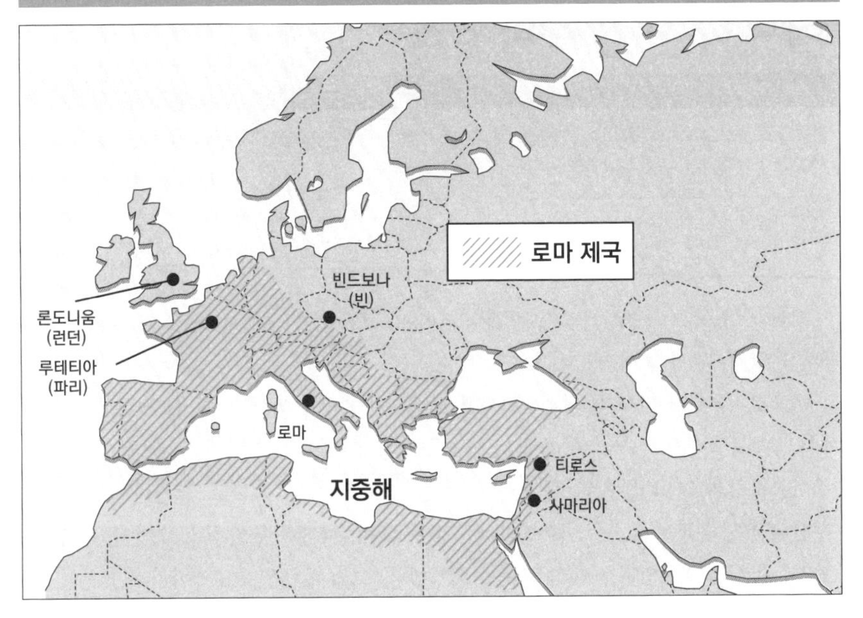

시몬 마구스와 크리스트교

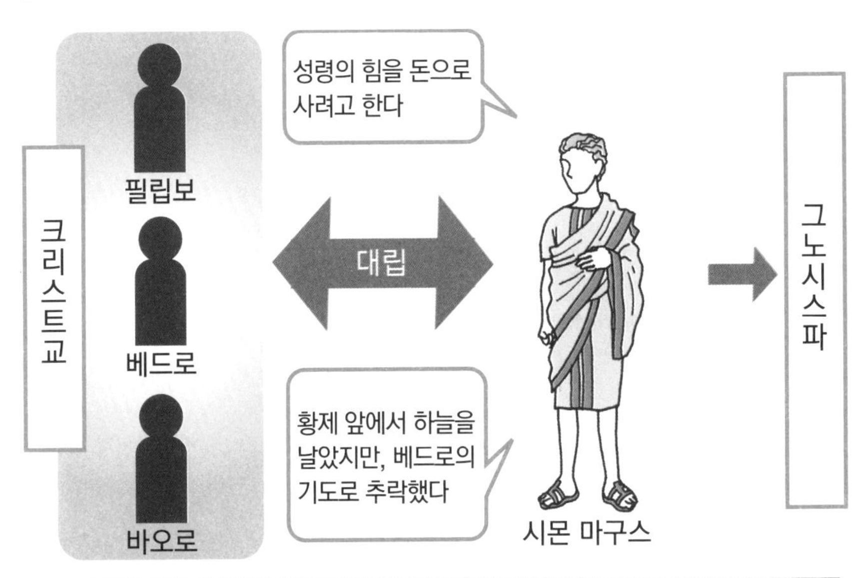

관련항목

●신화 전승의 마술

No.035

티아나 아폴로니우스

Apollonius of Tyana

인도를 방문하여 모든 것을 아는 사람들에게 배움을 받았다. 남의 생각을 읽어내어 운명을 예견하고 죽은 사람조차 살려냈다. 괴물 라미아를 퇴치했다는 전설이 유명

● 세계를 여행한 마술사

티아나 아폴로니우스(1세기경)는 예수 그리스도(BC4?~29?)보다 조금 앞선 시기, 로마 제국의 영내에서 활약한 마술사이다.

아폴로니우스는 티아나(현재의 터키의 카파도키아)에서 태어나, 피타고라스파의 학원에서 공부를 하던 시절부터 여러 가지 비술을 보였다고 한다.

아폴로니우스는 미남으로, 주변을 압도하는 당당한 용모를 지녔고, 말솜씨도 훌륭했다고 전해진다. 풍부한 유산을 이어받았지만 모두 사람들에게 나누어주고, 누더기를 걸치며 맨발로 당시 알려져있던 세계의 각지를 여행했다. 그의 여행은 인도에까지 미쳤으며, 인도에서는 모든 것을 알고 있는 사람들과 만나 가르침을 받았다고 한다.

그는 동물의 말을 포함하여 여러 가지 언어를 이해했으며, 남이 생각하고 있는 것을 읽어내어, 다른사람의 운명을 예견할 수 있었다고 한다. 어떤 소녀가 결혼식 전날에 사망하였을 때는, 그 시체에 손을 대는 것만으로 되살린 적이 있으며, 로마황제 드미티아누스(재위 81~96)의 운명도 정확하게 예언했다고 한다.

사역마를 봉인한 **반지**를 여러 개 가지고 있어 필요에 따라 나누어 사용했다는 전설도 전해져 내려오며, 그중에 유명한 것은 라미아라고 불리는 여 흡혈귀를 퇴치했다는 이야기이다.

그때 아폴로니우스는 코린트의 메니프스라는 젊은이와 결혼한 미망인이 라미아라는 것을 꿰뚫어보고, **주문**을 외워 라미아를 퇴치했다.

아폴로니우스의 마지막은 불명으로 100살 가까이 산 후, 돌연 모습을 감추고 말았다고 전해지고 있다.

여러 가지 데몬의 능력에 대해 이야기한 마술서 『눅테메론(그리스어로 낮처럼 밝혀진 밤을 의미)』의 저자로 여겨지며, **레비**(1810~1875)가 아폴로니우스의 영을 소환하였다고 알려져있다.

그리스~로마 시대에 활약한 사상가

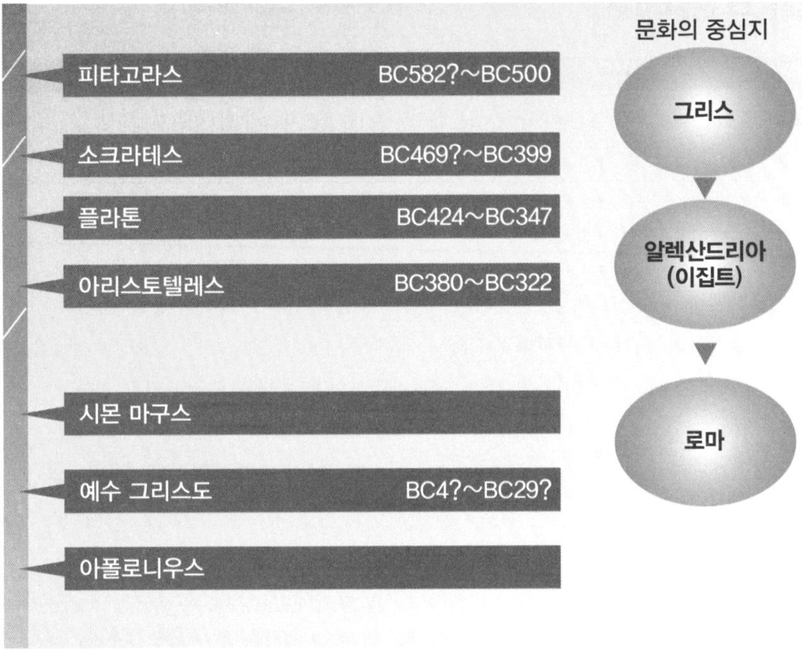

사상가	생몰년
피타고라스	BC582?~BC500
소크라테스	BC469?~BC399
플라톤	BC424~BC347
아리스토텔레스	BC380~BC322
시몬 마구스	
예수 그리스도	BC4?~BC29?
아폴로니우스	

문화의 중심지

그리스 ▼ 알렉산드리아(이집트) ▼ 로마

❖ 피타고라스 학파

고대 그리스의 수학자 피타고라스(기원전 580년경~기원전 500년경)는 직각삼각형의 빗변의 제곱은 다른 두 변의 제곱을 더한 것과 같다고 하는 피타고라스의 정리로 유명하다. 그 한편으로 스키타이의 마술사 아발리스에게 배운, 동물과 대화하거나 투시나 바이 로케이션 등의 능력을 발휘한 마술사로도 알려져 있다. 기원전 532년 무렵 피타고라스는 남이탈리아의 크로톤으로 이주하여 일종의 비밀결사라고 할 수 있는 피타고라스학단을 설립했다. 이 학단은 크로톤을 정치적으로 지배하였지만, 기원전 5세기 중반에 크로톤에서 정변이 일어나 조직은 지하로 숨어들었다. 그러나 기원전 1세기 헬레니즘 세계에 피타고라스를 교조로 받드는 신 피타고라스 학파가 등장했다. 티아나 아폴로니우스도 이 신 피타고라스 학파에 소속되어있었다.

관련항목
● 그리모어
● 소환마술

No.036

아브라멜린

Abra-Melin

이집트의 전설의 마술사. 카발라의 숙달자로서 성수호천사를 통한 아브라멜린 마술체계의 창시자. 그의 마술은 황금의 여명을 통해 현대에도 전해지고 있다.

● 성수호천사의 마술

아브라멜린(생몰년 불명)은 14세기의 이집트에 살고 있던 마술사이다.

아브라멜린의 이름은 동시대의 마술사 유대인 아브라함(1362?~1460?)이 남기고, 1896년에 **매더스**(1854~1918)가 발견한『아브라멜린의 신성마술』에 전해지고 있다.

이 책에 따르면 독일의 마인스에서, 마술사 가계로서 태어난 아브라함은 지식을 추구하여 오스트리아나 헝가리, 나아가 그리스나 이스탄불까지 여행을 했지만, 도중 나일강가의 아라티라는 마을에 다다랐을 때, 그 부근에 살고 있던 아브라멜린이라고 하는 마술사에 대한 소문을 듣게 되었다.

이 소문에 따르면 아브라멜린은 **카발라**의 숙달자이며, 당시 세계 제일의 마술사라고 할 수 있었다. 그래서 아브라함은 재빨리 아브라멜린의 제자로 들어가 그 비술을 습득하여 유럽으로 가지고 돌아왔다.

그 후 마술사로서 아브라함의 명성은 유럽 전체에 알려져, 영국의 왕 헨리 6세(1421~1471), 신성 로마 제국황제 지그문트(1368~1437) 등의 왕후귀족 앞에서 그 비술을 피로하였다.

아브라멜린 마술의 특징은, 각 개인의 성수호천사와 대화하여 성수호천사의 협력을 얻어 악마를 사역하는 점에 있다. 이 마술을 실천하기 위해서는 우선, 사막 같이 사람의 손길이 닿지 않은 곳에서 6개월간 다른 사람과 마주하는 것을 완전히 차단하고 기도와 정진을 계속하여 자신을 정화할 필요가 있다.

스스로의 성수호천사와 대화할 수 있게 되면 우선 그 힘을 빌려 **악마**를 조종할 수 있다. 이후에는 각각의 악마와 계약을 맺음으로써, 목적에 따라 작성된 **호부**나 마방진을 보여주는 것만으로도 자신의 뜻대로 악마를 부릴 수 있게 된다.

아브라멜린 마술의 개략

●육식엄금
●약물금지
●낮의 수면 금지 등

춘분~추분 사이 6개월간

은접시를 얹은
제단을 준비한다

사춘기 청년에게 기도를 시킨다

성수호천사의
메시지가 나타난다

아브라멜린의 매직스퀘어

매직스퀘어는 일종의 부적으로 이것을 보이면 이렇게 하라는 개별적인 지시에 의해 악마를 조종하게 된다. 사용자나 계약한 악마에 따라 문자의 배열은 다르다.

D	O	R	E	H
O	R	I	R	E
R	I	N	I	R
E	R	I	R	O
H	E	R	O	D

매직스퀘어의 예

관련항목

●성수호천사 에이와스

No.037

플라멜(니콜라 플라멜)

Nicolas Flamel

수은을 금으로 바꿨다는 전설의 연금술사. 현자의 돌의 힘으로 부인과 함께 불사의 몸이 되어 현대에도 살아있다는 전설이 있다.

● 사상 최고의 연금술사

니콜라스 플라멜(1330~1418)의 이름은, 금속의 변성에 성공하여 실제로 수은에서 금을 만들어낸 **연금술**사로서 현대에도 전해지고 있다. 아내 피레넬과 함께 **현자의 돌**의 힘으로 불사의 몸이 되어 지금도 살아있다는 전설도 남아있다. 영국의 작가 J.K.롤링의 베스트셀러 『해리포터와 마법사의 돌』에도 플라멜 부부가 아직도 살아있다는 기술이 나올 정도다.

플라멜은 파리 근교에 살았으며 생 자크 라 부쉐리 교회 근처에서 대서소와 서점을 경영하고 있었다. 피레넬 부인과 결혼한 것은 1360년 무렵이라고 한다.

플라멜이 **연금술**사로서 활약을 시작한 것은 1361년 무렵 『아브라함의 서』라고 불리는 연금술서를 손에 넣으면서부터였다. 플라멜은 그 후 이 책의 해독에 몰두했지만, 해독은 쉽지 않았다.

그럴 때, 부인 피레넬이 스페인의 성지 산티아고 데 콤포스텔라로 순례를 떠날 것을 권했다. 당시 스페인에는 유대인 철학자가 많이 살고 있어서, **카발라** 연구의 중심지가 되어 있었기 때문에 이 책을 해독할 수 있는 유대인을 꼭 발견할 수 있을 것이라고 생각했다. 플라멜은 이 권유에 따라 1379년에 스페인을 방문했다.

결국 스페인에서 개종 유대인인 칸셰라고 하는 의사와 만나 두 사람은 협력하여 『아브라함의 서』를 해독하며 프랑스로 향했다. 칸셰는 파리에 도착하기 전에 오를레앙에서 사망했지만, 남은 플라멜은 결국 이 오의서의 해독에 성공했다. 플라멜이 처음으로 수은에서 금을 만든 것은 1382년 4월 25일이라고 기록되어 있다.

플라멜 부부연표

연도	플라멜 부부	연도	사건
1330	니콜라스 플라멜 탄생	1328	필립6세 즉위
		1339	백년전쟁 발발
1357	아브라함의 서 입수	1348	흑사병 대유행
1360	피레넬과 결혼		
1379	순례에 나섬		
		1380	연금술 금지령
1382	「현자의 돌」 발견		
1397	피레넬 사망		
1413	「상형우의(象形寓意)의 서」 완성	1415	헨리5세 프랑스 상륙
1418	니콜라스 사망		

현존하는 플라멜의 집

파리에는 지금도 니콜라스 플라멜의 집이 현존한다. 일층은 레스토랑으로 개장되어 있다.

관련항목

● 광휘의 서

No.038

로젠크로이츠(크리스티앙 로젠크로이츠)

Christian Rosenkreutz

아라비아의 현자들의 가르침을 받아 인류를 올바른 방향으로 이끌기 위해 장미십자단을 결성. 그 유체는 120년 후에도 썩지 않고 안치되어 있었다.

● 장미십자단의 전설의 원조

중세 이래, 고대 세계의 예지(叡智)를 지키면서, 인류를 올바른 방향으로 이끌기 위해 은밀히 활약해온 **장미십자단**이라는 비밀결사의 존재가 전해지고 있다. 그 장미십자단의 전설의 개조(開祖)가 로젠크로이츠(1378~1484)이다.

로젠크로이츠의 생애는 독일의 성직자인 **안드레**(1586~1654)가 지은『화학의 결혼』이나 1614년 무렵에 독일에서 발행된 팜플렛에 쓰여있다.

그 자료에 의하면 로젠크로이츠는 독일의 브로켄 산 근처의 빈곤한 몰락귀족의 가계에서 태어나 수도원에서 자랐다. 후에 장미십자단을 결성하게 되는 세 사람의 맹우와 알게 된 것도 이때다.

16세가 되어 예루살렘으로 순례를 떠났지만, 도중 아라비아의 현자에 대해 들었기 때문에 현재의 예멘이 되는 담카르로 향한다. 담카르의 현자들은 로젠크로이츠를 오랫동안 기다려온 인물로 맞이하면서 후하게 대우해주었다.

로젠크로이츠는 담카르에서 아라비아어, 수학, 자연학을 배워『M의 서』라고 불리는 서적을 라틴어로 번역했다. 이후 모로코의 페즈에서는 4대정령인으로 불리는 인물과 만나, 많은 지식을 얻었으며 독일로 돌아온 뒤부터 세 사람의 맹우 외에도 네 사람의 동료를 더해 장미십자단을 결성했다.

로젠크로이츠는 106세로 사망했지만, 사후 120년이 지난 1604년, 어느 회원이 그의 비밀의 무덤 속에서 숨겨진 방을 우연히 발견했다. 안에 들어서자 칠각형의 매장실의 천정에는 영원히 꺼지지 않는 램프가 빛을 발하고 있었고, 로젠크로이츠의 유체는 썩지도 않고 완벽한 채로 보관되어 있었는데다가「나는 120년 후 부활할 것이다」라고 쓰인 비문도 발견되었다고 한다.

장미십자의 문장

당시의 아랍세계

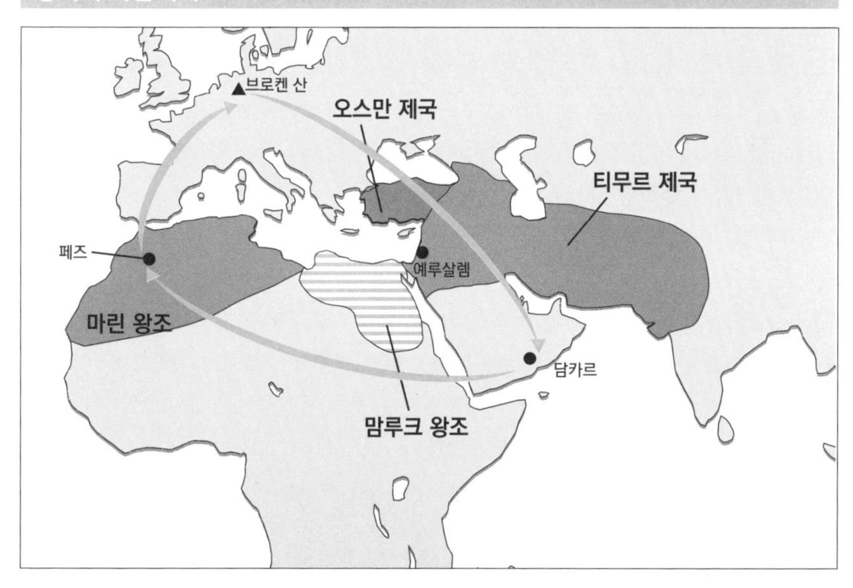

관련항목

●시온수도회

No.039

아그리파(하인리히 코르넬리우스 아그리파 폰 네테스하임)

Heinrich Cornelius Agrippa von Nettesheim

중세 독일의 대표적인 마술사. 카발라의 대가로 평생을 여행에 바쳤다. 이단으로 공격받았지만, 마술을 진리에 이르는 가장 빠른 방법으로 보았다.

● 재능많은 독일인 마술사

하인리히 코르넬리우스 아그리파 폰 네테스하임(1486~1535), 통칭 아그리파는 중세 독일을 대표하는 위대한 마술사로 **카발라**의 숙달자이기도 하다.

유명한 마술사로서, 아그리파에 대해서는 많은 전설이 남아있다.

각지에서 강령술을 실시하거나, **악마**를 불러내 조종하거나, 멀리 떨어진 곳에서 일어난 일을 모두 알고 있다거나, 전설의 떠돌이 유대인의 방문을 받았다는 등 많은 전설이 전해지고 있다.

아그리파는 독일의 쾰른에서 태어나 쾰른대학에서 법률, 의학, 철학 그리고 각종 외국어를 공부하는 한편, 이탈리아의 피코 델라 밀란도라(1463~1494)의 영향을 받아 카발라의 연구도 시작했다.

대학졸업 후, 1501년부터는 당시의 신성로마제국 황제 막시밀리안 1세(1459~1519)의 군인으로서 일했고, 1507년이 되었을 때는 프랑스의 도르 대학에서 성서학을 강의했다. 그러나 같은 카발라 연구가인 요한 로이히린(1455~1522)의 설을 지지한 것이 원인으로, 추방되어 런던으로 도망쳤다.

그 후 1518년에 이탈리아의 파비아에서 신학을 강의한 후, 프랑스의 메스로 옮겨와 변호사를 개업했다.

메스에서는 마녀로 고발당해 처형당할뻔한 백성녀를 열변을 토해 구했지만, 그것이 원인으로 당시 한창 이단심문으로 악명이 높았던 도미니코 수도회의 공격을 받아, 1520년 쾰른으로 돌아왔다. 이후 각지를 방랑하였으며, 마지막에는 그르노블에서 사망했다.

아그리파는 마술이야말로 진리에 도달하는 가장 훌륭한 방법이라는 주장을 하였으며, 대표작 『오컬트철학』은 당시의 마술이나 점술을 집대성한 것이라고 할만한 내용이다.

아그리파의 사상력

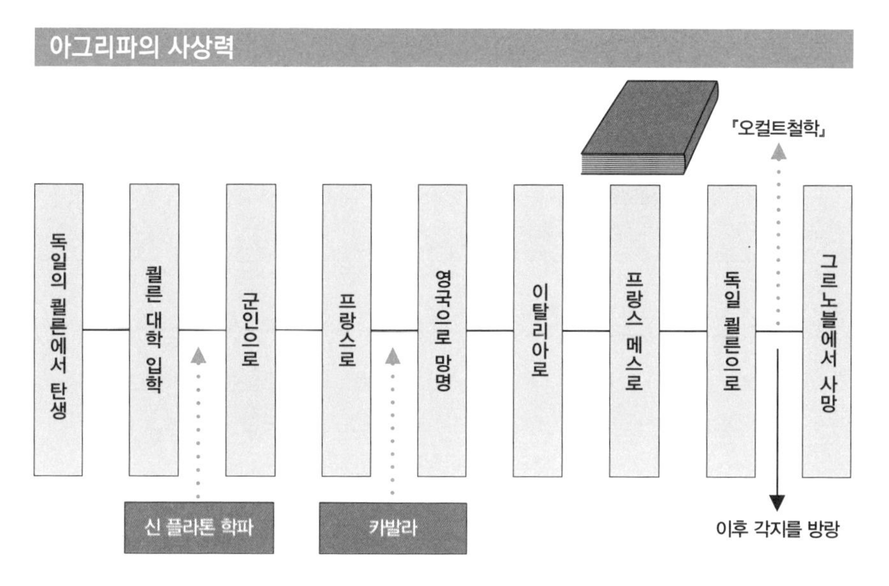

아그리파를 둘러싼 인간관계

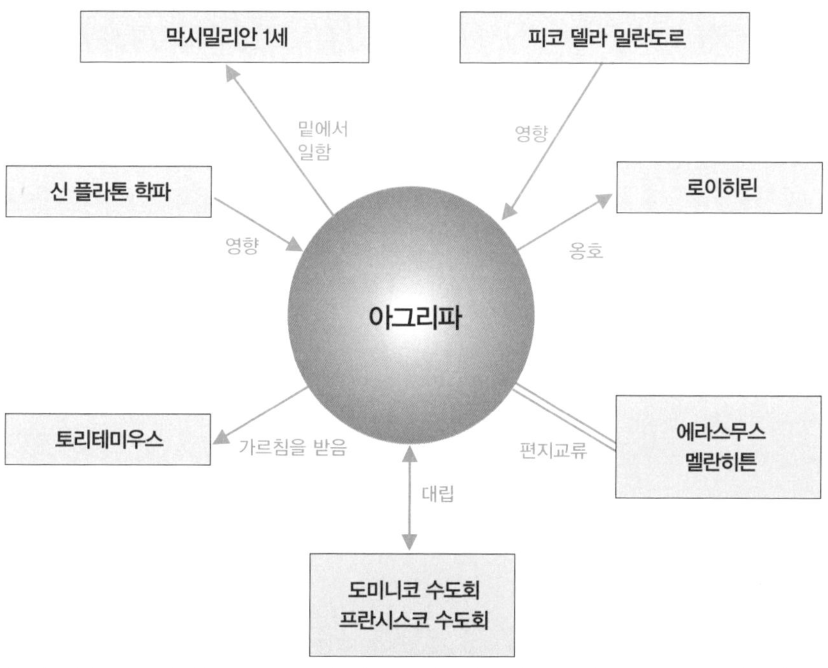

관련항목

- 백마술과 흑마술
- 소환마술

No.040

파라켈수스(테오프라스토스 본바토스 폰 호에하임)

Paracelsus (Theophrastus Bombastus von Hohenheim)

스위스 출신의 마술의사. 마술을 의학에 응용하였고, 지식을 추구하며 각지를 돌아다녔다. 우주영혼의 존재를 상정했다. 자연마술의 대성자(大成者).

● 우주영혼과 자연의 정령

파라켈수스(1493?~1541), 즉 테오프란스토스 본바토스 폰 호에하임은 **아그리파**와 거의 동시대에 활약한 마술사이며 의사이기도 했다. 파라켈수스라고 하는 통칭은, 당시 고명한 의사 켈수스를 넘어섰다는 의미로 붙인 이름이다.

파라켈수스는 스위스의 아인즈딜른에서 개업의의 아들로 태어나 아홉살 무렵에는 이미 광산의 의학조수로서 현장에서 의학 수행을 쌓았다. 16세에 스위스의 베젤 대학, 그 후 이탈리아의 페렐라 대학에서 의학을 공부한 후에도 유럽 각지를 돌아다니며 의학 지식을 탐구했다.

한편 **연금술**사로서 이름이 널리 알려진 슈폰하임의 트리테미우스(1462~1516)의 문하에서 **카발라**의 연구도 했다고 한다.

1527년에는 스트라스부르에서 에라스무스(1469?~1536)와 같은 인문주의자와 교류하며, 에라스무스의 추천으로 베젤대학에서 의학을 강의했지만, 당시 절대적으로 여겨진 고전적 권위의 언설을 부정하고 당시의 학술용어였던 라틴어까지 거부하며 독일어로 강의를 했기 때문에, 이단으로 추방당해 다시 유럽 각지를 떠돌다가 잘츠부르크에서 사망했다.

파라켈수스는 여러 가지 자연현상의 배후에 우주영혼이라고 불리는 존재를 상정하고 그것들이 인간의 생명활동에도 영향을 준다는 설을 전개했다. 이 설에 따르면, 이러한 정령을 조종함으로써 자연현상을 마음대로 움직일 수 있게 된다. 파라켈수스는 이런 의미에서 **자연마술**의 대성자로 평가된다.

파라켈수스의 우주영혼이라는 개념은 그 후의 신지학이나 심령연구에도 영향을 끼쳐, 일부에서는 호메오파시의 원조적 존재로 평가받고 있다.

파라켈수스의 영향

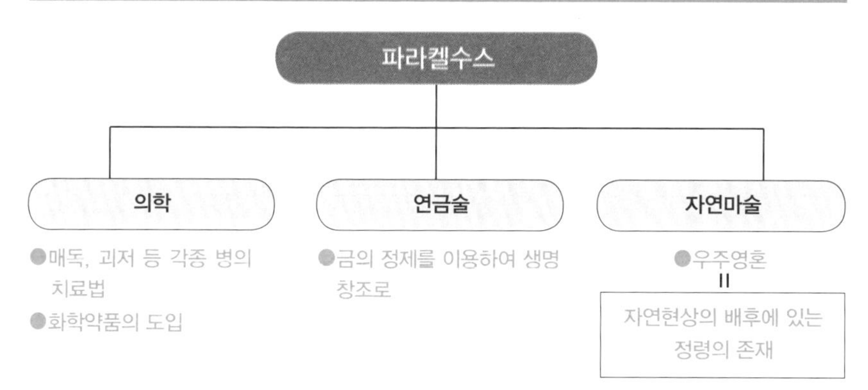

파라켈수스가 상정한 우주영혼

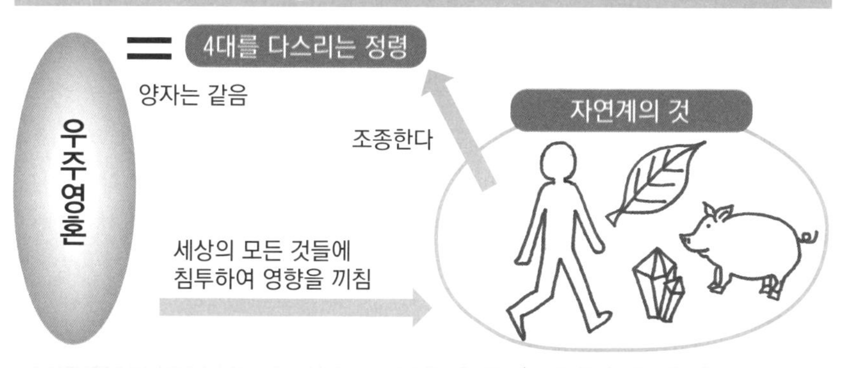

호메오파시

독일의 자무엘 하네만(1755?~1843)이 제창한 치료법으로 동종치료라고도 번역된다. 특정한 병과 동일한 증상을 일으키는 자연의 물질을 이용하여 치료하는 것. 하네만은 호메오파시를 행했기 때문에 의사면허를 박탈당했지만, 현대에 이르러서도 신봉자는 많다. 서양에서는 대표적인 대체의료로서 인정받고 있으며, 영국 왕실에는 호메오파시 전문 주치의도 있다.

파라켈수스는 자연마술적 세계관에 기초하여, 여러 가지 병과 동일한 증상을 일으키는 자연계의 물질은 그 병과 관계가 있다고 보았기 때문에 호메오파시의 원조라고도 일컬어진다.

관련항목

●심령현상
●신지학협회

No.041

파우스트

Faust

수많은 문학작품의 주인공이 된 전설의 흑마술사. 악마 메피스토펠레스와 계약을 맺고, 현세의 향락을 얻지만 마지막에는 악마에게 살해당한다.

● 두 사람의 파우스트

독일의 마술사 파우스트(?~1540년 경)의 이름도 또한 중세를 대표하는 마술사로서 전해지고 있다. 대문호 괴테(1749~1832)가 남긴 동명의 희곡을 비롯하여 수많은 파우스트 전설의 모델이 된 인물이기도 하다.

이러한 전설에 그려진 파우스트는 자신의 혼을 대가로 **악마**와 계약을 맺어 현세에서의 향락을 추구한, 전형적인 악마술사로 여겨진다.

당시의 각종기록에는 요하네스 파우스트와 게오르기우스 파우스트 두 사람의 파우스트의 이름이 남아있다. 이 두 이름이 동일인물이었다는 것은 확실하지 않지만, 어느 쪽이든 후세에 태어난 파우스트 전설은, 이 두 이름의 행적이 쌓여 만들어졌다고 여겨진다.

전설에 따르면 파우스트는 독일의 바이마르 근교에 있는 로더의 농가에서 태어났다.

처음에는 비텐부르크에서 신학을 배웠지만, 그러던 중 신을 버리고 흑마술로 전향하여 악마인 메피스토펠레스와 계약을 맺는다.

계약의 내용은 사후 자신의 혼을 악마에게 주는 것에 대한 대가로 24년간은 마력으로 현세의 쾌락을 얻는다는 것으로, 악마는 검은 개로 변신해 항상 그의 곁에 있었다.

악마의 힘을 빌린 파우스트는 유럽 전역을 돌아다니며 로마 교황이나 술탄의 위선을 폭로하고 독일황제 같은 왕후의 앞에서 여러 가지 마술을 피로했지만, 결국 마지막에는 계약이 만기되어 악마에게 목졸라 살해당했다고 한다.

마술서 중 하나인 『자연마술과 비자연마술』이라는 서적은 파우스트의 작품이라고 전해지고 있다. 내용은 악마와 계약을 맺을 때의 매뉴얼이라고 한다.

파우스트 전설이 생기기까지

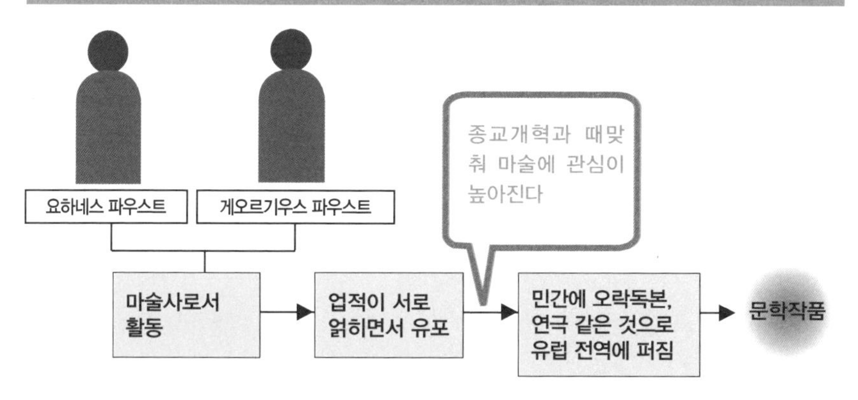

각종 파우스트상

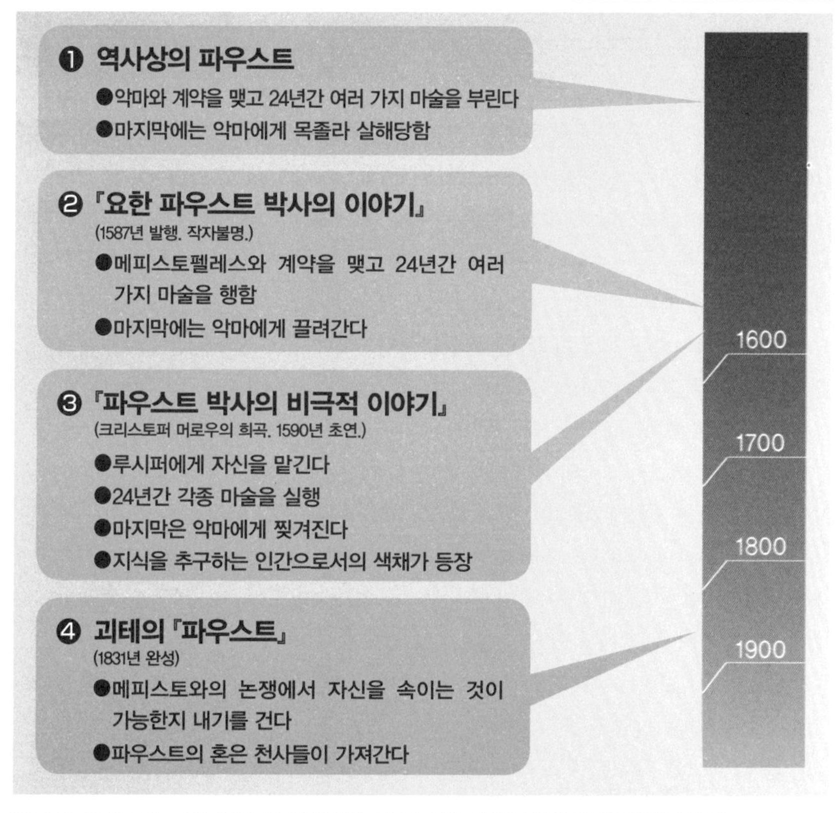

관련항목

●백마술과 흑마술 ●자연마술 ●그리모어

No.042

디(존 디)

John Dee

중세 영국의 대표적인 마술사. 점성술이나 카발라에도 손을 대어 엘리자베스 1세의 고문도 담당했지만, 켈리와 손을 잡은 탓에 몰락. 마지막은 빈곤함 속에 세상을 등졌다.

● 여왕이 소중히 여겼던 점술가

존 디(1527~1608)의 이름은 중세 영국 최대의 마술사로서 알려져있다. 마술사로서 에녹 마술의 체계를 정비하는 한편, 영국 여왕 메리 1세(1516~1558)와 엘리자베스 1세(1533~1603)의 점술사로서 수학이나 항해술 분야에도 공적을 남기고 있다.

디는 런던교외의 모트레이크에서 태어났다. 15세에 케임브리지 대학에서 공부하여 1546년에는 겨우 19세로 그리스어의 조교수가 되었으며, 마술에 관심을 보였던 것은 이 무렵부터였다고 한다. 우선은 상류계급의 남녀를 점성술로 점을 봐주기 시작했는데, 그것이 평판이 높아져 에드워드 6세(1537~1553)와 메리 1세를 섬겼다. 또한 **아그리파**(1486~1535)의 영향으로 **카발라**에도 관심을 가졌다.

1553년에는 당시 연금당하고 있던 엘리자베스 1세의 요구로 메리 1세의 운명을 점쳐 그 수명이 끝나면 엘리자베스 여왕이 즉위할 것을 예언, 적중시켰기 때문에 이후 엘리자베스 1세에게 중용되게 된다.

1582년부터는 **켈리**(1555~1595)를 조수로 하여 대천사 우리엘과 교신하는 등 에녹마술의 체계를 이루었다고 한다.

그러나 디의 고향 모트레이크의 주민들은 디의 마술을 이단시하여, 1583년에는 민중이 그의 집에 불을 지르는 사건도 발생했다. 신변의 위험을 느낀 디는 켈리와 함께 영국을 떠나 최종적으로는 **루돌프 2세**(1552~1612)를 의지하여 프라하를 방문했다. 그러나 디는 프라하에서 켈리와 사이가 틀어지는 바람에 결국 독단으로 영국에 돌아간다. 그러나 영국에서는 마술에 적대적인 제임스 1세(1566~1625)가 즉위하였기 때문에 디는 명예도 수입도 잃어버리고 말아, 최후에는 빈곤함 속에서 사망했다.

그러나 디가 정비한 에녹마술의 체계는 20세기가 되어 부활하여, 황금의 여명 계통의 마술에 포함되었다.

15세기의 영국 왕실 계도와 종교관

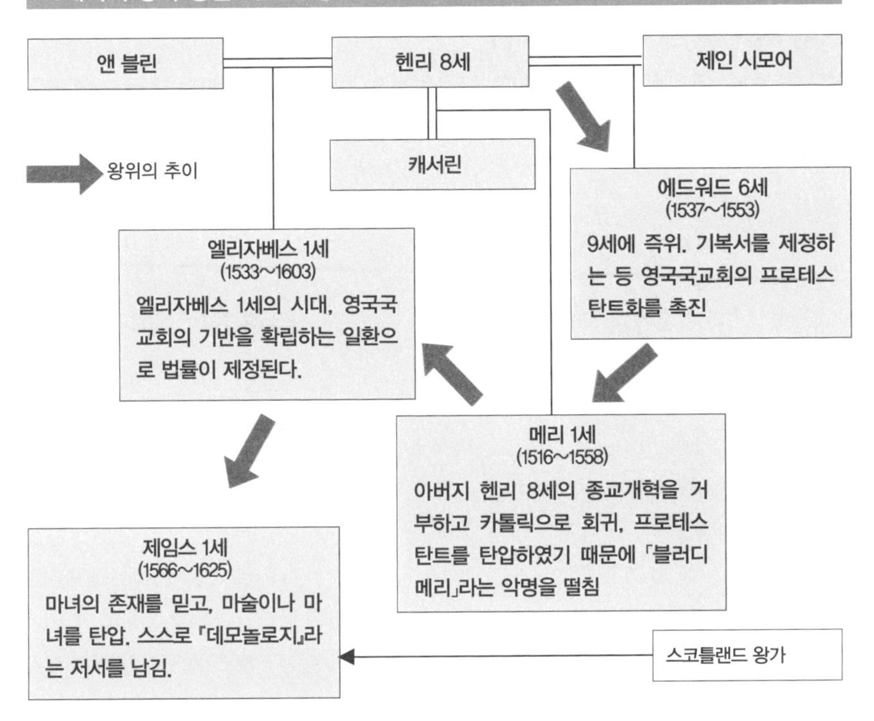

에녹 마술이란?

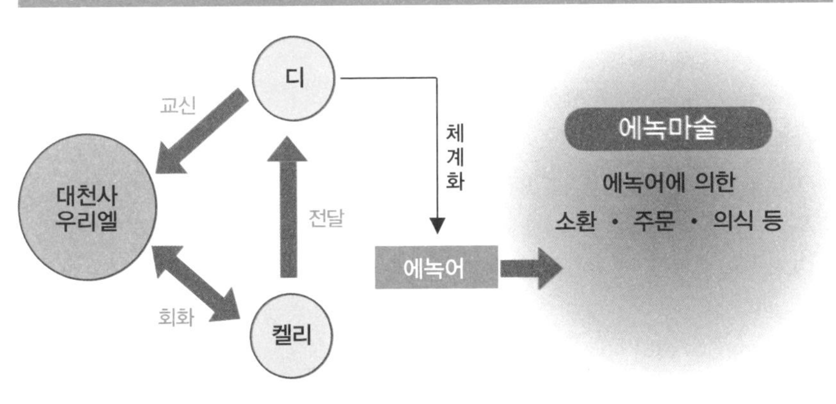

관련항목

- 서양점성술
- 에녹어
- 매더스
- 성기체투사
- 마법원
- 호부
- 타로트
- 천사

No.043

켈리(에드워드 켈리)

Edward Kelley

존 디의 조수로 스스로 대천사 우리엘과 접촉했다. 연금술에도 일가견이 있어, 디와 사이가 틀어진 후에도 프라하에 남았다. 보이니치 문서의 작가라고도 한다.

● 령을 볼 수 있는 자? 혹은 사기꾼?

중세 영국의 마술사 **디**(1527~1608)의 조수로서 **천사**와 직접 대화하여 **에녹어**를 디에게 전해준 것이 에드워드 켈리(1555~1595)이다.

켈리는 스코틀랜드인이라고도 아일랜드인이라고도 하며 공증인을 하였던 당시, 문서위조로 유죄판결을 받아 양쪽 귀를 잘리는 형벌을 받았다.

그러한 켈리를 디가 필요로 한 이유는, 그가 디에게 결여되어 있던「보는」능력을 가지고 있었기 때문이다.

두 사람이 알게 된 것은 1582년으로, 켈리는 쉬스톤이라는 수정구와 비슷한 도구로 대천사 우리엘의 모습을 볼 수 있었다. 그리고 쉬스톤의 안에 나타난 우리엘의 말을 켈리가 **디**에게 전했고, 그것을 **디**가 적는 형태로 에녹어는 물론 에녹어를 기반으로 한 에녹마술의 체계가 탄생했다.

1584년에는 두 사람이 함께 신성로마제국 황제 **루돌프 2세**(1552~1612)에게 몸을 의지하기 위해 프라하를 방문하여 공동으로 마술연구를 진행하였지만, 디가 차츰 켈리가 전해주는 천사의 말에 의문을 갖기 시작했다.

결국 두 사람은 사이가 틀어져 디는 혼자서 영국으로 돌아갔지만, 켈리는 그대로 프라하에 남았다.

켈리의 최후는 불분명하지만 1591년 5월 루돌프 2세의 명령으로 구금당했으며, 그 후 탈옥을 꾀하였지만 1595년에 사망했다는 이야기도 있다.

또한 납을 금으로, 라피스라즐리를 은으로 바꾸었다고 전해지는 **연금술**사 오드아르두스 스코투스가 실은 에드워드 켈리 본인이라는 설과 현재도 해독불능인 보이니치 문서의 작가도 켈리라는 설이 있다.

디, 켈리와 시대연표

1551	디, 에드워드 6세에게 고용되다
1558	엘리자베스 1세 즉위
1582	디, 켈리를 조수로
1583	자택을 폭도들이 태우다
1584	루돌프 2세에게 가다
1589	디, 영국으로 귀국
1591	켈리 구금
1595	켈리 사망
1603	제임스 1세 즉위
1608	디 사망

동시대의 저명인

엘리자베스 1세
1533~1603
영국왕

셰익스피어
1564~1616
극작가

갈릴레오 갈릴레이
1564~1642
과학자

케플러
1571~1630
수학자

보이니치 문서

1912년 미국의 고서적상 윌프레드 보이니치가 이탈리아의 프라스카티에 있는 예수회 계열 시설 몬드라고네 대학 도서관에서 발견하여 입수한 수수께끼의 문서. 이 문서는 1586년 무렵 루돌프 2세가 구입하여, 1666년에 프라하 대학학장 요하네스 마르카스 마르티가 아타나시우스 키르히에게 해독을 의뢰하였지만, 그 후 행방불명이 되었다. 도저히 해독할 수 없는 문자로 가득하며, 여러 가지 수수께끼의 그림도 그려져 있었다. 많은 전문가가 해독을 시도했지만 아직도 해독불능으로, 내용에 대해서는 연금술 관계, 프랑스의 이단인 카탈리파 의례의 문서, 고대의 전쟁기록 등 설이 많다. 존 디가 로저 베이컨의 저작으로서 소유하고 있던 암호사본이 이것이라고 하는 이야기도 있지만, 한편으로는 에드워드 켈리가 루돌프 2세에게 비싸게 팔기위해 작성했다는 설도 있다.

관련항목

● 황금의 여명

No.044

레브 벤 베사렐(예후다 레브 벤 베사렐)

Jehuda Loew ben Bezalel

프라하의 수석 랍비로 루돌프 2세와 관계가 있는 인물. 카발라의 비술을 이용하여 여러 가지 현상을 보였으며 골렘을 조종했다.

● 위대한 랍비

예후다 레브 벤 베사렐(1520~1609)도 또한 **디**(1527~1608)와 **켈리**(1555~1595)와 마찬가지로 신성로마제국황제 **루돌프 2세**(1552~1612)와 관련된 인물이다.

레브는 독일의 보룸스 혹은 폴란드의 포즈나니에서 태어났다고 하지만, 1597년부터는 루돌프2세가 사는 성에 있었던 랍비로, 유대교의 수석 랍비(법률학자)를 맡고 있었다.

레브는 학식있는 랍비로서 **카발라**나 유대교의 구전전승『탈무드』에 통달해 있을 뿐만 아니라, 수학이나 천문학에도 조예가 깊어 생전부터 여러 가지 전설에 등장했었다. 헤브라이어로 모레이느 하라브 레브(우리들의 스승 랍비 레브)라고 존경받으며, 그 머릿글자를 이어 마하라르라고 불렸다.

그에게 따라다니는 전설 중에는 루돌프 2세에 관련되는 것도 몇가지 있다.

예를들면 루돌프 2세가 유대인을 프라하에서 추방하라고 명령을 내렸을 때, 프라하 시내의 카렐 다리의 정중앙에서 황제의 마차 앞을 가로막고 섰다는 기록이 있다. 분노한 민중은 돌이나 진흙을 던지려고 했지만, 그것은 레브에게 닿기 전에 꽃으로 변했다고 한다.

또한 루돌프 2세 앞에서『구약성서』에 등장하는 유대의 역대족장의 모습을 실체화시킨 적도 있다고 한다.

그러한 전설 중에는 **골렘**을 만들었다는 이야기도 있다. 골렘에 대해서는 레브 이외에도 엘라이저 벤 솔로몬 자르만(1720~1797)이나 헬름의 에리야 등이 제작했다고 전해지지만, 레브는 골렘의 제조자로서 역사상 가장 유명한 인물로 그의 골렘은 13년간 움직였다고 한다.

당시의 유대교

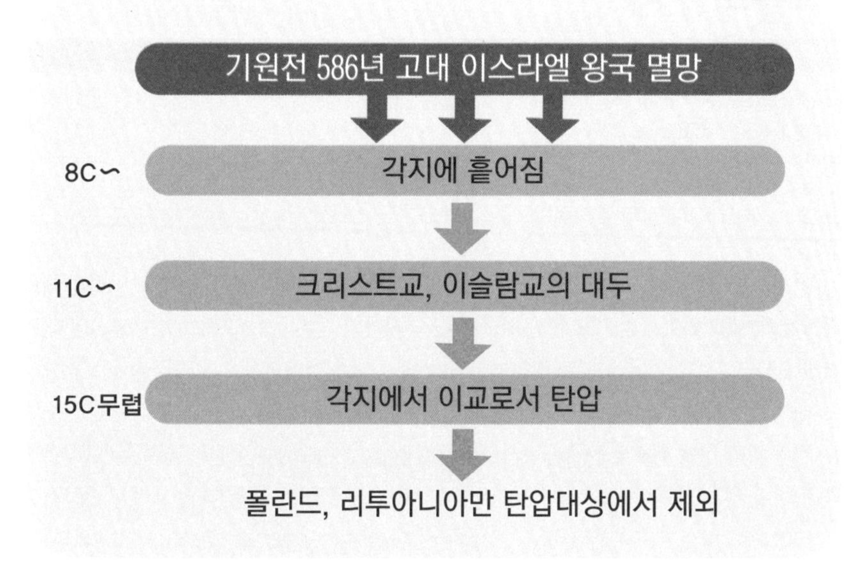

레브의 전설

관련항목

● 창조의 서

No.045

루돌프 2세

Rudolf II

신성로마제국 황제이면서 마술을 옹호하여, 그의 밑에는 많은 마술사가 모였다. 디나 켈리 같은 유명한 마술사와도 관련이 있다.

● 마술의 나라의 지배자

신성로마제국 루돌프2세(1552~1612)는 생애 **연금술**이나 마술을 옹호하여「독일의 **헤르메스 트리스메기스토스**」라고도 불린 인물이다. 러시아의 작가 블가코프(1891~1940)의 대표작『거근과 마르가리타』에서는, **악마**의 무도회에 초대받은 마술사로서 연금술사로 묘사되고 있지만, 실제로 그는 마술사의 보호자였을뿐 마술사는 아니다.

루돌프는 신성로마제국황제 막시밀리안 2세(1527~1576)의 아들로 태어나 1572년에 헝가리 왕 겸 보헤미아 왕이 되어 1576년 아버지의 뒤를 이어 즉위한다. 그러나 선천적으로 우울증이 있었기 때문에 은둔을 계속하여, 만년에는 동생 마셔스(1557~1619)와의 싸움에서 제위를 박탈당하고 사실상 유폐상태로 지내게 된다.

그가 거주하는 성이었던 프라하에는 당시 많은 마술사나 연금술사가 모여서 일대 마술도시로 번성하기도 했다.

이러한 마술사 중에는 중세 영국의 대표적인 마술사인 **디**(1527~1608)와 조수 켈리(1555~1595), 미하엘 마이엘(1566 무렵~1622), 마르틴 루란트(?~1611) 등이 있다. 루돌프는 그들에게 자금을 주는 한편 기대를 배반하면 용서없이 투옥시키거나 벌을 주었다고 한다.

골렘의 제작으로 유명한 프라하의 수석 랍비 **레브 벤 베사렐**(1520~1609)도 루돌프의 고문을 담당하였고, 천문학에서 업적을 남긴 티코 브라에(1546~1601)와 케플러(1571~1630)도 루돌프를 섬겼다. 이렇게 많은 마술사나 연금술사들의 주거로 이용되었던 장소가 프라하성의 한편에 지금도 남아있어「황금의 오솔길」이라 불리며 관광명소가 되어 있다.

루돌프 2세의 궁전

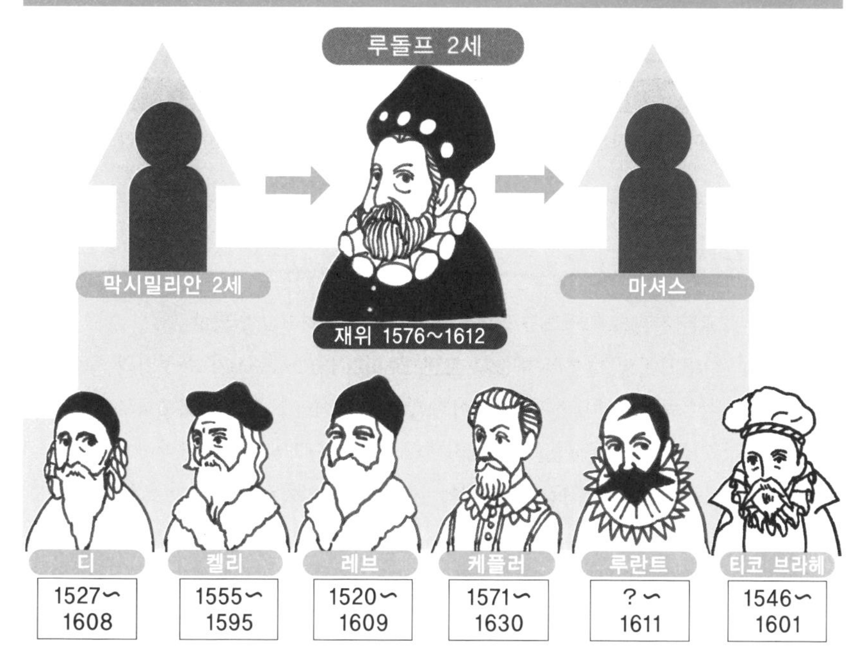

16세기 무렵의 유럽

관련항목

●보석

No.046

안드레(요한 발렌틴 안드레)

Johann Valentin Andreae

루터파 신학자이며 장미십자전설의 전도자. 그가 쓴『화학의 결혼』에 의해 장미십자단의 존재가 널리 알려지게 되었다.

● 신학과 장미십자단

중세 유럽에는 전설의 비밀결사 **장미십자단**의 소문이 퍼지고 있었다.

장미십자단이란 독일 태생의 마술사 **로젠크로이츠**(1378~1484)가 다섯명의 동료들과 함께 설립한 수수께끼의 비밀결사로, 보이지 않는 대학이라고 불리는 특별한 교육기관을 갖고, 은밀히 인류의 계몽을 이끌거나 역사의 흐름을 그림자에서 조작했다고 한다.

이 장미십자단과 로젠크로이츠의 생애에 대해서 처음으로 밝혀낸 것이 요한 발렌틴 안드레(1586~1654)이다.

안드레는 독일의 헬렌부르크의 저명한 루터파 신학자 야곱 안드레(1528~1590)의 손자로 태어났다.

15세에 튜링겐 대학에 입학하여 신학을 배웠지만, 마술박사 **디**(1527~1608)의 마술사상에 영향을 받아, 스스로 마술이나 **연금술**로 기울고 말았다.

그 후 1610년에 튜링겐대학에서 신학박사학위를 취득하였고, 1620년에는 뷔르텐부르크의 교구감독관, 1650년에 바빌리아 베벤하우젠 수도원장을 역임하는 등, 표면상으로는 제대로 된 성직자로서 생애를 마친 것처럼 보였다.

로젠크로이츠가 7일간에 걸쳐 연금술이 지배하는 다른 세계를 여행했다는 내용의『화학의 결혼』은 1616년에 간행되었다.

안드레 자신이 지은 자전 중에서는, 이 책을 1603년 17세일 적에 장난으로 썼다고 한다.

표면상은 제대로된 성직자로서 보낸 안드레는 후에 장미십자단과의 관계를 부정하려고 했다. 그러나 역사는 그를 장미십자운동의 소개자로 보고 있다.

안드레의 생애

1601 튜링겐 대학에 입학

1610 튜링겐 대학 박사학위 취득

1614 『장미십자단의 명성』 발표됨

1615 『장미십자단의 신조고백』 발표됨

1616 『화학의 결혼』 발표됨

뷔르텐부르크 교구의 교구감독관으로

1650 수도원장을 역임

1654 사망

『화학의 결혼』의 7일간

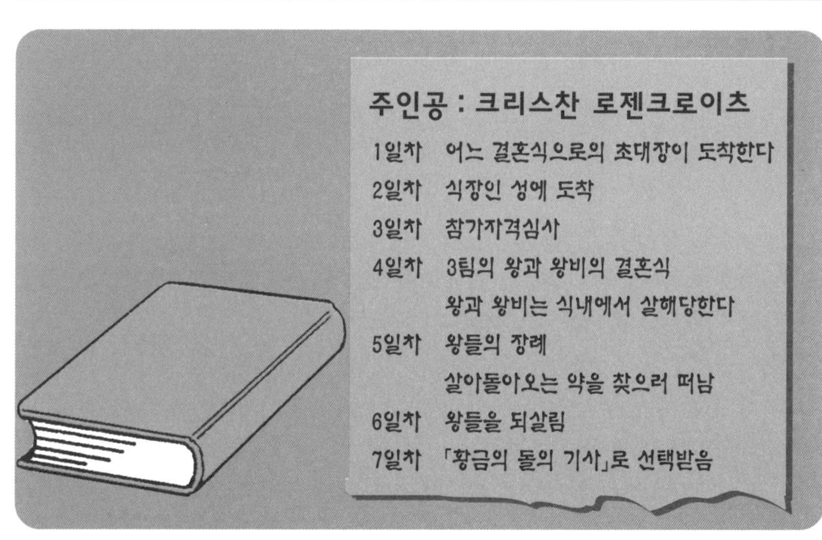

관련항목

● 시온수도회

No.047

이스라엘 벤 엘리에젤

Israel ben Eliezer

유대교의 신비주의적 일파 하시디즘의 개조. 카르파티아산에서 수행하여 병을 고치거나, 호부를 이용하여 여러 가지 기적을 보였다.

● 유대교 신비주의 일파

하시디즘이라고 하는 유대교의 일파가 있다. 이 종파는 18세기에 폴란드에서 탄생했다. 인간과 신의 중개를 하여 여러 가지 기적을 일으키는 것이 가능했던 투어딕(tzadik, 의인)을 중심으로 형성되었으며, 일본어로는 경건파라고 해석되기도 한다. 이 하시디즘의 창설자로서, 최초의 투어딕으로 다수의 기적을 보인 것이 바로 이스라엘 벤 엘리에젤(1700년 무렵~1760)이다.

그는 우크라이나의 포드리에 지방의 오코프에서 태어나 20세에 카르파티아 산악에 은거하여 지낸 뒤, 1730년 무렵 폴란드의 뮤지부쉬로 이주한다. 그가 병을 낳게 하고, **호부**를 사용하여 성자로서 숭상을 받게 된 것은 35세 무렵이라고 전해지며, 그 인격에 매료된 신자들의 집단이 자연발생적으로 하시디즘 운동으로 발전했다.

그는 시나고그(유대교의 회당)의 설교자나 성직자가 아니라, 기적을 행하는 투어딕이었으며 통상의 사람들이 알기 쉬운 설화를 이용하여 가르침을 펼쳤다. 당시 동유럽에 퍼져있던 금욕적 고행에 반대하였으며, 현실에 반한 종말대망론을 경계했다.

그는 바울 셈 토브(신의 이름의 숙달자)라고도 불리며 그 약칭인 베시트라고도 불렸다. 그는 신의 진정한 이름을 알고 있었으며, 그 이름을 적은 호부를 이용하는 것으로 여러 가지 기적을 행했다고 한다.

이스라엘 벤 엘리에젤에 대해서는 어렸을 적부터 기우제를 행하거나 마녀가 보낸 악령에게 대항하였다는 등의 이야기가 남아있다.

여행 도중에 마술을 사용하는 지방의 백작과 마술 경쟁을 할 때는, 두 종류의 **마법원**을 그리고, 그 안에 들어가 백작이 마술로 만들어낸 하늘을 나는 뱀이나 전갈, 용맹한 짐승의 무리를 막아냈다고 한다.

하시디즘의 성립

엘리에젤

반대

- 형태에 구애받지 않는 종교관습
- 일부의 계층에 의한 공동체지배

추진

- 순수한 신앙심
- 투어딕에 의한 기적 • 설법

투어딕이란?
종래의 성직자가 아니라, 병자를 낫게하는 기적을 행하는 성인을 말한다

대중을 지배

하시디즘

현재의 하시디즘

이스라엘 벤 엘리에젤이 창시. 경건파라고도 불린다. 인간과 신 사이의 중개역 투어딕에게 충성을 다하는 공동체로서 조직되었다.

남성들은 항상 새까만 복장으로 긴 턱수염을 기르고 얼굴 양 측면의 머리를 땋으며 항상 킷파라고 하는 작고 둥글며 챙이 넓은 소프트 모자를 머리에 쓰고 있다.

여성들은 소박한 복장에 긴 스커트를 입고 긴팔 의복을 두른다. 결혼한 여성은 가발이나 스카프로 머리를 감싼다. 총수는 약 25만명 정도라고 하며 주로 이스라엘과 미국에 살고 있다.

관련항목

● 골렘

No.048

생 제르망 백작

Comte de Saint-Germain

프랑스 혁명전야의 파리에 나타난 인물. 거의 대부분의 유럽언어를 할 수 있었고, 연금술에도 능했다. 로젠크로이츠의 환생이라고도 불리며 사후에도 그의 모습이 목격되었다.

● 현재도 활동하는 불사신 남자

프랑스 혁명 직전의 프랑스에 돌연 모습을 드러내고 급박한 정세 속에서 암약한 인물이 생 제르망 백작(1710?~1784)이다.

1758년, 그가 돌연 파리에 나타날 때까지의 경력은 불명이지만, 1743년에 런던에서 자코뱅당의 스파이로서 체포되었다는 설이 있다. 생제르망 백작은 파리에서 루이 15세(1710~1774)의 애첩 퐁파두르 부인(1721~1764)을 매료시켜 서서히 프랑스 사교계의 인기인이 되었다.

생제르망은 유럽의 언어를 거의 대부분 할 수 있었고, **연금술**의 오의를 알고 있다고 자칭하며 실제로 다이아몬드에 난 기스를 제거하기도 했다. 스스로를 2,000살이라고 이야기하며 고대 유대의 왕 솔로몬이나 동시대의 인물인 시바의 여왕과도 면식이 있다고 주장하고 있다.

생 제르망 백작은 유럽을 돌아다니며 여러 가지 정치적 활동에도 손을 댔다. 독일에서는 **프리메이슨**의 롯지를 설립하고 **카리오스트로 백작**(1743~1795)을 프리메이슨에 입회시킨 것도 그였다.

1762년에는 러시아로 건너가 상트페테르부르크에서 에카테리나 2세(1729~1796)를 즉위시키는 음모에도 가담했다.

그 후 1770년부터 1774년에 걸쳐 파리에 체류하였고, 1784년에 독일의 슐레스이히에서 사망했지만, 사후 그의 모습이 여러 차례 목격되었으며 1789년에는 혁명 후의 파리에도 모습을 드러냈다고 한다.

실은 생제르망은 히말라야에 살던 불사신인 **마스터** 중 한 사람으로, 그 전생에는 프란시스 베이컨(1561~1626)이나 **로젠크로이츠**(1378~1484)였다는 설도 있다. 절대존재운동의 창시자인 가이 오렌 발라드(1878~1939)는 1930년에 미국의 샤스타산에서 생제르망에게 계시를 받았다고 한다.

18세기 유럽 세계의 분쟁

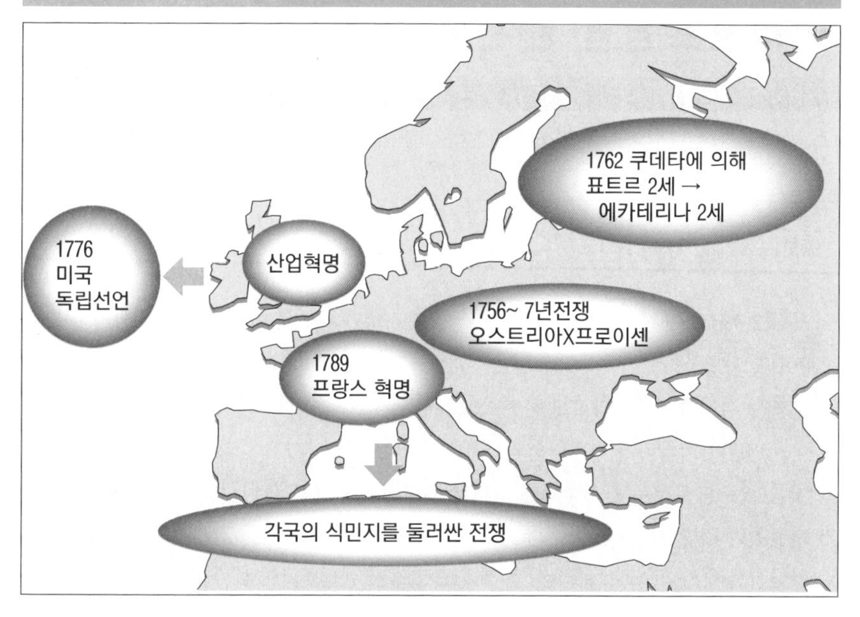

생 제르망 백작 목격정보

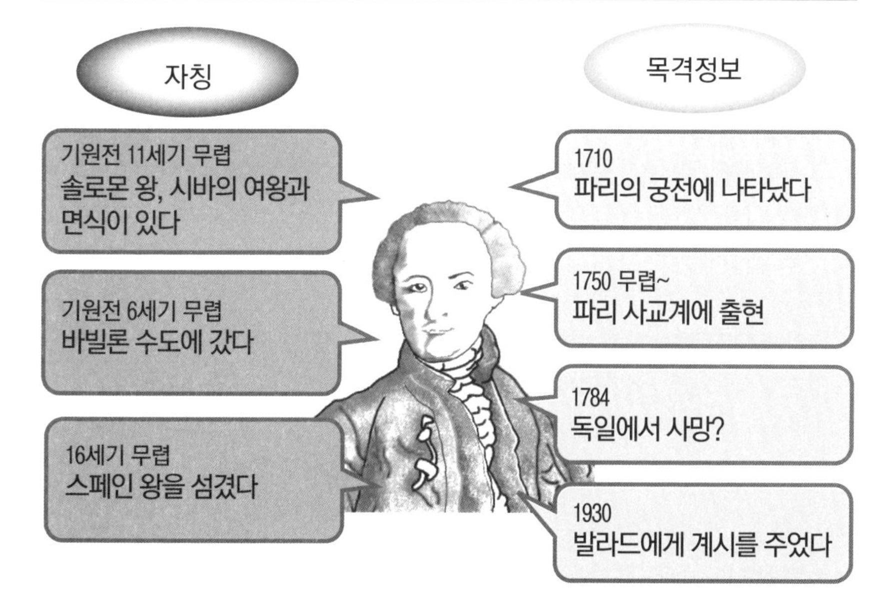

관련항목

● 신지학협회
● 장미십자단

No.049

카리오스트로 백작(알레산드로 카리오스트로)

Comte Alessandro Cagliostro

프랑스 혁명 직전의 파리에서 활약. 연금술에 능하고 강령술을 행하였다. 프리메이슨에 이집트적인 의례를 부활시켰으며, 다이아몬드 · 목걸이 사건에도 관여.

● 아내에게 배신당한 마술사

카리오스트로 백작(1743~1795)도 또한 프랑스혁명 직전에 활약한 18세기의 전설적 마술사이다.

본명을 주세페 발사모라고도 하며 스스로는 집시 출신이라고 주장하기도 했지만, 실제로는 1743년에 이탈리아 시실리섬의 팔레르모에서 태어났다고 한다.

처음에는 상 로코우의 신학교에 다니며 칼타기론의 펜크라테리 수도원의 견습 수도사가 되었지만 추방당했다. 그 후 나폴리에서 로렌차 페리시아니와 결혼, 1776년에 런던으로 떠나기까지 카리오스트로 백작 부부라고 말하며 다녔다.

카리오스트로 백작은 각지에서 악마나 강령술을 실연해보이며, 불로불사의 약 엘릭시르를 판매하기도 하면서 유럽 각지를 방랑했다. 또한 처음으로 만난 사람의 경력을 한번에 맞추기도 하고, **게마트리아**를 이용하여 루이 16세(1754~1793)와 왕비 마리 앙투아네트(1755~1793)의 운명을 예언하기도 했다고 한다. 회화의 재능도 있어 한때는 그림을 그려 생활을 해나갔다고 한다.

그가 34세때, 런던에서 **프리메이슨**에 입단하였는데, 그때는 **생제르망 백작**이 그에게 권유했다고 알려져있다. 카리오스트로는 런던 체재 중 이집트적 의례나 상징체계를 기록한 고문서를 발견하였고, 이 문서에 기초하여 이집트적 의례를 프리메이슨에 부활시켜 나갔다.

그러나 1785년에는 마리 앙투아네트의 다이아몬드 목걸이 사건에 연관되며, 9개월 반에 걸쳐 바스티유 감옥에 수감되었다. 석방 후 이탈리아에 돌아갔지만 부인인 로렌차가, 그가 카톨릭에서 금지하고있는 프리메이슨의 단원이라는 사실을 폭로하였기 때문에 다시 체포당했다. 그리고 마지막에는 유페지 생 레오 요새에서 사망했다.

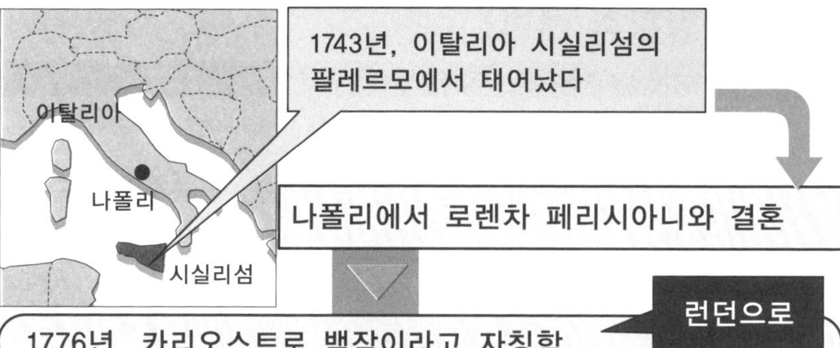

1776년, 카리오스트로 백작이라고 자칭함

런던으로

1777년, 프리메이슨에 입단

1785년, 다이아몬드 목걸이 사건에 관여하여 체포

석방 후 이탈리아로

프리메이슨 단원이라는 것을 부인에게 폭로당해 다시 체포

1795년, 유폐지인 생 레오 요새에서 사망

❖ 프리메이슨과 프랑스 혁명

카톨릭의 나라 프랑스에서는 로마 교황의 파문령에 따라 프리메이슨은 금지되어 있었다. 그러나 프리메이슨은 이미 귀족이나 군인들 사이에 침투해 있었다. 프리메이슨과 프랑스혁명 사이의 관계에 대해서 정확하게 밝혀진 것은 없다. 그러나 「자유, 평등, 박애」라는 혁명의 표어는 본래 프리메이슨의 것이며, 혁명 후의 국민의회의원 400명중 300명이 메이슨이었다는 이야기가 있다. 그리고 이 국민의회에서 채택된 인권선언최상부에는 프리메이슨의 심볼인 「야훼의 눈」이 그려져있다.

관련항목

● 현자의 돌

No.050

레비(엘리퍼스 레비)

Eliphas Levi

크리스트교의 사제였지만 마술로 전향. 그 당시까지의 각종 마술을 정리하여 생텀 레그눔이라고 불리는 전례마술체계를 탄생시켰다. 후세에 끼친 영향이 크다.

● 근대마술의 여명

엘리퍼스 레비(1810~1875)는 근대마술의 기초를 닦은 인물이다. 그 이름은 당시에 존재했던 각종 마술을 체계화시킨『고등마술의 교리와 제의』에 의해 **전례마술**의 대성자로 유명하며 이후의 마술사들은 레비에게서 큰 영향을 받았다.

레비는 본명을 알퐁소 루이 콘스탕이라고 하며, 어릴 적에는 꿈많은 아이였다고 한다. 모친이 강하게 희망하여 크리스트교의 사제가 되지만, 그만 자신의 제자를 사랑하게 되어 1836년에 일단 환속한다. 그러나 이 일을 비관한 모친이 자살함으로 인해 다시 성직자로 돌아간다.

1839년에 솔렘의 수도원, 이어서 1840년부터는 쥬이이의 오라토리오 신학교의 학생감독이 되었지만, 솔렘에 있던 시절에 쓴『자유의 성서』의 내용이 문제가 되어 생 베라지의 감옥에 수감되었다.

출옥하고나서는 당시 18세였던 노에미 카디오와 결혼하여, 그 후에는 공화주의 활동가로 반체제파의 신문에 기고하거나 2월혁명 봉기에 참가하거나 하였지만, 결국 아내하고는 이혼했다. 그리고 폴란드의 신비주의자 에네 우론스키(1778~1853)의 영향으로 카발라에 관심을 갖게 되면서 이후 마술사로서 본격적인 활동을 시작했다.

1853년에는 런던에서 **티아나 아폴로니우스**의 초령(招靈)을 거행, 이때의 영의 지시에 의해 이름을 알퐁스 루이의 헤브라이어 표기인 엘리퍼스 레비로 바꾸었다. 1861년에 런던을 다시 방문하였을 때는 프리메이슨에도 가입해 있었다.

그의 연구는 **타로트**나 **헤르메스 사상**에도 영향을 미쳐 **파라켈수스**(1493?~1541)나 장미십자운동에도 관심을 품고 있었다. 그의 저작에서 유래된 전례마술의 체계는 특히「생텀 레그누스」라고 불리고 있다.

레비와 그 영향

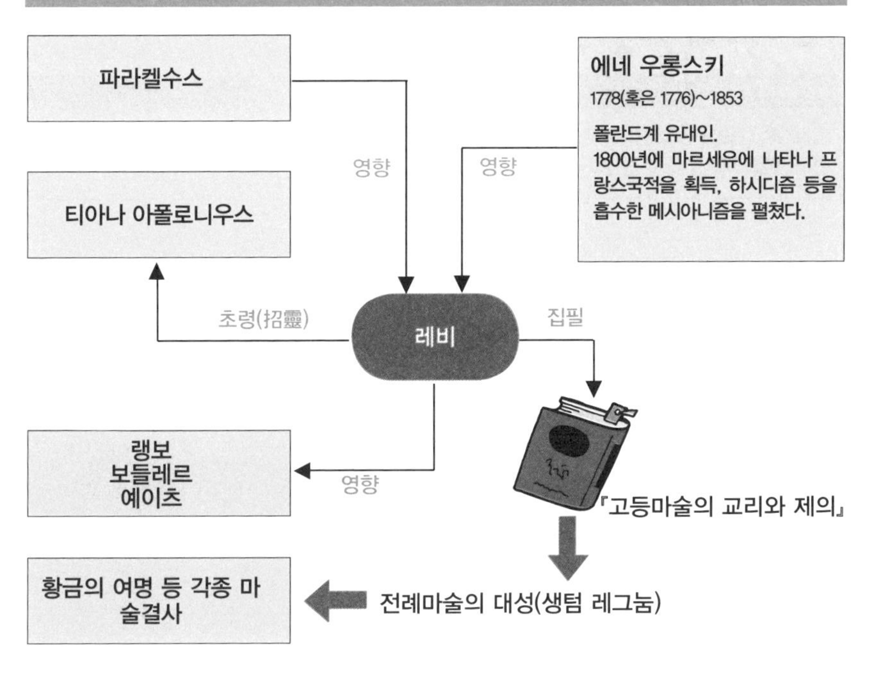

레비의 마술개념

외계(외부세계)

천체의 빛에 의해 여러 가지 현상이 일어난다

천체의 빛

형태도 없어 눈에 보이지는 않지만 전세계에 퍼져있다

특정한 의식을 행해 영향을 준다

관련항목

● 장미십자단

No.051

프랑시(콜랭 드 프랑시)

Collin De Plancy

프랑스의 대표적인 악마학자. 대표작『지옥의 사전』의 내용은 스스로 악마를 불러내어 청취한 것이다. 사탄을 정점으로 하는 악마왕국의 구도를 밝히고 있다.

● 다작(多作)의 악마학자

콜랭 드 프랑시(1793~1887)는 프랑스를 대표하는 **악마**학자로 사탄을「정점」으로 하는 악마왕국의 기본구조를 설명한 인물이다. 그의 대표작『지옥의 사전』은 여러 번 재판을 거쳐 이후 악마학에 큰 영향을 끼쳤다. 프랑시의 본명은 자크 아르반 시몬 콜랭이며 프랑스 동북부 샹파뉴 지방의 프랑시에서 태어났다. 프랑스혁명 시의 지도자 당통(1759~1794)의 조카라는 설도 있지만, 이것은 의심스럽다.

트로와의 콜레쥬에서 학업을 마친후 1812년에 파리에서 교직을 맡게 되는 한편 이 무렵부터 저술활동을 시작했다고 한다.

『지옥의 사전』을 1818년에 출판한 후에도『악마의 자화상』(1819년),『봉건제사전』(1819년),『성유물사전』(1822년) 등 많은 저작을 남기고 있다.

그러나 1824년부터 부동산업에 손을 대어 결국 실패하였고 1830년에 벨기에로 도망쳤다. 그 후 1837년에 프랑스로 돌아왔을 때는 경건한 카톨릭교도가 되어 있었다.

귀국 후 고향 프랑시에서 출판업을 경영하며 종교관련 서적을 출판하는 한편『지옥의 사전』의 개정을 전 생애에 걸쳐 계속했다.

『지옥의 사전』은 많은 악마의 능력이나 내력을 밝힌 서적으로, 그 내용에 대해서는 프랑시 자신이 악마를 불러내어 그들로부터 직접 들은 내용을 기록한 것이라고 한다. 벨기에 체제 중 그가 카톨릭으로 개종한 것도 사후 악마에게 혼을 빼앗길지도 모른다는 공포가 있었기 때문이라는 소문도 있다.

그러나 실제로 그 내용은 당시 유럽에 전해져오는 여러 가지 전설을 집대성한 것이며, 프랑시 자신의 창작도 상당히 포함되어 있다.

프랑시의 생애

1793	프랑스 샹파뉴 지방의 프랑시에서 출생
1812	파리에서 교직에 임함
1818	『지옥의 사전』 제1판 발행 당시의 각종 자료나 전설로 전해져오던 많은 악마, 요괴 및 관련 사항을 정리했다.
1819	『악마의 자화상』『봉건제사전』
1822	『성유물사전』
1830	벨기에로 이사
1837 ~ 이후	이후 프랑스에 돌아옴 종교관련서적을 출판하며 생활 『지옥의 사전』의 개정에 전력을 쏟음

지옥 제국의 구조

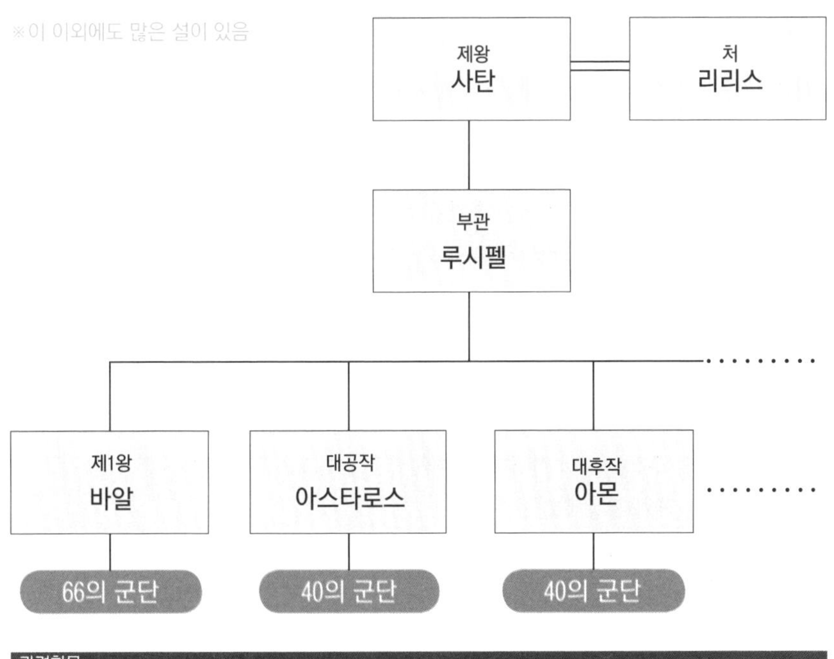

관련항목
- 그리모어
- 소환마술

No.052

생 이브 달베이드로(죠셉 생이브 달베이드로)

Joseph Saint-Yves d'Alveidre

문호 빅토르 위고와 친교가 있던 신비주의자. 독자적인 정치체제를 구상, 고대 아틀란티스의 선진문명이나 지하세계 아가르타의 존재를 주장했다.

● 비밀결사에 의한 통치

죠셉 생 이브 달베이드로(1842~1909)는 프랑스의 신비주의자로 **헤르메스 사상**에 심취해 있었으며, 동시에 시나기즘이라는 독자적인 정치체제를 구상한 정치사상가이다.

그는 젊은 시절부터 약간 문제아였던 모양으로, 부친과 사이가 안 좋았고 전문 시설에 들어간 일도 있다. 그 후 선의(船醫)가 되기 위해 공부를 계속했지만, 그의 마음을 사로잡은 것은 헤르메스 사상이었다.

1877년에는 프랑스의 문호 오노레 드 발작(1799~1850)과 인척관계에 있던 켈러 백작부인과 결혼, 부인의 힘으로 작위를 얻어 달베이드로 후작이 되었다.

그가 구상한 시나기즘은 당시 유행하던 아나키즘에 대항하기위해 생각해낸 것으로, 세계의 비밀을 지도자와 텔레파시로 접촉이 가능한 인간들의 비밀결사가 국가를 지배하는 체제라고 한다. 그의 이론에 의하면 **장미십자단**이나 **템플 기사단**도 그러한 비밀결사이다. 이 시나키즘을 구상하는 과정에서 그는 고대 아틀란티스의 선진문명이나 지하세계 아가르타에 사는 세계의 왕 같은 개념을 첨가했다. 나아가 근원인종의 존재나 아리아인 지상주의 등, 그의 설명에는 **블라바츠키**(1831~1891)의 신지학과 **나치** · 독일의 사상으로 계승되는 개념도 포함되어 있다.

그는 빅토르 위고(1802~1885)나 불워 리턴 경(Edward George Bulwer-Lytton, 1803~1873) 같은 문학자와도 교류가 있었고, 같은 프랑스의 악마술사 **파퓨스**(1865~1916)와도 절친한 사이로, 파퓨스는 그의 사후, 유지를 이어받아 「생 이브의 친구」라는 결사를 설립하여 시나키즘의 주장을 널리 펼쳤다. 이러한 활동의 성과로 유럽에는 현재도 시나키즘을 신봉하는 정치단체가 활동하고 있다.

시나키즘의 구상

무정부주의로 요약된다
통치기관으로서 정부의 존재를
일절 부정하는 사상

대항

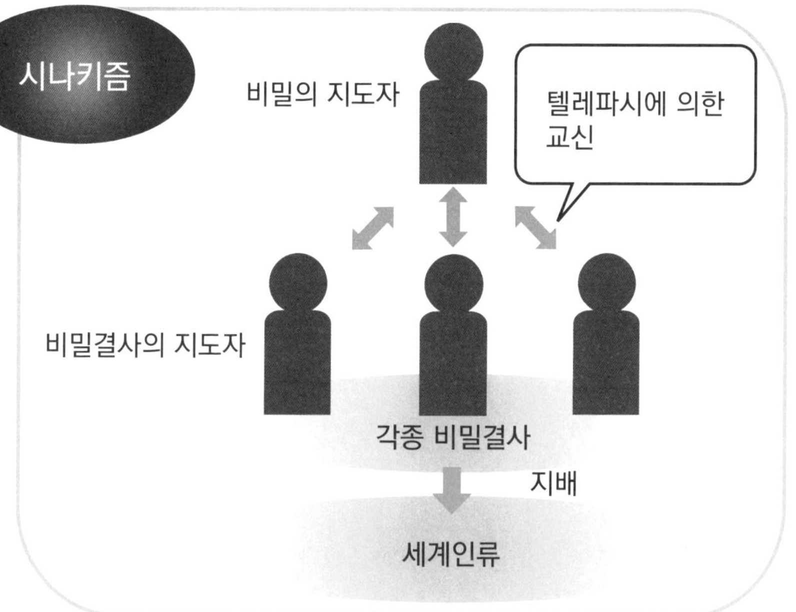

지하세계 아가르타

중앙아시아의 지하에 존재한다고 하는 왕국. 수도 샴발라에는 여러명의 부왕과 수천명의 고승을 거느리는 세계의 왕 브라트마가 살며 지표의 인류와는 비교할 수 없는 고등 과학기술을 갖고 있다. 지상세계와는 몇몇 지하통로로 연결되며 티벳의 포탈라 궁의 지하에도 입구가 있다고 전해진다.

관련항목

● 신지학협회

No.053

블라바츠키(헬레나 페트로브나 블라바츠키)

Helena Petrovna Blavatsky

19세기 최대의 신비주의자로 신지학협회의 공동설립자. 물병자리 시대의 도래나 고대 레무리아, 아틀란티스의 선진문명 등, 블라바츠키가 펼친 아이템은 다수 존재한다.

●19세기 최대의 신비주의자

19세기말, 유럽에서는 많은 마술사나 신비주의자가 활약했다. 그러한 인물들 중에서도 오늘날까지 최대의 영향력을 끼치고 있는 것이 헬레나 페트로브나 블라바츠키(1831~1891)이다.

블라바츠키는 러시아의 우크라이나 지방 에카테리노슬러프에서 태어났다.

그녀는 어린시절부터 계시를 받거나 사이코키네시스로 물건을 움직이는 것이 가능했다고 일컬어지지만, 17세에 돌연 니키폴 블라바츠키 장군과 결혼하여 3개월만에 장군 곁을 떠나 세계각지를 떠돌아다녔다. 그녀 자신의 주장에 의하면 멀리 티벳까지 방문하였고, 거기서 인류를 남몰래 이끌고 있는 **마스터**들과 접촉하였다고 주장하고 있다. 그러나, 실제로는 피아노 교사, 서커스의 안장없이 말타는 기수, 영매 같은 직업을 전전했던 모양으로, 저명한 영매 다니엘 던글라스 흄(1833~1886)의 조수로 일한 적도 있다고 한다.

1875년에 도미, 헨리 스틸 올콧(1832~1907)이나 윌리엄 저지(1851~1896) 등과 함께 **신지학협회**를 설립했다.

신지학협회는 블라바츠키가 마스터들과의 통신에서 얻은 신비주의철학을 기조로 하는 철학단체로서, 그 후 세계각지에 많은 회원을 모았는데 1884년에는 블라바츠키의 가정부로 일하던 크롱 부인이 블라바츠키가 받고 있다고 하는 마스터와의 통신이 사기라는 것을 폭로, 거기에 1885년에 영국 심령연구협회의 조사에서도 트릭이 발견되었기 때문에 그녀는 협회의 요직에서 추방당했다.

그러나 인류를 가르침으로 이끄는 마스터들이나 「그레이트 화이트 브라더후드」의 존재(마스터 항목 참조), 물병자리 시대의 도래 등, 그녀의 가르침이 후세에 끼친 영향은 크다.

블라바츠키의 족적

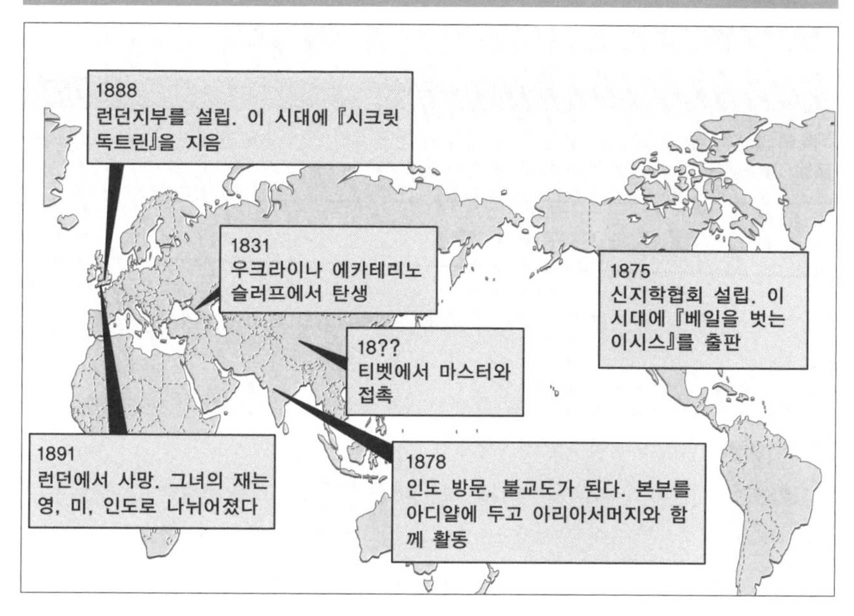

블라바츠키 주변인물도

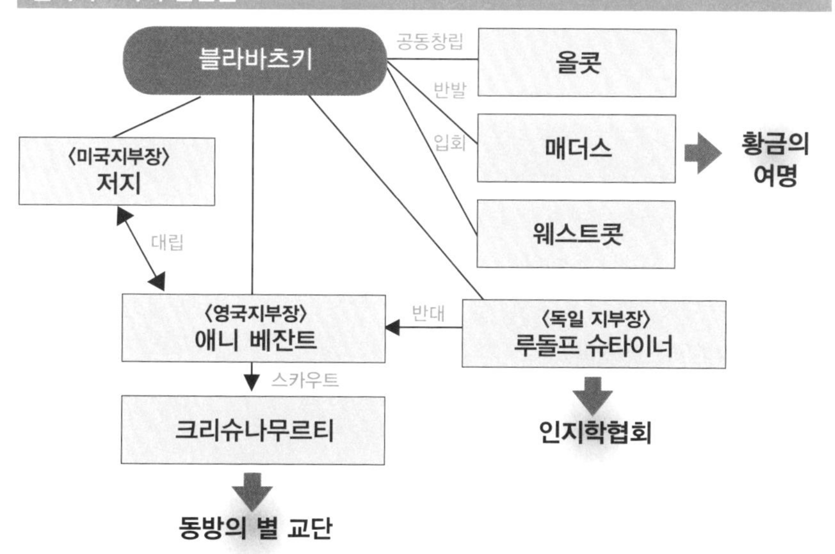

관련항목

- 심령현상
- 슈타이너
- 크리슈나무르티
- 인지학협회

No.054

드 가이타(스타니스라스 드 가이타)

Stanislas de Guaita

레비의 영향을 받아 마술에 손을 댔다. 카발라 장미십자단을 설립, 명상 시에 마약도 사용했다. 그리고 카르멜 교회의 블랑과는 마술전쟁을 벌였다.

● 블랑과의 마술전쟁

스타니스라스 드 가이타(1861~1897)는 **레비**(1810~1875) 이후의 프랑스를 대표하는 마술사이다.

본래는 시인 보들레르(1821~1867)의 영향 등으로 문학을 지망했지만, 1885년에 **레비**의 저작의 영향을 받아 마술연구를 시작했다.

1886년에는『신비의 우물가에서』라고 하는 마술서를 지었고, 다음해인 1887년에는 같은 프랑스의 마술사인 죠세핀 펠라당(1856~1918)과 **파퓨스**(1865~1916)와도 공동으로 카발라 장미십자단을 설립했다.

이 단체는 **카발라**와 오컬티즘을 연구하는 한편, 신과의 합일의 경지를 목표로 하는 명상 등의 수행도 했지만, 때때로 그 일환으로서 코카인이나 헤쉬쉬 같은 마약을 사용하기도 했다.

이러한 드 가이타의 자세는 펠라당의 반발을 불러왔고, 펠라당은 1890년에 결국 드 가이타와 사이가 틀어져 따로 카톨릭 장미십자단을 결성했다. 이 결과 장미전쟁이라고 불리는 중상모략(中傷謀略)전투가 양자 사이에 발생했다.

드 가이타는, 카르멜 교회라는 단체를 이끄는 죠셉 블랑(1824~1893)과도 싸웠다.

카르멜 교회는 블랑의 주도아래 난교 같은 것을 동반한 **성마술**을 실천하고 있었지만, 드 가이타는 이것을 혐오하여 전 카르멜 교회 신자였던 오즈왈드 윌트와 결탁하고 블랑에게 마술에 의한 사형을 선고했다.

블랑도 드 가이타와 펠라당을 저주하여 죽이기위한 흑미사를 실시했지만, 결국 블랑은 1893년에 급사했다.

드 가이타의 만년은 스스로 극도의 고독에 빠져 아파트에서 밖으로 나올 때는, 그저 진귀한 책을 찾으러 다닐 뿐인 생활을 보냈다. 마지막에는 마약중독에 빠져 1897년 쓸쓸히 사망했다.

드 가이타 주변사정

사상의 차이로
분리독립

대립

■ 카발라 장미십자단
- 1887년(1888년이라고도), 드 가이타가 설립
- 카발라나 타로트 등 종래의 마술적 요소를 흡수한다
- 3단계의 위계를 가진다

대립

죠세핀 펠라당
1856~1918. 프랑스의 시인. 카발라 장미십자단 설립에 참여하였지만 후에 이탈

■ 카톨릭 장미십자단
- 1890년 펠라당이 카발라 장미십자단에서 분리하여 결성
- 예술 문화활동에도 진출
- 로마 카톨릭의 교의에 대해서 마술적해석을 실시

죠셉 블랑
1824~1893. 신부였지만 악마퇴치를 위해 소변을 마시는 등의 행위를 벌였다. 반트라 사후 카르멜 교회의 지도자가 된다

■ 카르멜 교회
- 유제느 반트라가 조직하여 블랑이 차지한다
- 난교를 동반한 성마술을 실천
- 동물과의 성교 및 악마퇴치를 위해 배설물을 먹는 등의 행위를 함

블랑과의 마술전쟁

드 가이타는 블랑이 벌이는 성마술을 혐오하여 카르멜 교회의 반 블랑파 신자들을 모아 블랑에게 유죄를 선고했다. 이에 대해 블랑도 드 가이타를 주술로 저주하여 죽이기 위해 흑미사를 실시했다. 프랑스의 작가 유이스만스도 블랑에게 협력했지만 1893년 1월 3일 저녁 무렵, 수수께끼의 검은 새가 우는 가운데 블랑은 갑자기 사망했다.

관련항목
●카발라 ●장미십자단

No.055

파퓨스

Papus

근대 프랑스의 마술의사. 드 가이타나 펠라당 등과도 친교가 있었고, 생 이브 달베이드로의 사상도 펼쳤다. 러시아에서는 황제 알렉산드르 3세의 강령도 행하였다.

● 강령을 행하는 마술의사

파퓨스(1865~1916)도 또한 19세기 후반에 활약한 프랑스의 마술의사로서 본명은 쥬라르 안코스라고 한다.

파퓨스는 스페인에서 태어났지만 그가 소년시절에 양친과 함께 파리로 이주하였고, 대학에서는 의학을 배웠다. 그가 마술의 길에 접어든 것은 대학졸업 후 병원의 통원조수를 하고 있을 무렵, 폴란드의 신비주의자 우롱스키(1778~1853)의 제자에 해당하는 화학자 루이 류카(1816~1863)의 『신의학』을 읽은 것이 계기가 되었다.

우선은 루이 클로드 드 생 마르탕(1743~1803)계의 단체에 참가하여, **티아나 아폴로니우스**가 만든 『눅테메론』에서 선택한, 파퓨스라는 마술명을 사용하였다.

1887년에는 **드 가이타**(1861~1897)와 죠세핀 펠라당(1856~1918) 등과 함께 카발라 장미십자단을 결성, 또한 이 무렵 **신지학협회**에도 가맹했다. 그 후에도 1897년에 헤르메스학원을 개설하는 등, 파퓨스는 많은 마술결사를 설립하고 오컬티즘을 의학과 연관지은 독특한 이론을 주장했다.

1905년에는 그의 소문을 들은 러시아 황제 니콜라이 2세(1868~1918)에게 초빙되어 강령술을 실시, 황제의 아버지 알렉산드르 3세(1845~1894)의 영을 출현시켰다고 한다.

제1차 세계대전 중에는 의사로서 야전병원의 군의를 맡았지만, 결핵으로 사망했다.

파퓨스는 살면서 260권 이상의 저작을 남겼으며 그 대상은 **카발라**, **타로트**, 의학, 수상 등 다양한 분야에 걸쳐있다. 특히 1891년의 『은비학적 방법론』은 20세기 **서양점성술**의 부흥에 길을 열어주었다는 평을 듣는다.

파퓨스의 마술결사력

	파퓨스의 동향	다른 비밀결사의 동향
1880		1875 신지학협회가 설립
	1887 카발라 장미십자단 결성 1887 신지학협회 입회	1888 황금의 여명이 설립
1890	1889 안데판단 센테릭 설립	
	1897 헤르메스 학원 설립	1890 펠라당이 카톨릭 장미십자단을 설립 1891 블라바츠키 사망 1898 크로울리가 황금의 여명에 참가
1900		

파퓨스를 둘러싼 상호인간관계

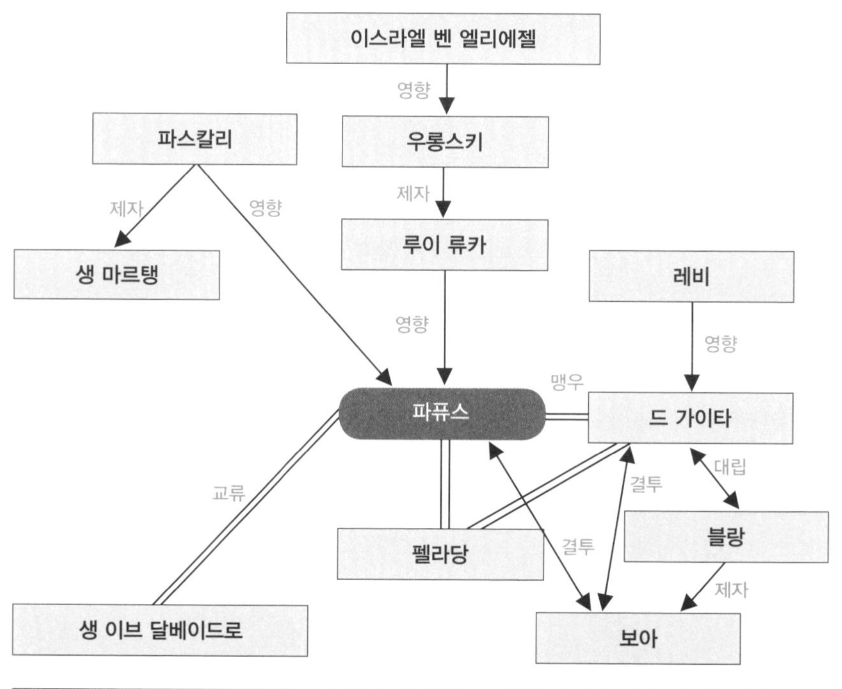

관련항목
- 헤르메스 사상
- 카발라
- 장미십자단
- 서양의 여러 가지 점술

No.056

매더스(사뮤엘 리델 맥그레거 매더스)

Samuel Liddell MacGregor Mathers

황금의 여명 공동설립자. 에녹 마술과 아브라멜린 마술을 근대에 부활, 서양마술의 부흥에 힘이 되었다. 카발라나 타로트를 연구하였지만 교단의 운영에는 실패, 추방당했다.

● 서양적인 것을 추구한 남자

황금의 여명은 영국의 마술결사로 그 후 생겨난 수많은 마술결사의 모체가 되었다. 그 황금의 여명의 공동설립자 중 한 사람이며 후에 단독으로 지도자가 되었던 것이 맥그레거 매더스(1854~1918)이다. **아브라멜린** 마술이나 에녹 마술 등, 이후의 마술결사로 이어지는 마술체계를 부활시킨 것도 매더스이다.

매더스는 런던의 사무원의 아이로 태어나 젊은 시절부터 오컬트에 관련된 것을 탐구하는 데 몰두했다고 한다.

프리메이슨 단원으로 영국 장미십자회 회원이기도 하며, 1888년 역시 이 단체의 회원이기도 한 윌리엄 윈 웨스트콧(1848~1925)과 로버트 우드맨(1821~1891)이 공동으로 황금의 여명을 설립했다.

우드맨은 설립 직후에 사망했기 때문에 결사는 웨스트콧과 매더스 두 사람이 주도했다고 하지만, 1892년에 매더스는 **비밀의 수령**과 직접 연결을 취했다고 주장하고, 1897년에는 웨스트콧 추방 후 교단을 실질적으로 손아귀에 넣게 된다.

당시 많은 마술사는, **신지학협회**와도 밀접한 관계를 갖고 있었지만 신지학이 가진 동양적요소에 반발한 매더스는 독자적인 서양마술의 부활을 꾀하여, 같은 영국출신의 마술사 디(1527~1608)의 에녹 마술이나 14세기의 아브라멜린의 마술체계를 발굴한다. 또한 **카발라**도 연구하였으며 **타로트**의 논리적인 정비도 시도하였다고 한다.

그러나 그의 지배는 길게 이어지지 못했다. 이미 애니 호니만(1860~1937)의 추방과 **크로울리**(1875~1947)의 입단을 둘러싼 의견 대립으로 교단은 분열상태에 있었지만, 결국 매더스 자신도 퇴단할 수밖에 없는 지경에 몰리게 되어, 알파 오메가라는 새로운 마술결사를 설립했다.

매더스의 사상

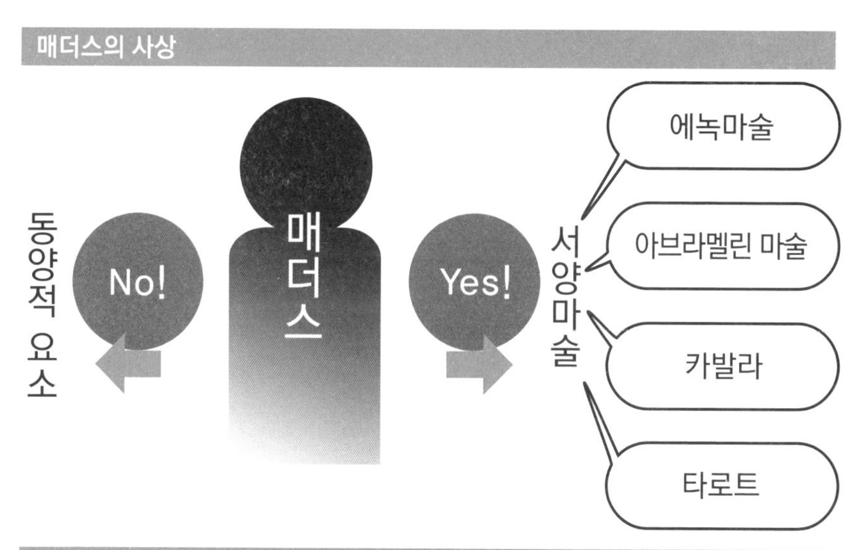

마술결사와 사람의 분포

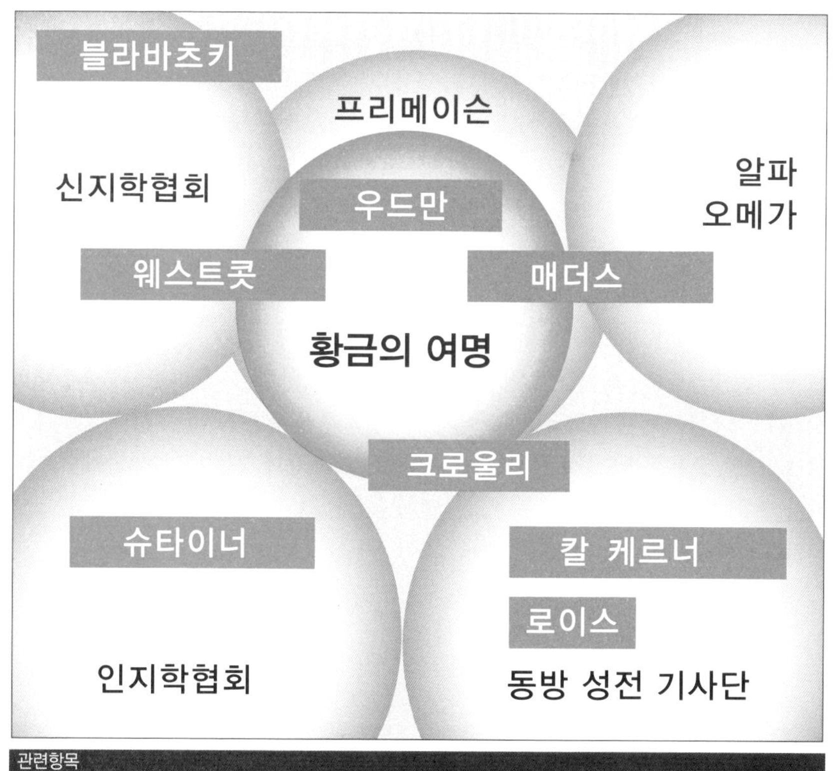

관련항목

● 에녹어

No.057

라스푸틴(그리고리 예피모비치 라스푸틴)

Grigory Yefimovich Rasputin

러시아 혁명전야의 로마노프 왕조에 대해 절대적인 영향력을 지녔던 수수께끼의 수도사. 강력한 치유능력과 예언의 재능을 지니고 있었지만 그의 행동을 두려워한 귀족들에게 암살당했다.

● 러시아에서 태어난 신비승

제정 러시아 말기, 니콜라이 2세(1868~1918)의 궁전에서 은근히 영향력을 행사하던 치료사가 그리고리 예피모비치 라스푸틴(1871/2~1916)이다.

그의 출생은 확실하지 않지만, 일설에는 시베리아의 포크로프스코에 마을에서 태어났다고 한다. 18세에 베르코츠레의 수도원에 들어가 수도사가 되었지만, 19세에 일단 포크로프스코에 마을로 돌아와 결혼한다. 그러나 그 후에도 수도사로서 수행을 계속하여 그리스의 아토스산, 예루살렘 등의 성지를 방문했다고 한다.

라스푸틴이 당시의 러시아 제국의 수도 상트 페테르부르크에 나타난 것은 1903년, 러시아 정교의 수도사 세라핌(1759~1833)의 열성식이 거행되던 때였다.

이때에 라스푸틴은 특출난 치료능력을 지니고 있어 1905년 당시, 불치의 유전병인 혈우병으로 죽어가고 있던 황태자 알렉세이의 치료를 위해 왕궁에 초청받게 된다. 결국 황태자를 죽음의 늪에서 구해준 라스푸틴은 알렉산드라 황비(1872~1918)에게 절대적인 신뢰를 얻게 되었고, 제1차 세계대전에서 황제 니콜라이 2세가 출정한 사이 알렉산드라의 고문으로 내정에도 상당히 영향을 끼쳐 인사까지 조종했다고 한다. 그리고 이러한 행동을 불만스럽게 생각한 귀족들이 그의 암살을 꾀하게 된다.

1916년 라스푸틴은 암살을 계획한 귀족의 자택에서 청산가리가 들어간 케이크를 대접받았다. 그러나 맹독은 라스푸틴에게 아무런 영향도 주지 못했다. 암살자들은 그를 총으로 쏘았지만 그는 운반도중에 숨을 들이키며 살아났기 때문에 경봉으로 수없이 때렸고 또 다시 총을 쏜 다음 네바강의 얼음 구멍에 던져넣었다. 그 후 검시결과가 나왔는데, 그의 사인은 익사였다고 한다. 맹독도 총격도, 그를 죽게 만들지는 못했던 것이다.

라스푸틴과 로마노프 왕조

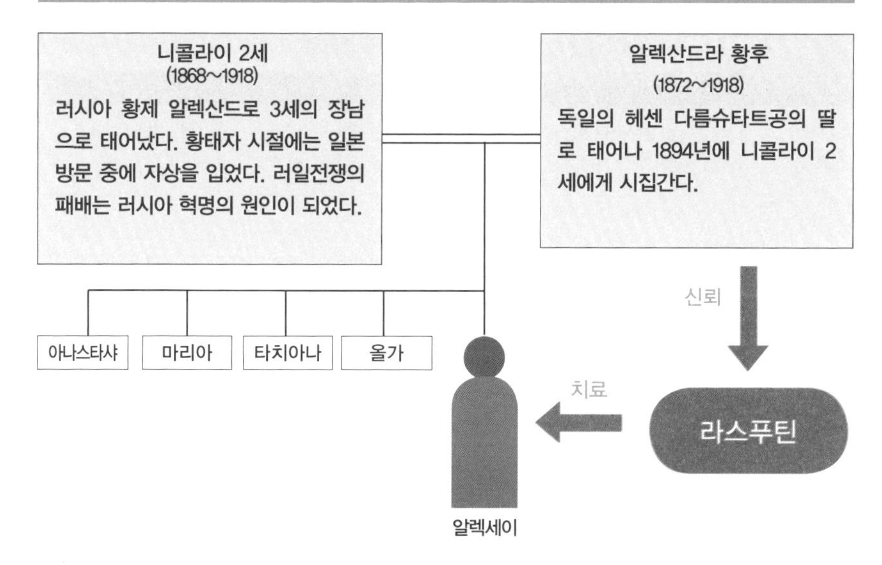

라스푸틴과 러시아 제국

	러시아의 움직임	라스푸틴 약력
1900	1894 니콜라이 2세 즉위	
1910	1904 알렉세이 탄생 러일전쟁 발발 1905 피의 일요일 사건	1903 열성식에 참여 1905 알렉세이를 치료 황후의 신뢰를 얻음 정치에 관여하게 됨
1920	1914 제1차 세계대전 1917 2월혁명 니콜라이 2세 퇴위 1918 레닌의 명에 의해 황제일가 총살	1916 암살

관련항목

●그루제프

No.058

슈타이너(루돌프 슈타이너)

Rudolf Steiner

인지학협회 창설자. 당초에는 신지학협회의 내부에서 활동하였지만 사이가 틀어져, 자신만의 독자적인 사상을 인지학이라고 제창. 그 영향은 무대예술이나 교육, 농업, 에콜로지 등 다방면에 미친다.

● 신비주의적 교육가

루돌프 슈타이너(1861~1925)라는 인물은 20세기를 대표하는 신비주의자의 한 사람이다. 젊은시절의 슈타이너는 괴테 연구가로서 유명했지만 한편으로 어린시절부터 영의 세계를 볼 수 있어서, 이 세계의 모든 것을 기록한「아카식 레코드」에 접촉할 수 있는 환시자(幻視者)이기도 했다.

정신성을 중시하는 슈타이너 교육이나 무대예술의 오이류토미 등 다른 분야에서도 후세에 남긴 영향이 크기도 하다.

슈타이너가 태어난 곳은 현재 크로아티아령 크라리예베크로, 부친 요한이 오스트리아 남부 철도의 전신기사였기 때문에 어린 시절부터 각지를 전전했다.

슈타이너는 11세에 실업학교에 들어가 18세 때 빈 공과대학에 입학, 졸업 후에는 괴테 연구가로 알려지는 한편 가정교사로 생계를 꾸려나갔다. 처음 결혼상대도 가정교사로 살고 있던 오이겐 오이니케 육군대위의 미망인 안나 오이니케였다.

1899년에 **블라바츠키**(1831~1891) 등의 **신지학협회**에 가입한 후, 1902년에는 독일 지부장이 되었지만 신지학협회 내부에서 진행된, **크리슈나무르티**를 구세주로 맞이하자는 운동에는 반대하여, 1912년 스스로의 사상을 기초로 **인지학협회**를 설립하였고 다음해 신지학협회를 이탈했다.

슈타이너의 인지학은 살아가면서 영의 세계와 접촉할 수 있었던 슈타이너의 경험에 기초하여 물질계 외에 영계의 존재나 환생을 인정하며 모든 인간에게 잠재되어 있는 보다 고차원적인 인식능력을 개발하고, 이런 개인의 능력개발과 함께 사회의 진보에도 기여하는 방법을 제시한 체계이다. 인지학과 관련된 분야는 교육, 농업, 의학, 예술 등 많은 방면에 걸쳐 영향을 미치고 있다.

슈타이너의 업적

신비주의
- 아카식 레코드에 접촉
- 신지학협회 독일 지부장, 동방 성전 기사단 오스트리아 지부장을 역임
- 인지학협회 창시

교육
- 괴테 연구로 알려져있으며 가정교사로 생계를 꾸려감
- 인간성 중시의 슈타이너 교육을 창시

예술
- 괴테아눔을 건설
- 오이류토미를 창시

의료
- 정신과 육체의 쌍방에 배려
- 환자의 치유력을 높이는 의료를 행함

농업
- 자연과의 조화를 목적으로 하는 독자적인 유기농법
- 파종시기 선택에 있어서 천체의 위치를 중시

슈타이너 연관지역

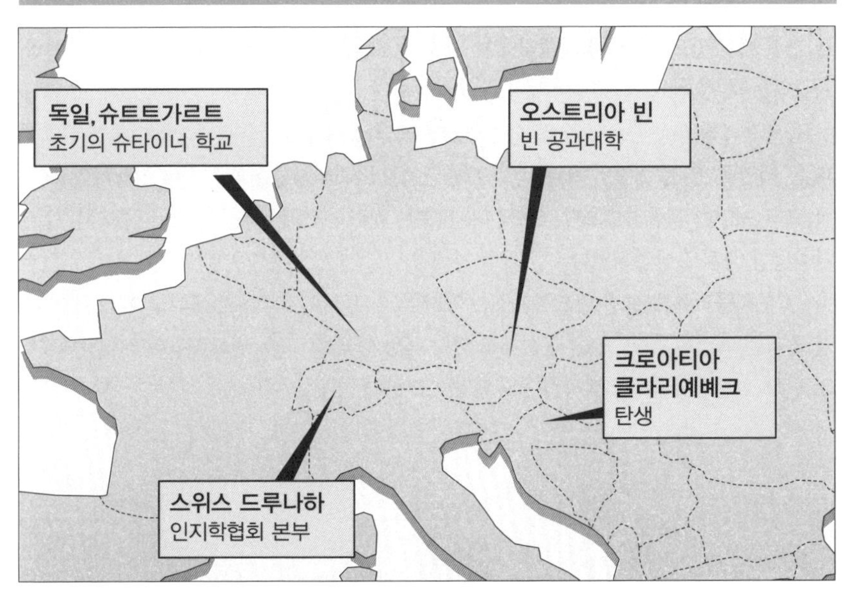

관련항목
- ●마스터

No.059

하누센(에릭 얀 하누센)

Erik Jan Hanussen

나치스 발흥기에 활약한 독일의 마술사. 점성술이나 예언, 독심술을 행하여 나치스와의 관계를 유지했다. 국회의사당방화를 예언한 직후 수수께끼의 죽음을 당했다.

● 제3제국의 예언자

에릭 얀 하누센(1889~1933)은 **나치**당이 발흥한 바이마르 공화국 말기 독일의 마술사로서, 한때는 제3제국의 예언자로도 의심받았던 인물이다. 마술사이면서 동시에 기술사이기도 하여 점성술사로서 예언자, 나아가 현대에 알려진 초능력자이기도 했다.

그러나 그는 나치스가 경멸했던 유대인 출신이며, 본명이 하셸 슈타인슈나이더라고 하는 떠돌이 광대의 아들이었다.

하누센이라고 자칭한 것은 제1차 세계대전중인 1917년부터이며, 무대에서 마술쇼를 상연하는 한편, 예언이나 점성술로도 명성을 떨쳤다고 한다.

1926년에는 스스로 히틀러(1889~1945)의 연설지도를 맡았고 이후 히틀러의 연설은 많은 사람을 매료시키는 마력을 지니게 되었다고 한다. 또한 1933년 1월 1일 하누센은 마력을 가진 식물 만드라고라를 히틀러에게 보내 1월 31일까지 히틀러가 수상이 될 것을 예언, 히틀러는 예언대로 1월 30일에 정권을 장악했다.

1933년 2월 하누센은 소수의 신봉자들이 모인 집회에서 「거대한 건물이 불에 타오른다」는 예언을 했다. 그 직후 2월 27일, 베를린에서 국회의사당 방화사건이 발생하였고, 결국 그의 예언이 적중하였으나, 3월 24일 하누센 부부는 어떤 자들에게 끌려가 4월 7일에 사살당한 사체로 발견되었다.

그가 히틀러에게 보낸 만드라고라는 제3제국이 무너지더라도 만드라고라만은 남아있을 거라는 예언이 붙어 있었다. 실제로 나치 독일 붕괴 후 그의 만드라고라만은 잔해더미로 변한 수상관저에서 멀쩡하게 발굴되었다고 한다.

하누센의 생애와 역사정세

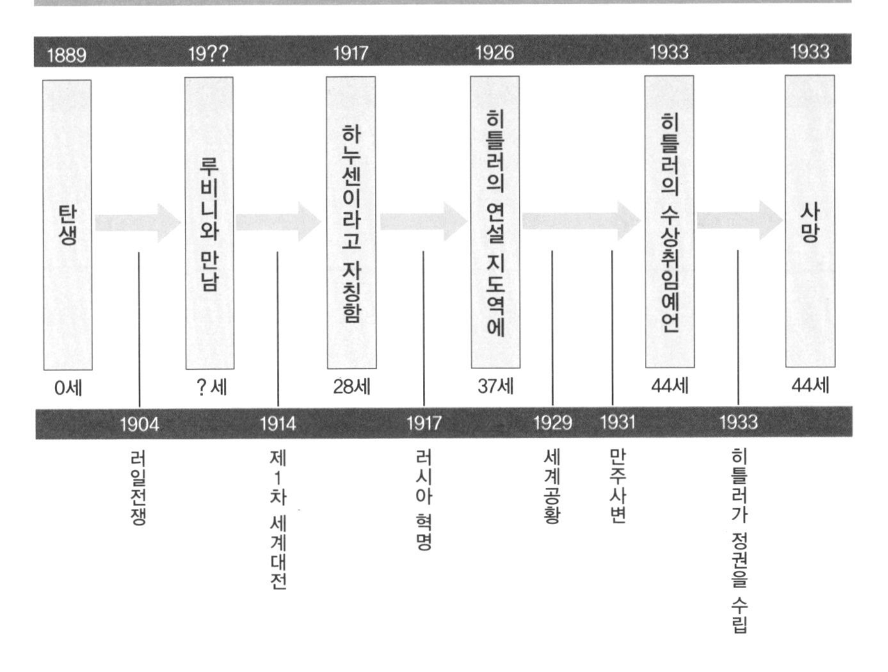

◆ 만드라고라

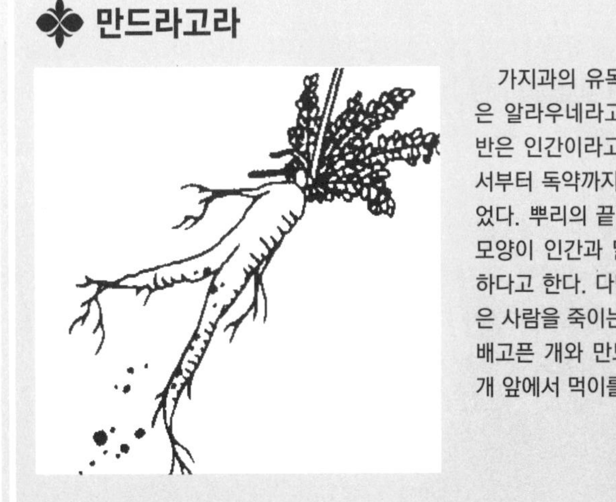

가지과의 유독식물로 만드레이크, 혹은 알라우네라고도 불린다. 반은 식물, 반은 인간이라고 알려져왔으며, 최음제서부터 독약까지 여러 가지 약에 사용되었다. 뿌리의 끝이 두갈래로 갈라져있고 모양이 인간과 닮아있을수록 마력이 강하다고 한다. 다만 뽑을 때는, 소리를 들은 사람을 죽이는 비명을 지르기 때문에, 배고픈 개와 만드라고라를 끈으로 묶어 개 앞에서 먹이를 던져 뽑는다.

관련항목

●서양점성술

No.060

예츠(윌리엄 버틀러 예츠)

William Butler Yeats

근대 아일랜드를 대표하는 시인으로 노벨 문학상도 수상. 한편 황금의 여명에도 소속된 마술사로, 한때 지도자가 되기도 했다. 그 신비주의적 성향은 평생 변하지 않았다.

● 노벨상을 받은 마술사

윌리엄 버틀러 예이츠(1865~1939)는 근대 아일랜드를 대표하는 시인으로, 1923년에는 노벨문학상을 수상하며 20세기 최대의 문학자 중 한 사람으로 꼽힌다. 아일랜드 독립을 목적으로 정치운동에도 관여하고, 1922년부터 1928년까지는 아일랜드 자유국가의원도 수행했다.

그러나 예이츠에게는 이러한 겉으로 드러난 얼굴과는 별도로 일반적으로 그다지 알려지지 않은 또 하나의 얼굴이 있었다. 그는 마술에도 지대한 관심이 있어, 한때는 마술결사 **황금의 여명**의 수령을 맡기도 했던 것이다.

예이츠는 소년시대부터 눈에 보이지 않는 세계에 관심을 갖고 있었다고 한다. 그의 이러한 성향은 아일랜드 서부의 스라이고에 있는 조부모의 슬하에서 소년시대의 대부분을 보낸 경험에 근본을 두고 있다고 한다. 더블린 대학시절에도 더블린 헤르메스 협회를 조직하거나, **신지학협회**에 참여하거나 했다고 한다.

예이츠가 황금의 여명에 입단한 것은 1890년 무렵으로 예이츠의 말로는 당시 아일랜드를 대표하는 여배우였던 모드 곤(1865~1953)도 황금의 여명에 입단해 있었다고 한다.

황금의 여명은 지도자 **매더스**가 결사 내에서 이루어지는 의식을 외부에 알린 사건을 계기로 강제퇴단에 처해졌는데, 이때 반 매더스파의 주도적 입장에 있던 것이 예이츠였다.

이렇게 그는 1900년부터 황금의 여명의 지도자가 되었지만, 내분은 수그러들지 않고 많은 단체가 분리되어, 황금의 여명 그 자체도 1903년에는 활동정지상태가 되었다. 결국 예이츠도 1923년에 탈퇴하였으나 그 후에도 신비주의적 경향은 변하지 않았고, 만년에는 고대 인도의 우파니샤드 철학에도 관심을 가졌다고 한다.

아일랜드 독립사

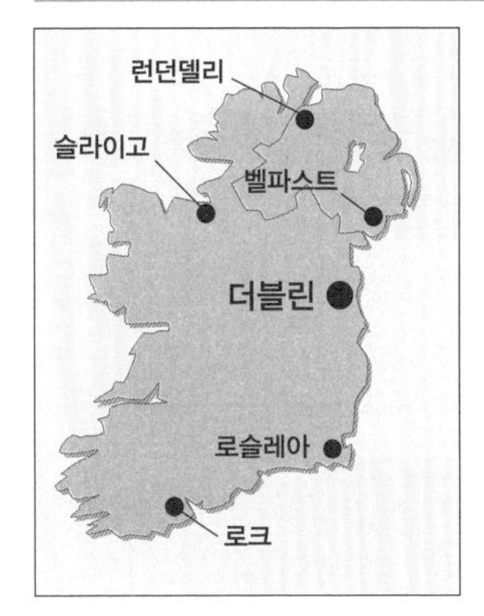

아일랜드

1542	영국왕 헨리 8세 아일랜드 왕에
1801	영국과 아일랜드 왕국 합병
1840	기아에 의해 미국으로 다수 이주
1922	아일랜드 자유국성립. 영국의 자치령으로
1937	신헌법 시행. 에일로 개칭
1938	영국이 독립을 승인. 영국연방 내의 공화국으로
1949	영국연방 탈퇴

예이츠의 활동기간 (1922~1938)

예이츠의 결사편력

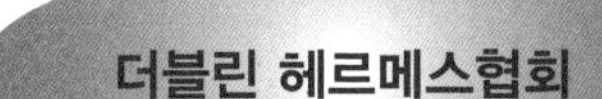

더블린 헤르메스협회

- ●예이츠가 중심으로 설립
- ●더블린 대학의 학내조직

▼

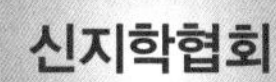

신지학협회

- ●모히니 챠탈지 권유로 입회
- ●블라바츠키와도 회견

▼

황금의 여명

- ●크로울리 입단에는 반대
- ●일시적으로 지도자가 되다

관련항목
●헤르메스 사상

No.061

크로울리(알레이스터 크로울리)

Aleister Crowley

근대서양의 마술체계와 이집트 · 동양의 신비사상을 결합한 독자적인 마술을 완성시킨 20세기의 거성. 그 영향은 현대에도 끊이지 않고 있다.

●근대 마술사의 대명사

현대 프랑스의 오컬티스트, 오벨 아마두에 의해「20세기 최대의 마술사」로 평가받고 있는 것이 알레이스터 크로울리(1875~1947)이다. 유소년시대부터 오컬트 현상에 관심을 갖고 있었으며, 케임브리지 대학 재학 중에 이미 괴테의 마술에 대한 기록을 하기도 한 크로울리의 출발점은 여러 가지 마술결사의 어머니로도 불리는 **황금의 여명**이었다.

후에 사이가 틀어졌다고는 하지만, 황금의 여명 참가 직후의 크로울리는 창시자 중 한 명인 **매더스**(1854~1918)를 마술사로서 존경하고 있었으며, 유명한「토트의 **타로트**」에도 황금의 여명의 이론이 크게 반영되어 있다.

황금의 여명이 분열된 배경에는 동성애자로 여겨진 크로울리 본인의 가입을 둘러싼 단원의 대립이 있으며, 나아가 매더스의 전권대리로서 교단의 문서나 마술용구를 책임지게 된 그의 행동이 혼란에 박차를 가하게 되었다고 한다.

결국 1900년에 황금의 여명을 탈퇴한 뒤로 크로울리는 멕시코, 인도네시아, 실론 등 세계각지를 돌아다니며 마술의 이론적 연구의 깊이를 더했으며, 황하에까지 여행을 했었다고 한다. 나아가 이집트에서는 **성수호천사 에이와스**와 접촉하여 유명한『**법의 서**』를 쓰게 되었다.

1912년에는 **수피즘**과 **탄트리즘**을 도입한 독일의 마술결사 **동방 성전 기사단**의 영국지부를 결성, 후에 그 지도자가 된다.

그 후 **성마술**로 기운 경향이 강하여 시실리섬에서「텔레마의 승원」으로 불리는 시설을 운영하였지만, 무솔리니(1883~1945)에게 추방당해 만년에는 마약중독에 빠지고 마는 등 세계에서 거의 잊혀지면서 빈곤함 속에 사망했다. 그러나 크로울리의 영향은 그 후의 마술결사에 짙게 남아있다.

크로울리의 생애

연대	연령	행위	관계된 마술
1875		영국 워릭셔 주에서 탄생	
1898	22	〈황금의 여명〉에 입단	아브라멜린 마술
1900		〈황금의 여명〉 추방 · 제명 →세계일주여행에	쿤다리니 요가
1903	27	로즈 켈리와 결혼 →파리~실론으로 신혼여행	
1904	28	이집트에서 성수호천사 에이와스의 계시를 받음	
1907	31	〈은의 별〉 설립	
1912	36	〈동방 성전 기사단〉에 참가	성마술
1914	38	미국으로 건너감	
1916	40	〈은의 별〉 사실상 붕괴	
1920	44	이탈리아에서 〈에이와스 교단〉 설립	
		「테레마 승원」에서 활동	약물
1923	47	무솔리니에 의해 이탈리아에서 추방	
1925	49	파리에서 〈동방 성전 기사단〉 수령에 취임	
1929	53	프랑스 정부에서 국외퇴거처분	
		영국으로 귀국	
		타로트의 제작이나 집필활동	
1947	72	사망	

관련항목

● 가드너　● 위카　● 예이츠

No.062

그루제프(게오르기 이와노비치 그루제프)

Georgei Ivanovitch Gurdjieff

세계를 여행하여 독자적인 신비철학과 수피즘의 방법을 도입한 워크라고 불리는 수행법을 완성. 제자들은 미국을 중심으로 활약.

● 수피즘의 후계자

게오르기 이와노비치 그루제프(1870?~1949)는 수많은 마술사 중에서도 굉장히 수수께끼에 쌓인 인물이다.

그리스계 아르메니아 인으로, 현재의 아르메니아 공화국에서 러시아 정교도로 태어났지만, 생년에 대해서는 1866년, 1870년, 1873년, 1877년이라는 설이 있다.

그루제프 본인에 의하면 어린 시절부터 몇몇 신비체험을 하면서 인간과 우주의 신비에 관심을 갖게 되었다고 한다. 청년기가 되어서는 서아시아나 북아프리카, 팔레스타인이나 티벳, 중국에 이르는 광대한 지역을 여행하고, 1899년 무렵에는 사르뭉 교단 승원에서 수행을 쌓았다고 하지만, 그의 증언 이외에 이것을 증명할 수 있는 것은 없다. 일설에는 비밀경찰의 스파이로 일했다고 하기도 한다. 확실한 것은 1913년에 그가 100만 루블의 대금을 갖고 모스크바, 다음으로는 상트 페테로부르크에 모습을 드러냈다는 것이다.

러시아 혁명 후에는 제자인 우스펜스키(1878~1947) 부부, 하트만(?~1956) 부부 등을 동반하고 코카서스 에센토키에서「인간의 조화적 발전연구소」를 열었다. 그러나 곧바로 그곳을 떠나 1922년 7월 14일에 파리에 도착, 여기서 본격적인 활동을 개시했다.

그루제프는 인간을 속박하는 오래된 사고와 감정을 버리고, 고차원적인 영적 자유를 달성하기 위해「워크」라고 불리는 독자적인 영적 수행법을 개발했다고 한다. 이 내용에는 **수피즘**의 수행법과 무브먼트라고 불리는 독특한 무용 등의 집단적 · 예술적 요소가 포함되어 있었다.

그의 영향은 제자들의 활동을 통해 영국의 시인 D.H.로렌스(1885~1930)와 건축가 프랑크 로이드 라이트(1867~1959)에게도 미쳤다.

그루제프의 제자들

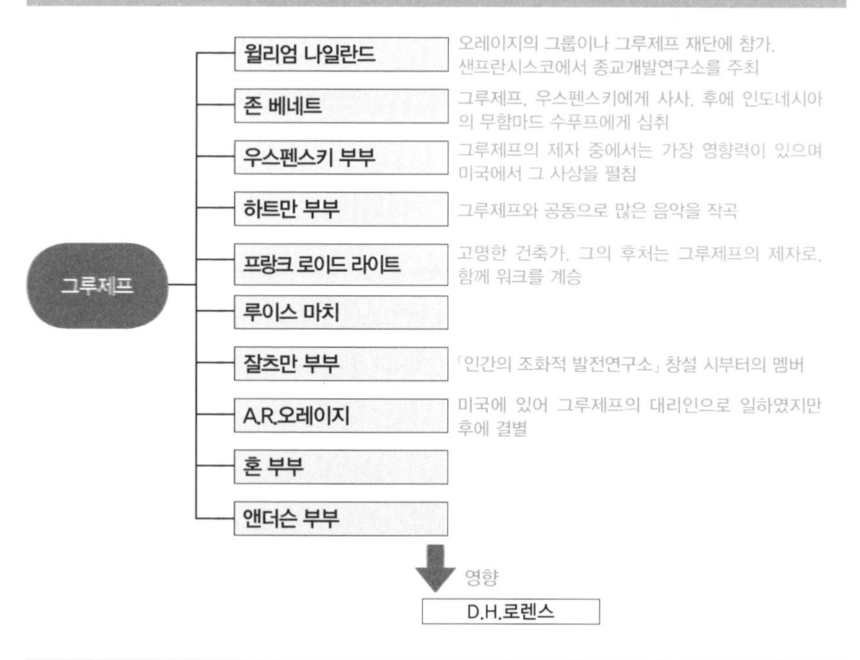

그루제프의 사상

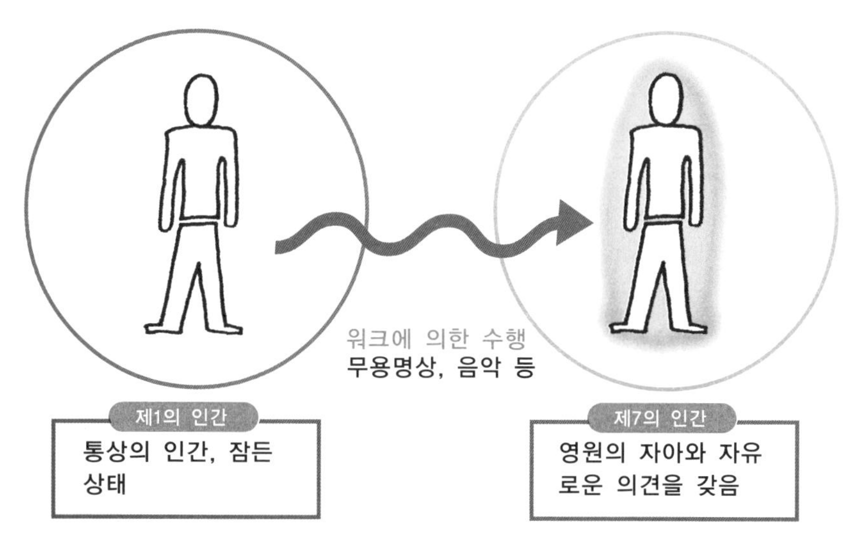

관련항목

●나치스

No.063

포춘(다이안 포춘)

Dion Fortune

황금의 여명에서 위카의 등장까지의 중간기에 활약. 통신교육에 의한 마술의 보급을 행함. 독립을 하면서부터 매더스와의 마술전쟁을 전개.

● 비밀의 수령과의 접촉

다이안 포춘(1891~1946)은 **황금의 여명** 분열 후, 여러 가지 마술결사가 난립하던 시대부터 **가드너**(1884~1964)의 **위카**가 발흥할 때까지의 중간기에 활약했던 영국의 여성마술사이다.

그녀는 고아로 친부모는 불명이지만, 크리스찬 사이언스를 믿던 가족에게 맡겨져 바이올렛 마리 퍼스라는 이름으로 자랐다. 이미 10대 때부터 영매의 소질이 있어 영과 교신하였다고 한다. 성장하여 런던 대학 심리학과에서 프로이트(1856~1939)나 융(1875~1961)의 심리학을 배우는 동시에 **블라바츠키**(1831~1891)의 저작에도 영향을 받았다.

포춘이 본격적으로 마술사로서 활동을 시작한 것은 1919년에 마술결사 새벽의 별에 가입하면서부터다. 그러나 당시의 새벽의 별은 거의 분열상태였기 때문에 포춘은 브로디 이네스(1848~1923)가 주최하는 알파 오메가의 잉글랜드 템플, 그리고 **매더스** 부인인 모이나(1865~1928)가 주최하는 런던 템플에도 소속되어 마술사로서 수행을 쌓았다.

포춘이 **비밀의 수령**에게서 영계통신을 받고 스스로 조직 내광협회(內光協會)를 설립한 것은 1922년의 일이지만, 이때 스승에 해당하는 모이나 매더스와 장렬한 마법전쟁을 벌이게 된다.

포춘이 독립을 꾀한 것이 모이나에게 알려질 무렵부터, 그녀의 집에 많은 검은고양이가 침입해 오거나 호랑이의 두 배나 되는 거대한 고양이가 층계를 올라가기도 했다. 또한 그녀가 **성기체투사**(星氣體投射)를 이용한 마술로 세계를 여행할 때, 마술옷을 입은 모이나에 의해 공중에 세차게 내던져진 적도 있었다.

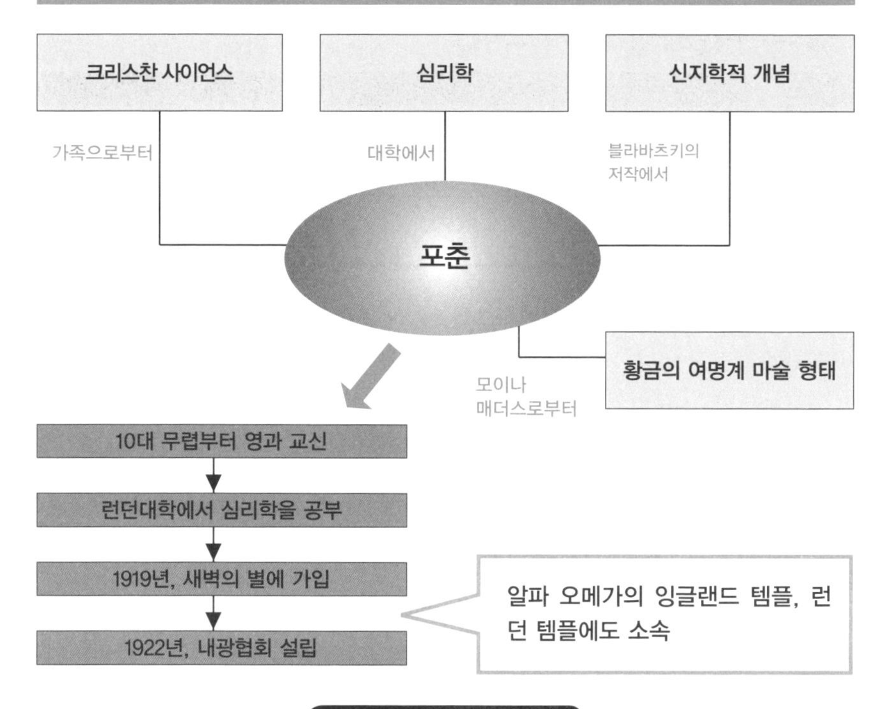

내광협회

- 포춘이 비밀의 수령에게서 통신을 받아 설립
- 영매행위나 성기체투사를 실시
- 마술의 통신교육을 행함

❖ 모이나 매더스

1865~1928. 프랑스의 철학자 앙리 베르송(1859~1941)의 친 여동생으로 황금의 여명의 공동설립자 맥그레거 매더스의 아내. 남편의 사후 프로디=이네스의 협력으로 마술결사 알파 오메가를 운영했다. 포춘과의 싸움에서 고양이술을 쓰는 흑마술사라는 이미지가 생겼지만, 진짜 모습은, 제멋대로인 남편을 헌신적으로 도와주었던 좋은 아내였으며 단원들의 신뢰도 두터웠다. 미술학교를 졸업하여 황금의 여명단의 마술용구 디자인에도 공헌하였다고 알려져있다.

관련항목
● 심령현상

No.064

가드너(제럴드 가드너)

Gerald Gardner

드루이드 마술의 부활을 자칭하는 독자적인 마술체계를 정비, 위카라는 신조류를 열었다. 크로울리의 영향도 받았다.

● 위카의 개조

위카는 20세기에 탄생한 마술계의 신조류로서, 이 위카의 창시자가 제럴드 가드너(1884~1964)이다.

가드너가 마술사로서 본격적으로 활동한 것은 55세를 넘길 무렵이었다.

가드너는 영국령 말레이(현재의 말레이시아와 싱가포르)에서 태어나 정년까지 거기서 세관직원으로 일했다.

한편으로 현지의 민속이나 **토착마술**에도 관심을 보여 독자적인 연구를 계속하고 있었던 모양이며, 도검에 관련된 저작도 남겼다.

55세에 세관을 퇴직한 후, 영국 본토로 이주한 가드너는 당시 뉴포레스트에서 활동한 마녀 올드 도로시 클라터백으로부터 이니시에이션(통과의례)을 받아 정식으로 마술사가 되어 활동을 시작했다. 그 후에는 만년의 **크로울리**(1875~1947)의 협력도 얻으며, 독자적인 마술체계를 구축했다.

그 성과를 모은 것이 대표작인 『그림자의 서』로, 이 책은 지금도 위카의 기본적인 교전이 되어 있다.

가드너는 또한 1954년에 『오늘날의 마녀술』을 지어 스스로의 마술체계를 공표, 이후 가드너의 슬하에는 많은 제자들이 쇄도하여 위카라고 불리는 마술사상 신조류가 탄생하게 되었다.

가드너에 따르면, 위카의 마술은 고대 **드루이드**가 행했던 **자연마술**을 부활시킨 것이라고 하지만, 교의에 섹스를 포함하였으며 의식에서는 알몸을 요구하는 **성마술**적 요소도 포함되어 있다.

1960년대부터 70년대에 이르기까지 프리섹스 풍조가 순풍을 달아주어 급속도로 세력을 확대하였지만, 가드너 사후에는 분열상태가 되었다.

가드너의 활동

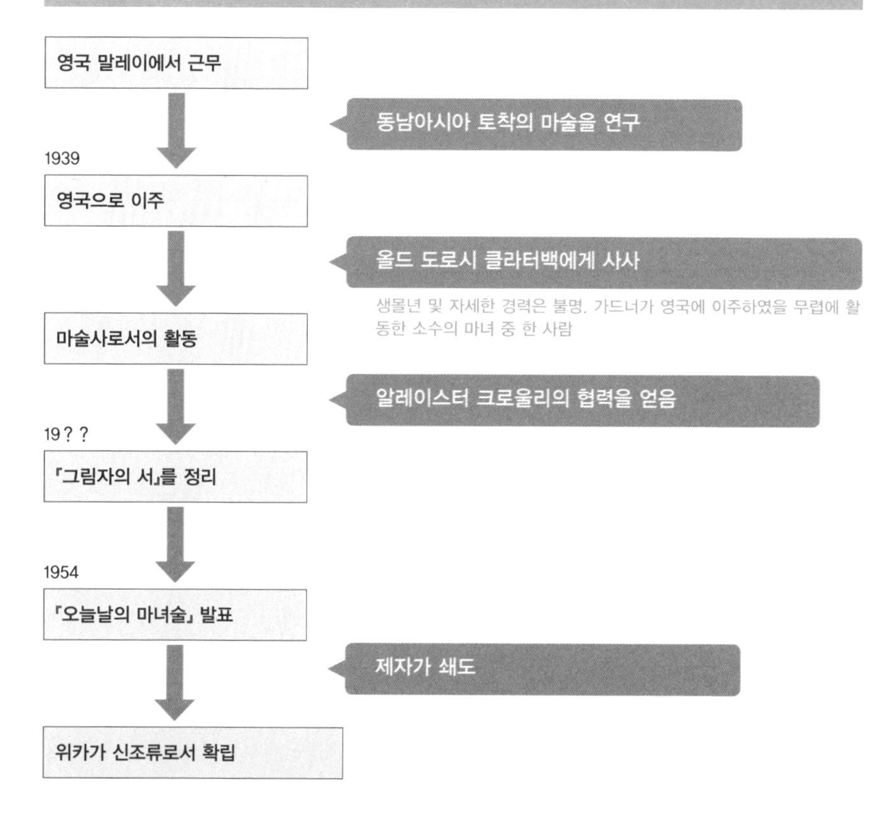

가드너의 제자들

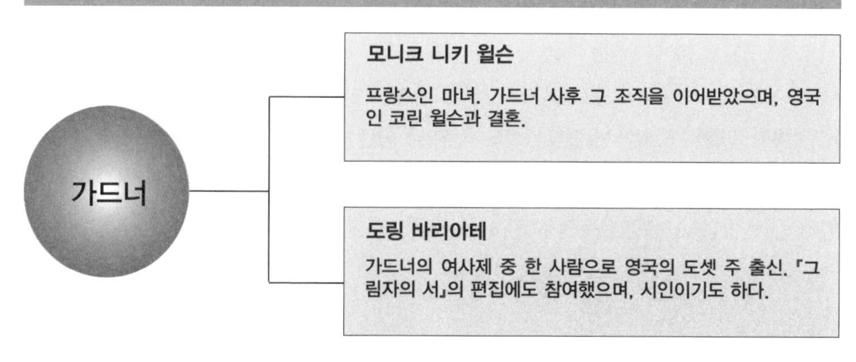

관련항목
●백마술과 흑마술

No.065

다히시 박사

Dr.Dahesh

최근까지 레바논에서 활약. 독자적인 마술을 전개하여 다수의 신비한 현상을 보였다. 레바논의 정부관계자에게도 신자가 많다.

● 레바논의 기적박사

다히시 박사(1909~1984)는 최근 레바논에서 활약한 마술사로, 레바논뿐만 아니라, 주위의 아랍권에도 상당히 유명한 인물이다.

본명은 사림 무사 알 아시라고 하며 이라크 출신이라고도, 예루살렘 출신이라고도 하지만, 확실한 것은 불명이다. 그러나 1875년에 시작된 레바논 내전 이전부터 수도 베이루트에 살고 있었으며 다수의 신기한 현상을 보였다.

그의 자택을 방문한 자는 초면임에도 불구하고 본인밖에 모르는 사실을 정확하게 맞췄기 때문에 경악하는 일이 많았고, 파리를 방문했을 때는 관에 들어가 세느강에 잠겼다가 7일뒤에 멀쩡하게 그 모습을 드러내기도 했으며, 케네디 대통령 암살을 1개월도 전에 예언했다고 한다.

아랍세계에서는 현재도 고대 이스라엘의 솔로몬왕과 마찬가지로 진이라고 불리는 신기한 존재를 조종할 수 있는 인물의 전설이 전해져 오는데, 다히시도 진을 부려 여러 가지 신기한 일을 해냈던 사람이다. 이러한 신기한 현상의 목격자로는 레바논의 초대 대통령인 비샤라 알 쿠오리(Bishara al Khoury : 1890~1964)를 비롯하여 많은 명사들도 포함되어 있다.

그는 또한 물질세계와는 다른 세계의 존재를 확신하며, 여러 가지 종교가 본래 하나였다고 주장하는 독자적인 종교철학을 강조했다. 이러한 가르침에, 그의 이름을 붙여 「다히시즘」이라고 불리고 있으며, 현재도 레바논이나 미국에 신자가 있는 모양이다.

다히시는 미술품 수집가로도 유명하여 뉴욕에는 그의 콜렉션을 전시한 다히시 박물관(http://www.daheshmuseum.org/)도 개설되어 있다.

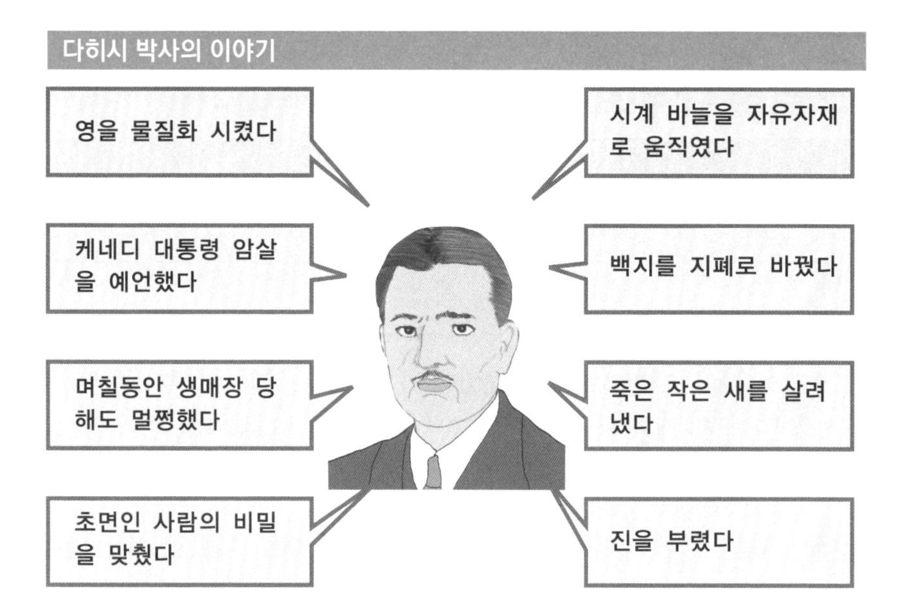

다히시즘이란

- 다히시 박사를 신성시하는 종교적 사상
- 영의 존재를 인정하는 일종의 심령주의
- 물질을 일시적인 것으로 보고 영이야말로 본질이라고 생각한다

진과 중동의 마술사

진은 이슬람권에서 일반적으로 믿고 있는 초자연적 존재이다. 이슬람교의 성전 『코란』에 의하면 천사가 빛에서, 인간이 땅에서 창조된 것에 비해 진은 불속에서 창조되었다. 우리에게도 유명한 「알라딘」에 등장하는 램프의 요정이 진의 일종이며, 이 이야기에서도 밝혀진 것처럼, 인간에게는 없는 여러 가지 신통력을 갖추고 있다. 아랍세계의 전설로는 고대 이슬람의 왕 솔로몬이 이러한 진들을 자유자재로 부리는 마술사였다고 전해지고 있다.

『아라비안 나이트』에서는, 솔로몬 이외에도 진을 부리는 마술사의 이야기가 많이 실려 있다. 현재도 때때로 진을 부리는 마술사에 대한 풍문이 들려오기도 한다.

관련항목

●사역마
●솔로몬의 72악마

No.066

크리슈나무르티(지두 크리슈나무르티)

Jiddu Krishnamurti

신지학협회에서, 마땅히 와야 할 구세주로 인정받아 그를 위한 특별교육을 받았다. 그러나 그를 구세주로 떠받드는 운동은 그 자신이 직접 해산을 명하여 종료. 그 후에도 정신세계를 추구하는 한 사람으로서 활동.

● 마땅히 와야 할 구세주

지두 크리슈나무르티(1895~1986)는 **신지학협회** 안에서 마땅히 와야 할 구세주로 키워진 인물이다. 신지학협회와는 후에 사이가 틀어지지만, 이후에도 **마스터**들로부터 통신을 받으며 뉴에이지 운동의 위대한 지도자 중 한 사람이 되었다.

그는 본래 아디얄의 신지학협회에서 일하는 인도인 직원, 지두 나리아니아의 아들이었다.

크리슈나무르티가 동생 니티야와 해안에서 놀고 있을 때, 그를 보고 마땅히 와야 할 구세주 마이트레야 본인이라고 인정한 것은 신지학협회 간부 중 한 사람 찰스 리드비터(1854~1934)이다. 단 이 인물은 동성애자로 유명하여, 1906년에는 그것이 원인으로 협회에서 일시적인 추방을 당하기도 했다.

이렇게 크리슈나무르티는 동생 니티야와 함께 리드비터를 비롯한 신지학협회의 유명인들로부터 구세주로 받들어지는 교육을 받게 되었다. 이러한 교육의 성과가 나타났는지 크리슈나무르티 자신도 전설의 마스터들과의 접촉이 가능하게 되었다.

1911년에는 신지학협회 회장 애니 베산트(1847~1933) 스스로 크리슈나무르티를 구세주로 하는, 떠오르는 태양의 교단을 설립했다. 이것은 후에 동방의 별 교단으로 개칭되며 운동은 급속도로 발전했지만, 한편 **슈타이너**(1861~1925)가 이끄는 독일지부의 이반을 불러왔다.

1929년 8월, 크리슈나무르티 자신이 돌연, 동방의 별의 해산을 선언하고 신지학에서 이탈했기 때문에 이 운동은 좌절되었지만, 크리슈나무르티는 그 후에도 독자적인 사상을 전개하면서 많은 저작을 통해, 현재에 이르기까지 수많은 지지자들을 얻고 있다.

신지학협회와의 관계

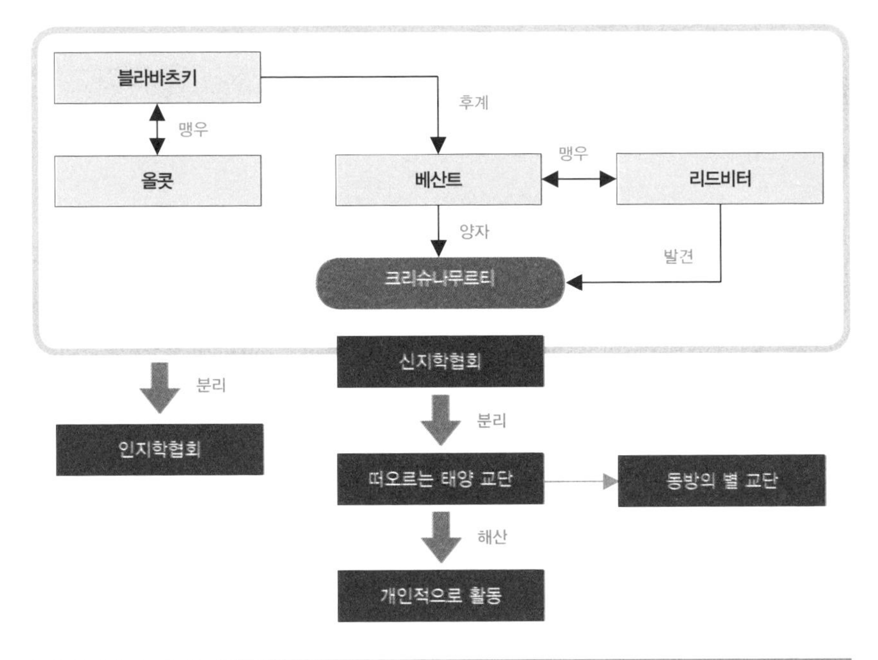

해산 후의 활동

크리슈나무르티

강연

- 오하이, 런던, 마드라스, 자아넨 등 세계각지에서 강연을 펼침
- 그 내용이 상당수 출판물로서 출판

교육

- 아이를 이해시키는 것을 중시
- 교육자에 대한 교육을 중시
- 공교육을 부정

사회 · 종교

- 내셔널리즘을 부정
- 종교적 대립을 부정

철학

- 진리는 누군가가 가르쳐서 얻을 수 있는 것이 아니라 스스로 사고하는 것에 의해 도달할 수 있다
- 개개인 속에 진리가 있다
- 생을 긍정

관련항목

● 인지학협회

No.067

허바드(라파예트 로널드 허바드)

Lafayette Ronald Hubbard

미국의 SF작가이지만 동방 성전 기사단 계통의 마술결사에도 참가. 제2차 세계대전 후 인간의 잠재능력을 개발하는 독자적인 이론을 발표하여 사이언톨로지 교회를 결성.

● SF작가와 오컬트 교단

사이언톨로지 교회는 인간의 잠재능력을 끌어내기 위한 일종의 자기계발운동이다. 이「사이언톨로지 이론」을 확립한 것이 라파예트 로널드 허바드(1911~1986)이다.

허바드는 미국의 네브라스카에서 태어나 오랫동안 SF잡지「아스타운딩」이나 판타지 잡지「언논(Unknown)」 등에 작품을 기재하는 작가로서 활동하였다.

제2차 세계대전 중, 한국에서 군관련 임무 중 실명하였지만, 1949년에 기적적으로 시력을 회복하였다는 이야기와 1948년에「엑스칼리버」라는 소설을 썼더니, 그것을 원작 그대로 읽은 15명 중 4명이 발광했다는 전설도 남아있다. 하지만, 현실로는 1947년에 SF소설가로 복귀를 달성하였으며, 작가로서 어느정도 평판도 얻었던 모양이다.

1945년에는 캘리포니아에서 **동방 성전 기사단** 계통의 아가페 롯지를 운영하는 잭 파슨스(1914~1952)와 알게 되어 이 단체에도 가입했다.

허바드가 사이언톨로지의 기초가 되는「다이아네틱스 이론」을 발표한 것은 1950년 무렵으로, 이 논리는 SF잡지인「아스타운딩」지에 최초로 게재되었다.『다이아네틱스』의 단행본 발매 직후,「아스타운딩」지 편집장인 캠벨(1910~1971)이「허바드 · 다이아네틱스 연구재단」을 설립, 재단은 급성장하여 밴 복트(1912~2000) 등 SF작가도 이 재단의 운영에 관여하였다.

이후 허바드는 다이아네틱스를 더욱 발전시켜 인류의 구제를 목적으로 하는 **사이언톨로지 교회**를 설립하였지만, 1982년에는『배틀 필드 어스』를 발표하면서 SF계로도 복귀하였다.

허바드에 이르는 상호관계도

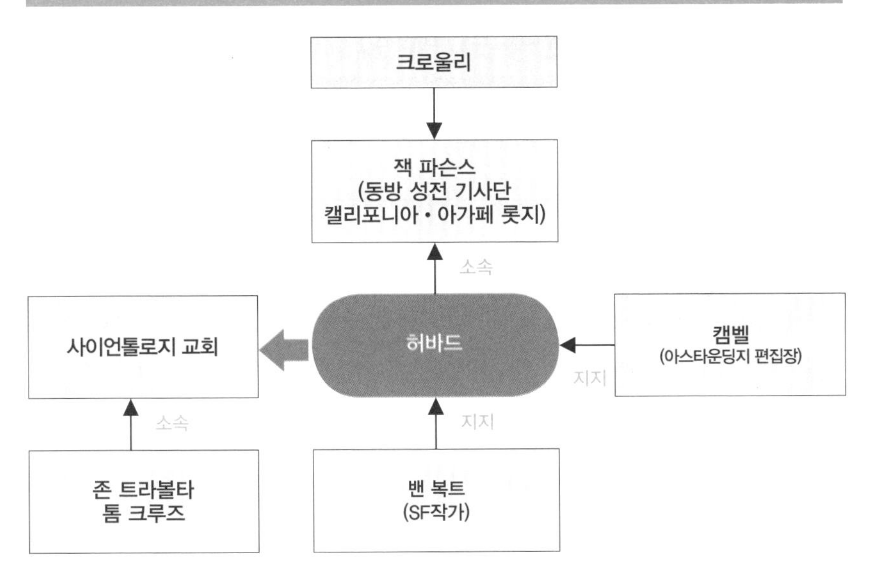

아스타운딩지

1930년「아스타운딩 스토리즈 오브 수퍼 사이언스」로 창간된 미국의 SF잡지. 1937년에 존 W 캠벨 주니어가 편집장이 되면서 발행부수가 대폭 증가. 허바드의 다이아네틱스 이론도 최초에 이 잡지에 게재되었다.

관련항목

● 성마술

No.068

라 베이(안톤 샌더 라 베이)

Anton Szandor LaVey

현대 미국을 상징하는 흑마술사. 악마숭배를 행하는 사탄교회를 주최. 미국에서는 사탄교회에서 갈라진 단체가 활약을 계속하고 있다.

● 흑마술의 부활

안톤 샌더 라 베이(1930~1997)는 현대 미국을 대표하는 흑마술사이다. 그가 창시한 사탄교회는 흑미사나 **악마숭배**를 실천하는 교단으로, 가장 번성했던 때에는 세계에 2만5000명이나 신도가 있었다고 한다.

여배우 샤론 테이트(1943~1969) 살해의 주범 찰스 맨슨(1934~) 등도 사탄교회와 관계가 있다는 소문이 있었고(실제로는 양자에 관계가 없다), 라 베이 자신도 영화「로즈마리의 아기」에 **악마** 역으로 등장하는 등, 매스 미디어에도 다수 화제를 제공해왔다.

라 베이의 양친은 루마니아와 독일의 혼혈 집시였다고 하지만 확실한 것은 불명이다.

고등학교 때에는 서커스에 들어가 맹수 조련사나 카니발의 독순술, 키보드 연주 등을 생업으로 삼았지만, 이후 범죄현장전문 카메라맨이 된다. 그러나 잔혹한 범죄현장을 계속 출입하던 중에 신을 의심하게 되어, 결국 악마를 숭배하게 되었다고 한다.

그가 샌프란시스코에서 사탄 교회를 설립한 것은 1966년 4월 30일, 발푸르기스의 밤(5월제가 시작되는 5월 1일의 전야)이였다. 물질편중에 반대하는 정신적 기풍과 프리섹스 풍조 가운데, 사탄교회는 순조롭게 발전하여 라 베이는 1969년에 교단의 교전『사탄 바이블』을 펴낸다.

사탄교회의 회원 중 한 사람으로 여배우 제인 맨스필드(1933~1967)도 있었지만, 그 대리인 샘 브로디와 사이가 안 좋았던 라 베이는 브로디에게 저주를 걸었다. 그 저주의 성과인지 1967년 두 사람은 교통사고로 사망하고 말았다. 마찬가지로 악마숭배를 하는 마이클 아키노의 세트사원도 사탄교회에서 분리된 것이다.

라베이의 사상

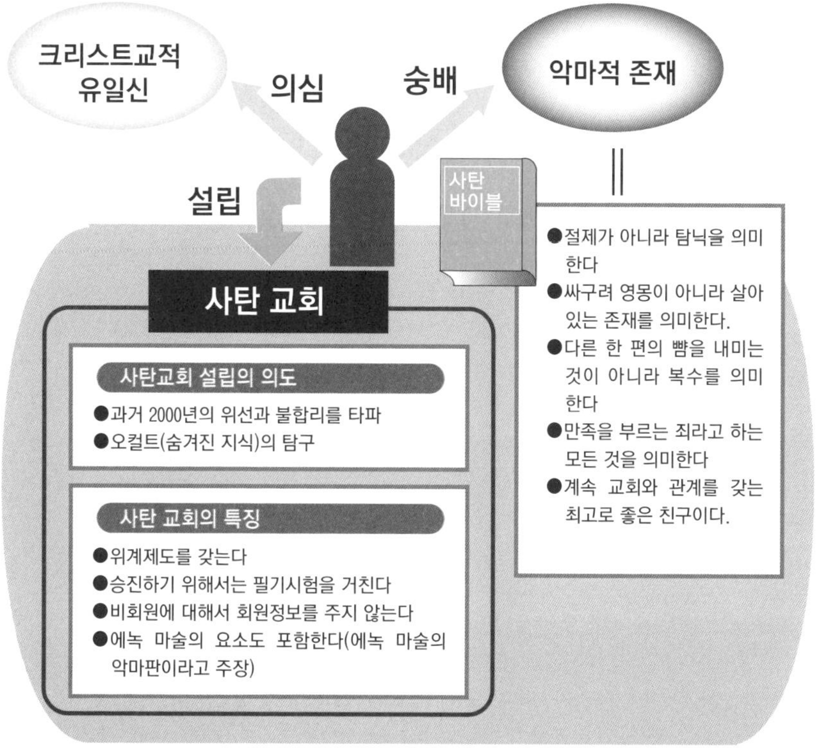
크리스트교적 유일신
의심
숭배
악마적 존재
설립
사탄 바이블
사탄 교회
사탄교회 설립의 의도
●과거 2000년의 위선과 불합리를 타파
●오컬트(숨겨진 지식)의 탐구
사탄 교회의 특징
●위계제도를 갖는다
●승진하기 위해서는 필기시험을 거친다
●비회원에 대해서 회원정보를 주지 않는다
●에녹 마술의 요소도 포함한다(에녹 마술의 악마판이라고 주장)
●절제가 아니라 탐닉을 의미한다
●싸구려 영몽이 아니라 살아있는 존재를 의미한다.
●다른 한 편의 뺨을 내미는 것이 아니라 복수를 의미한다
●만족을 부르는 죄라고 하는 모든 것을 의미한다
●계속 교회와 관계를 갖는 최고로 좋은 친구이다.

사탄 교회의 주요 행적

1966	교회설립
1967	맨스필드 주살?
1969	『사탄 바이블』 간행
	샤론 테이트 사건
1972	『악마의 의식』 간행
1975	세트사원이 분리
1989	『사탄의 마녀』 간행
1997	라 베이 사망. 브란체 버통이 후계자가 된다

관련항목

●백마술과 흑마술

사해문서

1947년, 사해연안에서 세 사람의 베두인들이 양을 몰고다니고 있었다. 그중 한 사람이, 쿰란 근처의 동굴을 발견, 흥미 반으로 돌을 부수고 있던 도중, 안에서 무언가가 부서지는 듯한 소리를 들었다.

이틀 뒤 동료 한 사람이 동굴에 숨어들어 10개의 항아리를 발견했다. 그 한 개에는 세권의 두루말이가 들어있었다.

후에 사해문서, 혹은 사해사본이라고 총칭되는 일련의 문서의 최초 발견이다.

1951년 이후, 쿰란 주위에서는 본격적인 발굴조사가 이루어져, 다수의 문서가 발견되었다. 이러한 문서에는 『구약성서』 사본 외에 「종규요람」「싸움의 서」「감사의 시편」「하바쿠쿠서 주해」「외전창세기」「신전의 서」 등 그때까지 알려지지 않았던 문서도 포함되어 있다. 그중 주요한 것이 현재, 예루살렘에 있는 이스라엘 박물관 부속 「책의 신전」에 전시되어 있다.

이러한 사해문서는, 에센파라고 불리는 유대교의 일파에 소속되어 쿰란에 거주하고 있던 교단이 남긴 것이라고 여겨지고 있다.

에센파는 기원전 2세기 후반에 형성되어 기원후 1세기까지 세력이 있던 일파로, 그 어원에 대해서는, 아람어에서 치유자를 의미하는 「아시아」라는 설이 유력하다.

에센파는 특유의 강고한 조직과 독자적인 교의를 지니고 있어, 고대 로마의 저술가 프리니우스(23?~79)에 의하면 신자수는 4000명 정도 되었다고 한다.

일반 신도는 마을에서 살고 있었지만, 중심 멤버는 쿰란의 본부에서 완전한 공유재산제도와 독신주의를 지키며 공동체를 형성하고 있었다. 그 멤버는 모세와 예언자의 가르침에 기초하여, 의(義)의 교사에게 계시받은 오의에 따라 신과 새로운 계약을 맺은 사람들로, 율법을 엄격하게 지키고 끊임없이 예배를 드리며 종말이 빨리 도래하도록 기원하는 생활을 보내고 있었다고 한다.

기원후 66년에 시작된 유대인의 반란에는, 이 쿰란의 교단도 참가하여 무기를 들고 싸웠지만, 최종적으로는 베스파시아누스가 이끄는 로마군에게 분쇄당해 이후 역사에서 사라지고 말았다.

한편 예수 그리스도나 세례자 요한이 이 교단과 관련을 갖고 있었을 것이라는 설도 있다.

오스트레일리아의 바바라 실링은 복음서에 기술되어 있는 예수의 수많은 행동이, 실은 이 교단내부의 사건을 독특한 비유를 써서 기록한 것이라고 주장하며 독자적인 예수상을 그려냈다.

또한 크리스토퍼 나이트와 로버트 로마스는 에센파의 사상이 이라크의 만다인을 통해 템플 기사단에 이어지고, 나아가 후의 프리메이슨까지 연결되었다는 설을 전개하고 있다.

제 3 장

마술단체

No.069

템플 기사단

The Knights Templars

성지순례자를 지키기 위해 설립된 기사단 중 하나. 유럽 각지에 퍼져있는 영지를 갖고 있었지만 14세기에 탄압으로 소멸. 후에 프리메이슨의 모체라고 여겨지고 있다.

● 의혹의 악마숭배

템플 기사단은 중세에 많이 생겨난 기사수도회의 개척자로서, 수많은 전설을 간직하고 있다. 본래는 제1회 십자군에 의해 성지 예루살렘 탈환 후인 1118년, 성지순례자를 지킬 목적으로 프랑스의 기사 위그 드 파앵(1070~1136) 등이 예루살렘에서 설립했다.

템플 기사단이라는 명칭은, 당시 예루살렘 왕 보드앵 2세(1217~1273)가 기사단에 유대신전유적지의 일부를 하사하여, 이 장소가 기사단의 근거지가 되면서부터 사용했다.

하얀 수도복에 십자를 덧칠한 템플 기사단은 급격히 단원수를 증가시키고, 강력한 전투집단이 되면서 이슬람 교도와의 전투에서 용맹을 떨치는 한편, 유럽의 각 영주의 기진(물품을 기부하여 바침)과 상업활동 등에서 거대한 부를 챙겨 유럽 각지에 9000곳이나 되는 광대한 영지를 보유했다.

그러나 1307년 기사단에 재정지원을 요구했으나 거절당한 프랑스 왕 필리프 4세(1268~1314)가, 기사단은 신을 부인하고 「바포메트」라는 이름의 **악마**를 숭배하고 있다고 하며 프랑스의 전 단원을 체포했다. 36명의 단원이 옥사까지 하는 혹독한 고문을 당하던 중, 단원에게서 **악마숭배**의 자백을 얻었기 때문에, 교황 클레멘스 5세(1260년 경~1314)는 1312년에 기사단의 해산을 명했고 마지막 단장 자크 드 몰레(?~1314)는 화형에 처해졌다. 이때 자크 드 몰레는 교황과 프랑스왕을 신의 법정으로 끌고가겠다고 예언하였는데, 교황과 프랑스왕은 얼마 안가 사망했다.

한편 템플 기사단은, 완전히 괴멸되지 않고 프랑스를 빠져나온 기사단의 일부가 스코틀랜드에 도착하여 스코틀랜드 독립전쟁에 가담하였다는 설도 있다. 이 설에 따르면 스코틀랜드 템플 기사단이 그 후 지하로 숨어들어 **프리메이슨**의 모체가 되었다고도 한다. 또한 **시온수도회**와 관계가 있다는 주장도 있다.

템플 기사단의 구조

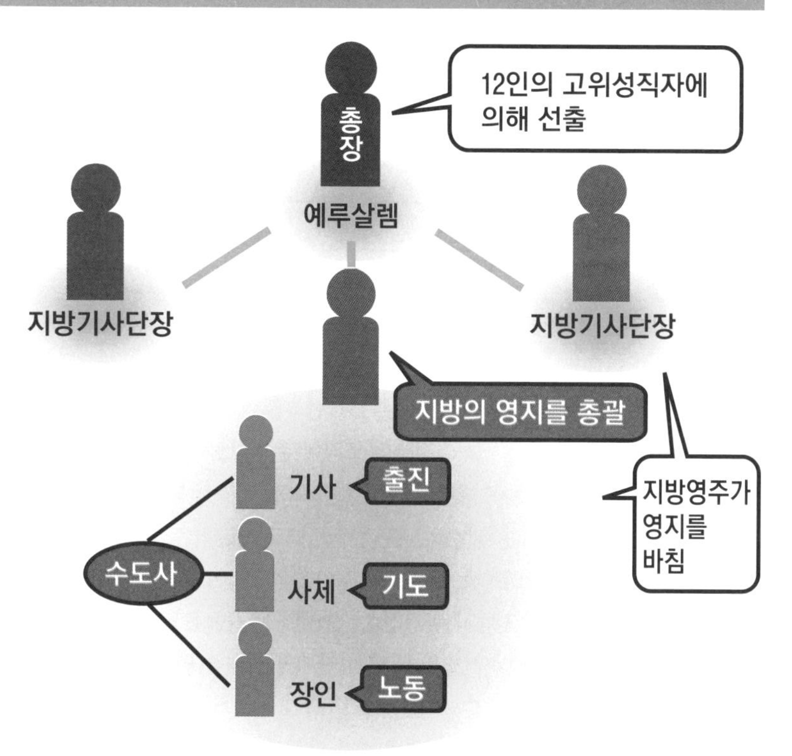

템플 기사단을 둘러싼 상관도

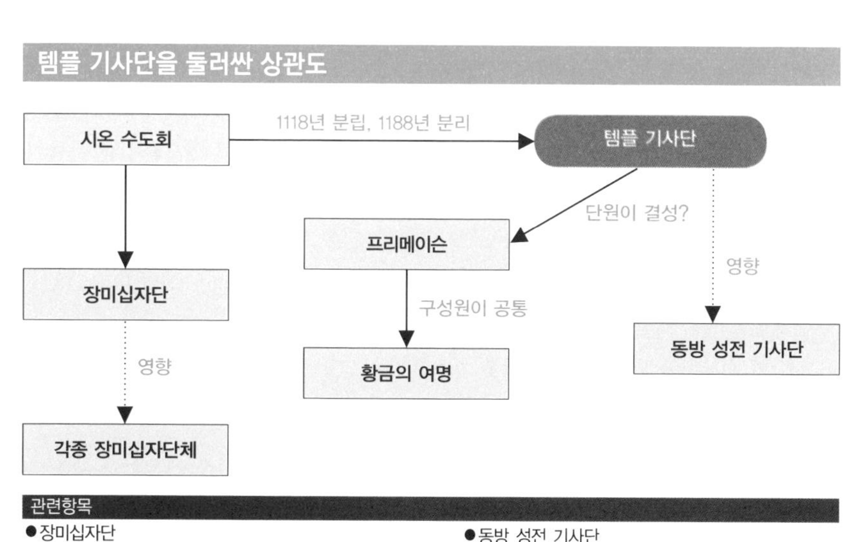

관련항목

● 장미십자단
● 동방 성전 기사단

No.070

프리메이슨

Freemasonry

세계최대의 비밀결사. 프랑스 혁명이나 미국 독립 등, 역사적 사건의 배후에는 프리메이슨 단원이 활약하고 있다고 여겨진다. 많은 마술사들도 가입.

● 역사를 조종하는 수수께끼의 결사

프리메이슨은, 최전성기에는 세계에서 600만명의 회원수를 자랑하는 세계최대의 비밀결사였다.

공식적으로 근대 프리메이슨의 발상은 1717년 6월 24일 성 요한 축일에 런던 그랑드 롯지가 창설되면서부터지만, 그 이전부터 조직이 존재했었다는 것은 분명한 모양이다. 그리고 그 기원은 아직도 수수께끼에 싸여있다. 그랑드 롯지 창설 시 헌장의 초안을 작성한 앤더슨에 의하면 프리메이슨의 기원은 아담으로 거슬러 올라가고, 앵글로 섹슨 왕 에셀스톤(895년 무렵~939)에게 처음 공인되었다고 한다.

한편 프리메이슨 내에 전해지는 전설로, 그 개조는 솔로몬의 신전을 지은 페니키아인 두령 히람 아비프라고 하며 또한 고대 이집트의 비의나 **템플 기사단**에서 그 기원을 찾는 설도 있다.

당초에는 도제, 장인, 주인 3단계의 위계가 있었지만, 그 후 위계의 수는 증가하여 현재의 스코치 의례에는 33계급의 위계가 있다.

프리메이슨은 단순한 친목단체에 불과하다고 보는 의견이 있는 한편, 그 산하에 있는 각종 국제기관을 통해 세계지배를 꾀하는 음모결사라는 의견도 강하다. 역사적으로는 프랑스혁명의회의 멤버 중 4분의 3이 프리메이슨이라고 하며, 조지 워싱턴(1732~1799)과 벤자민 프랭클린(1706~1790) 등 미국 독립의 공로자와 역대 미국 대통령 중 다수는 프리메이슨의 멤버이기도 했다.

또한 **생 제르망 백작**(1710?~1784), **카리오스트로 백작**(1743~1795), **레비**(1810~1875) 등 근세에 활약한 마술사들 중 많은 수가 프리메이슨에도 가입되어 있던 점에서 각종 장미십자 단체나 마술결사와도 관련성을 가지고 있다.

프리메이슨의 위계

저 → 고

초기	요크 의례	스코치 의례
❶ 도제	❶ 도제	❶ 도제
❷ 장인	❷ 장인	❷ 장인
❸ 주인	❸ 주인	❸ 주인
	❹ 피선거자	❹ 비밀의 주인
	❺ 스코치	❺ 완전한 주인
		≀
		㉝ 독재최고총감

프리메이슨의 구조

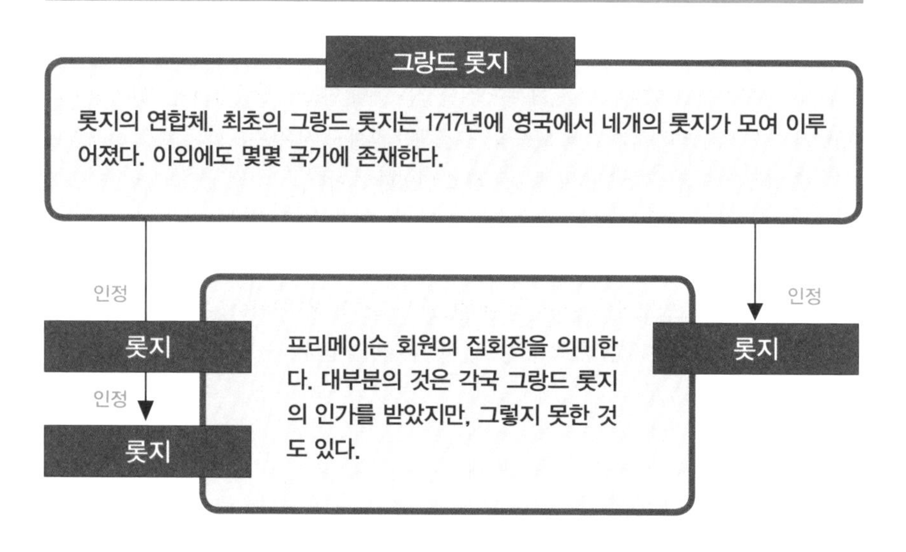

관련항목
- 장미십자단

No.071

시온수도회

The Priory of Sion

성배전설에 따라오는 비밀결사. 프리메이슨이나 템플 기사단을 배후에서 조종한다고 하지만, 그 이름이 퍼진 것은 최근이며, 근년 설립된 것이 아닌가 하는 의심을 받고 있다.

● 성배의 수호자

예수 그리스도(BC4?~29?)와 막달라 마리아에서 이어지는 프랑스의 왕가 메로빙거 왕조의 혈통을 지키기 위해 11세기에 결성된 비밀결사가 시온 수도회로, **템플 기사단**과 **장미십자단**, **프리메이슨** 등도 시온 수도회의 영향아래 있다고 일컬어진다.

프랑스에서는 1956년 이후가 되어서야 존재가 드러났지만, 일반 대중에게는 댄 브라운의 『다빈치 코드』가 베스트 셀러가 된 뒤에 순식간에 이름이 알려졌다.

시온수도회는, 제1회 십자군 지휘관 중 한 사람으로, 성지탈환 후 예루살렘 왕국 국왕으로 선발된 프랑스의 바스 로렌 공 고드프루아 드 부용(1060?~1100)이 1090년(혹은 1099년)에 설립했다고 하지만, 조직 그 자체는 이전부터 존재했다는 설도 있다.

템플 기사단을 창설한 위그 드 파엥(1070~1136)도 시온 수도회의 그랜드 마스터였으며, 나아가 장미십자단도 그 후의 그랜드 마스터에 의해 창설되었다고 한다. 약 100년 동안, 시온 수도회의 지도자와 템플 기사단의 단장을 동일 인물이 맡았었지만, 1188년이 되어 양자는 분리되었다. 1312년의 템플 기사단 해산 후에도 시온 수도회는 계속 존재하였고, 1481년에는 유럽에 27개 영지를 보유하고 있었다고 한다.

그 후의 시온수도회 그랜드 마스터에는 전설적인 **연금술**사인 **플라멜**(1330~1418), 르네상스기의 만능 천재 레오나르도 다빈치(1452~1519), 화가인 보티첼리(1444/5~1510), 근대 과학의 시조라고 일컬어지는 아이작 뉴튼(1642~1727), 작가 빅토르 위고(1802~1885), 시인 장 콕토(1889~1963) 등 쟁쟁한 인사들이 거론되고 있다.

시온 수도회의 역사

년대	사항	각시대의 그랜드 마스터
1090	시온 수도회 설립	
1118	템플 기사단 분립	
1312	템플 기사단 해산	
		니콜라 플라멜 (1330~1418)

		레오나르도 다빈치 (1452~1519)
1497	최후의 만찬 완성	
1614	장미십자단 표면화	요한 발렌틴 안드레 (1586~1654)

1717	프리메이슨 설립	아이작 뉴튼 (1642~1727)

		빅토르 위고 (1802~1885)
1956	시온 수도회의 존재가 밝혀짐	
		장 콕토 (1889~1963)

관련항목

● 성배

No.072

장미십자단

Rosicrucian Brotherhood

로젠크로이츠를 개조로 하는 인류를 올바른 방향으로 이끌기 위한 활동. 그 존재에는 의문이 있지만, 장미십자의 이름을 가진 많은 단체가 현재까지도 활동 중.

●인류를 이끄는 그림자 속의 존재

전설의 비밀결사「장미십자단」은 고대의 영지를 지키고 전하면서, 인류를 올바른 방향으로 이끌기 위해 비밀리에 활동하고 있는 비밀결사로, 보이지 않는 대학이라고 불리는 특별한 교육기관을 갖고 역사의 흐름을 그림자 속에서 움직여 왔다.

그 존재는 중세이래 현대에까지 유럽을 중심으로 퍼져있는 전설의 한 가지이다.

이 장미십자단의 존재는 1614년 무렵부터 독일에서 일련의 팜플렛이 공개되면서 드러나게 되었고, 결정적으로는 **안드레**(1586~1654)가 1616년에『화학의 결혼』을 공표하면서부터 세계적으로 알려지게 되었다. 이러한 자료에 의하면 장미십자단을 결성한 것은 중세의 전설적인 마술사 **로젠크로이츠**(1378~1484)와 일곱명의 동지들이다.

로젠크로이츠는 독일의 몰락귀족의 가계에서 태어나 멀리 아라비아까지 여행을 하여 지식을 얻고, 귀국 후 동료들과 함께 장미십자단을 결성했다고 한다. 한편, 마이클 베이젠트, 리처드 레이 그리고 헨리 링컨의 공저『성혈과 성배』에 의하면 장미십자단을 설립한 것은 **시온 수도회** 그랜드 마스터 중 한 사람인 마리 드 지조르이며, **템플 기사단**과 시온 수도회가 분리된 것은 1188년의 일이라고 한다.

인류를 계몽하는 비밀결사라고 하는 사상은 그 후 결성된 **프리메이슨**에게도 영향을 주어 그 위계의 하나로서 장미십자단이 들어가는 한편, 프리메이슨 내부에서 장미십자라고 이름을 대는 단체가 수없이 결성되었다. 그리고 이러한 결사는 후에 마술집단과도 큰 관련성을 갖게 된다.

장미십자문서

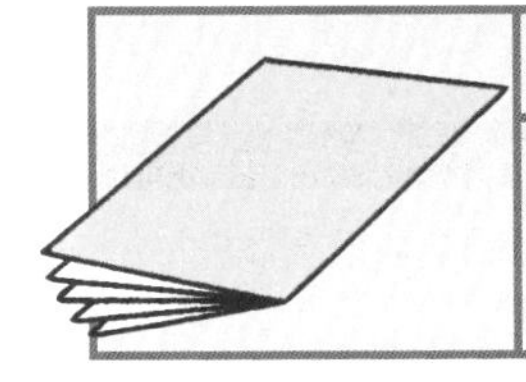

상찬하여야 할 장미십자단의 명성

- 1614년 독일 캇셀에서 출판
- 로젠크로이츠의 생애를 기록
- 다른 팜플렛 출판을 예고

장미십자단의 신조고백

- 1615년 캇셀에서 출판
- 교황을 비판

크리스찬 로젠크로이츠의 화학의 결혼

- 로젠크로이츠가 연금술의 세계를 여행한다.
- 살해당한 왕과 왕비를 로젠크로이츠가 되살린다.

관련단체표

단체명	특징
장미십자단	크리스찬 로젠 크로이츠가 설립했다고 하는 전설의 단체. 인류를 이끌기 위한 비밀 활동을 했다고 한다.
황금 장미십자단	1710년에 자무엘 리히터가 결성.
영국 장미십자단	1867년에 로버트 윈트워스 리틀이 설립. 황금의 여명과도 밀접한 관계가 있었다.
카발라 장미십자단	1887년에 드 가이타가 설립
카톨릭 장미십자단	1890년, 펠라당이 카발라 장미십자단에서 분리하며 설립.
장미십자단의 동지회	막스 하인델이 1910년 전후로 설립. 현재도 활동 중.
고대신비 장미십자교단	1909년 루이스 스펜스가 설립. 현재도 활동 중.
장미십자교회	얀 반 류켄부르그가 1924년에 네덜란드에 설립. 현재도 활동 중.
이외에도 남미, 벨기에 등에도 장미십자를 자칭하는 단체가 존재한다.	

관련항목

- 드 가이타
- 파퓨스

No.073

에뤼 코엔

Elu Cohen(The order of the Elect Cohens)

파스칼리가 설립한 마술결사. 그 의례는 파퓨스에 의해 부활되어 러시아의 신비주의에도 영향을 주었다.

● 프랑스의 마술결사

프랑스의 오컬티스트 자크 마르티네스 드 파스칼리(1715?~1779)가 결성한 비밀결사.

파스칼리는 포르투갈 혹은 스페인계의 개종 유대인이라고 하며 **카발라**에도 통달, 그 오의에 도달했다고 한다.

파스칼리는 1760년 무렵 비밀결사 에뤼 코엔을 보르도에서 조직하였다.

에뤼 코엔은, **프리메이슨**에서 참가자가 많이 모였기 때문에 때때로 프리메이슨 내의 조직으로 여겨지기도 하며, 에뤼 코엔 메송 기사단이라고 불리기도 한다.

에뤼 코엔의 단원은 자기의 출생의 시원적(始原的) 창조원리를 회복하는 것을 목적으로 하며, 교단 내에서 정해진 각종 수행을 행하게 된다.

그 수행이란, 프리메이슨의 의례나 **소환마술**의 요소가 들어가있기 때문에 육체를 위한 식이훈련, **성기체투사**를 행하기 위한 호흡훈련, 영을 위한 음악적 · 정신적 훈련 등이 포함되어 있다. 또한 천사의 소환을 행하고, 단원은 천사의 입회하에 원이나 원호를 그리며 양초에 불을 붙여 **주문**을 외웠다. 이러한 의식을 행하는 중에는, 쇠붙이를 일절 걸쳐서는 안되었다.

파스칼리 자신은 1772년에 돌연 카리브해의 생 도밍고 섬으로 건너가 거기서 병사했지만, 그 의식은 루이 크로드 드 생마르탱(1743~1803) 등에게 이어졌다.

생마르탱은 1768년에 에뤼 코엔에 가입하여, 그만의 독특한 신비철학을 전개하였다. 그의 사상은 러시아에 전해져 솔로비요프(1853~1900) 등의 러시아 신비사상가에게도 영향을 주게 된다.

프랑스의 마술사 **파퓨스**(1865~1916)는 19세기가 되어서 에뤼 코엔의 의례를 재편했다.

에리 코엔을 중심으로 본 상관도

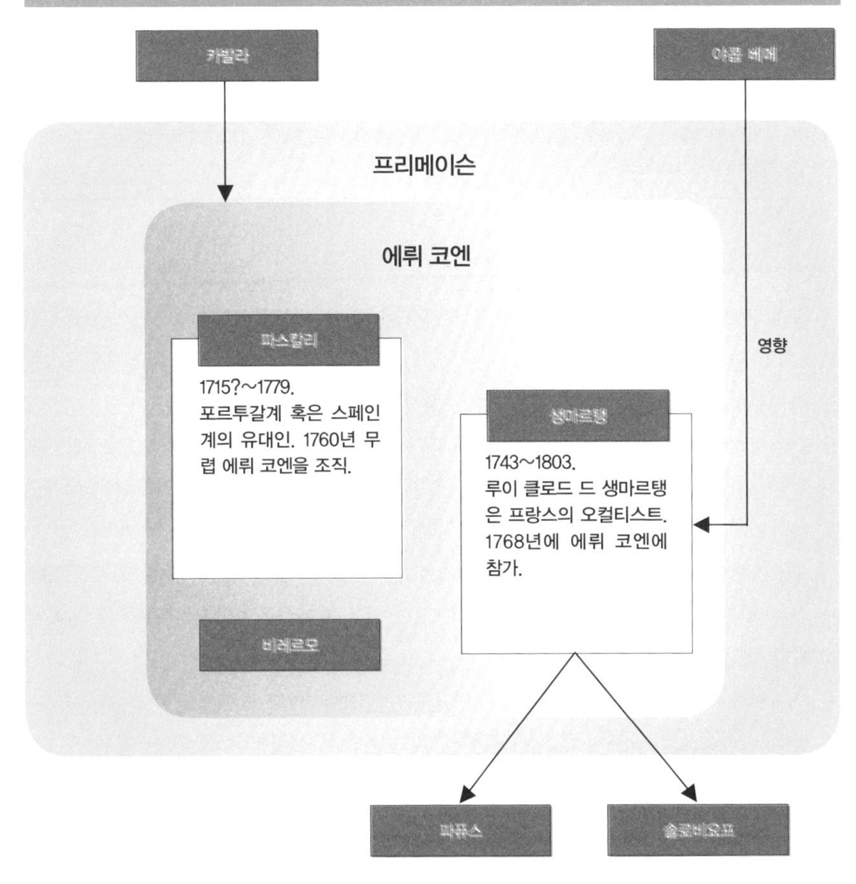

에리 코엔의 각종 수행

관련항목

● 소환마술

No.074

신지학협회

The Theosophical Society

근세 최대의 신비주의 단체. 블라바츠키의 사상을 기반으로 인지학협회나 크리슈나무르티 운동, 뉴에이지 운동에도 큰 영향을 남겼다.

●현대에도 영향을 남긴 신비주의 단체

블라바츠키(1831~1891)가 **마스터**와의 교신을 통해 얻은 신비철학을 기조로 설립된 신비주의적 단체.

신지학이라고 하는 용어 자체는, 야곱 베메(1575~1624)의 제자에 해당하는 요한 게오르기 기히텔(1638~1710)이 1696년에 저서『신지학실천』에 사용한 것이라고도 하고, 혹은 3세기의 알렉산드리아의 철학자 암모니오스 사카스(3세기)가 최초로 사용한 것이라고도 한다.

블라바츠키의 신비철학에 기초한 신지학협회는 1875년, 블라바츠키와 헨리 스틸 올콧(1832~1907) 등이 뉴욕에서 설립한 것이다. 그 교의는 블라바츠키의 저서인『시크릿 독트린』이나『베일을 벗은 이시스』에 기록되어 근원인종의 존재나 7이라는 신비의 숫자에 기초한 우주진화론, 아틀란티스 등의 고대문명 등도 언급하고 있다.

협회는 급속도로 발전하여 1885년까지 121의 롯지가 설립되어 생물학자인 알프레드 럿셀 워레스(1823~1913)이나 발명가 토마스 엘바 에디슨(1847~1931) 등도 회원에 이름이 올라 있다.

그러나 1884년에 블라바츠키가, 사기술이 폭로되면서 추방된 것을 시작으로 1891년의 블라바츠키 사망을 둘러싼 내분, 미국 섹션의 분리독립, **크리슈나무르티**를 구세주로 삼는 운동을 둘러싼 슈타이너파의 분리, 나아가 크리슈나무르티 자신의 이반 등이 맞아떨어지며 그 세력은 차츰 쇠퇴해 갔다.

그러나 신지학협회는 그 후의 신비주의 사상뿐 아니라, 뉴에이지 운동에도 큰 영향을 남기게 되었고, 슈타이너의 **인지학협회**도 신지학협회로부터 분리되었다.

신지학협회의 사상

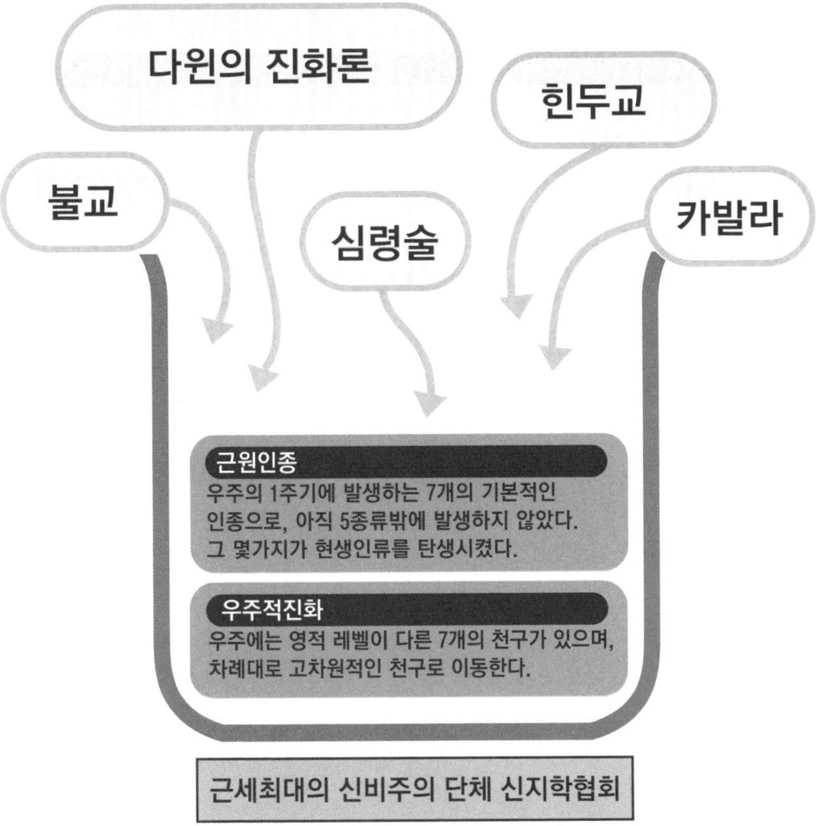

다원의 진화론
힌두교
불교
심령술
카발라

근원인종
우주의 1주기에 발생하는 7개의 기본적인 인종으로, 아직 5종류밖에 발생하지 않았다. 그 몇가지가 현생인류를 탄생시켰다.

우주적진화
우주에는 영적 레벨이 다른 7개의 천구가 있으며, 차례대로 고차원적인 천구로 이동한다.

근세최대의 신비주의 단체 신지학협회

현재의 신지학협회의 목적

- 인종, 신조, 성별, 계급, 피부의 색이 다르더라도 상관없이, 인류의 보편적 동포애를 핵심으로 삼는다.
- 비교종교, 비교철학, 비교과학의 연구를 촉진한다.
- 아직 해명되지 않은 자연의 법칙과 인간에게 잠재된 능력을 조사연구한다.

관련항목
●신 플라톤 학파

No.075

인지학협회

The Anthroposophical Society

신지학협회에서 분리된 단체. 그 내용은 혼의 진화를 기본으로 하며, 교육이나 무대예술, 농업에 관하여 신비주의적 이론을 적용했다.

● 슈타이너의 신비사상

인지학이라는 명칭은, 유럽 사상의 저류에 흐르고 있는 비교적(秘教的)인 입장에 대해서 16세기부터 이용되어 왔다. 그러나 현재에는 독일의 신비사상가 **슈타이너**(1861~1925)가 제창한 독특한 사상체계를 가리키는 말이 되어 있다.

슈타이너는 독일의 사상가로 어린시절부터 영적 세계를 보아왔으며, 이 세상의 모든 것을 기록하고 있다는 「아카식 레코드」에도 접촉할 수 있었다. 슈타이너가 제창한 인지학에도 이러한 영적지각을 통해 얻은 지식이 넘쳐나고 있다.

슈타이너에 의하면 인지학이란, 물질편중으로 치닫는 현대에, 과학과 영계와의 중개를 하는 것으로, 모든 인간에게 잠재되어 있는 고차원적인 인식능력을 개발하여, 개인의 능력개발과 함께 사회의 진보에도 기여하는 방법을 제시하는 체계이다. 인지학협회는 1912년에 설립된 단체로, 이러한 슈타이너의 사상을 배워 실천하는 조직이다.

인지학은 물리적 세계 이외에 영계나 신계가 존재한다고 하며, 7단계의 행성기와, 제각각의 행성기에 7종류씩 근원인종을 상정한 독자적인 진화론, 사후의 세계와 윤회전생 같은 내용을 포함하며, 교육과 예술, 자연농법과 의학 및 자연과학 등의 분야에까지 영향을 미치게 된다.

전인격적인 인간성을 중시하는 슈타이너 교육은 최근 일본에서도 주목받고 있으며, 슈타이너가 고안한 오이류토미(체조의 일종)는 무대예술일 뿐만 아니라, 치유효과도 주목받고 있다. 나아가 유럽에서는 인지학적 사상에 기초한 자연농법을 실천하는 농장도 있다.

신지학과 인지학의 차이를 한마디로 하자면, 신지학은 마스터와 같은 초월적 존재의 지도로 인간이 고차원적인 인식에 이르게 되는데 반해, 인지학은 어디까지나 인간을 주체로 하는 체계적인 학습을 통해 고차원적인 인식을 얻을 수 있다.

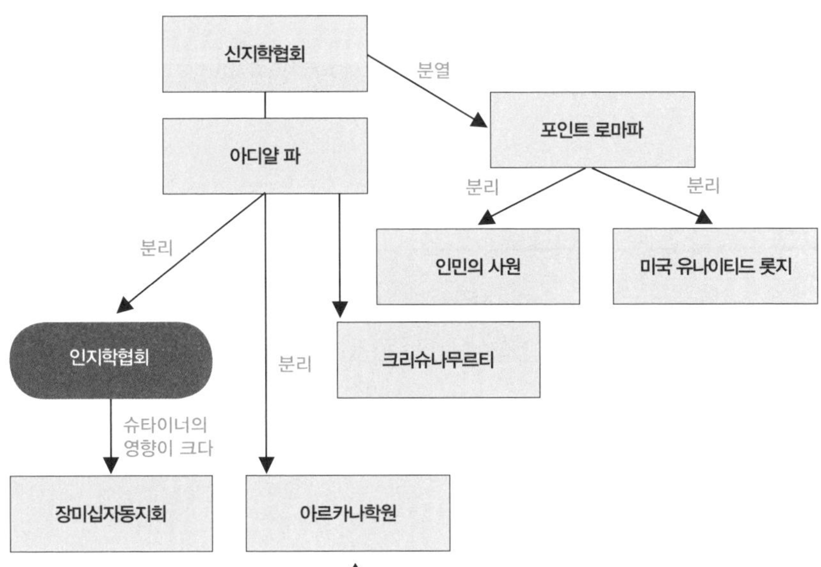

인지학협회에 의한 세계의 7단계

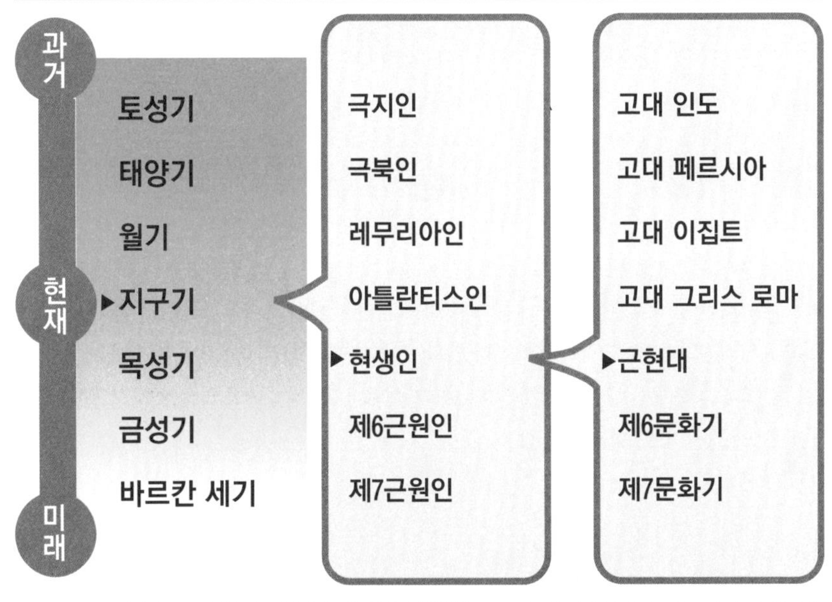

관련항목

- 신지학협회

No.076

황금의 여명

The Hermetic Order of the Golden Dawn

19세기말에 영국에서 결성. 매더스, 크로울리, 예이츠 등 다수의 마술사가 참가하였으며, 많은 마술결사의 모체가 되었다.

●근대마술결사의 원류

윌리엄 윈 웨스트콧(1848~1925), **매더스**(1854~1918) 그리고 로버트 우드맨(1821~1891)이 1888년에 설립한 영국 마술결사로서, 각종 마술체계를 부활·정비하는 것과 함께, 후에 많은 마술결사가 분리되었기 때문에 근대마술결사의 원류라고 불리고 있다.

설립 즈음에는 웨스트콧이 독일의 마술결사에 소속되어 있던 안나 슈프렝겔이라는 여성과 편지교환을 하는 것으로 **비밀의 수령**에게서 설립을 허가받았다.

그 산하에 템플이라고 자칭하는 소조직을 지니며, 최초로 설립된「이시스 우라니아 템플」에는 철학자 앙리 베륵송(1859~1941)의 여동생으로 후에 매더스의 부인이 되는 미나(후에는 모이나)·베륵송(1865~1928)이나 오스카 와일드(1854~1900)의 부인 등도 소속되어 있었다.

한동안 조직은 순조롭게 발전하여 후에 노벨 문학상을 수상하는 시인 **예이츠**(1865~1939)나 여배우 모드 곤(1865~1953) 등도 조직에 가입, 전성기에는 100명 가까운 회원을 거느리고 있었다.

그러나 1892년에 매더스가 비밀의 수령과 직접 접촉하였다고 하면서 독자적인 내부조직을 결성한 이래, 내분이 발생하여 1897년에 설립자 중 한 사람인 웨스트콧이 탈단, 이어 동성애로 유명했던 **크로울리**(1875~1947)의 입단을 둘러싼 대립 등이 계속된 결과, 1901년에는 매더스 자신이 퇴단에 몰리게 되어 1903년까지 교단은 분열양상을 거듭했다.

황금의 여명으로부터 새벽의 별이나 알파 오메가 같은 많은 마술결사가 분리되었지만, 그 마술체계의 중심이 된 **아브라멜린** 마술이나 에녹마술, 독자적인 타로트 해석 등은 후에 생겨난 단체들에게도 이어지고 있다.

황금의 여명단의 조직구성

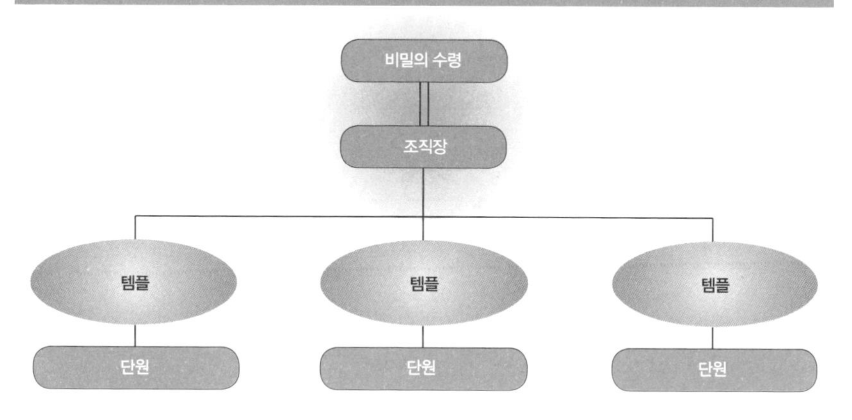

황금의 여명의 주변관계도

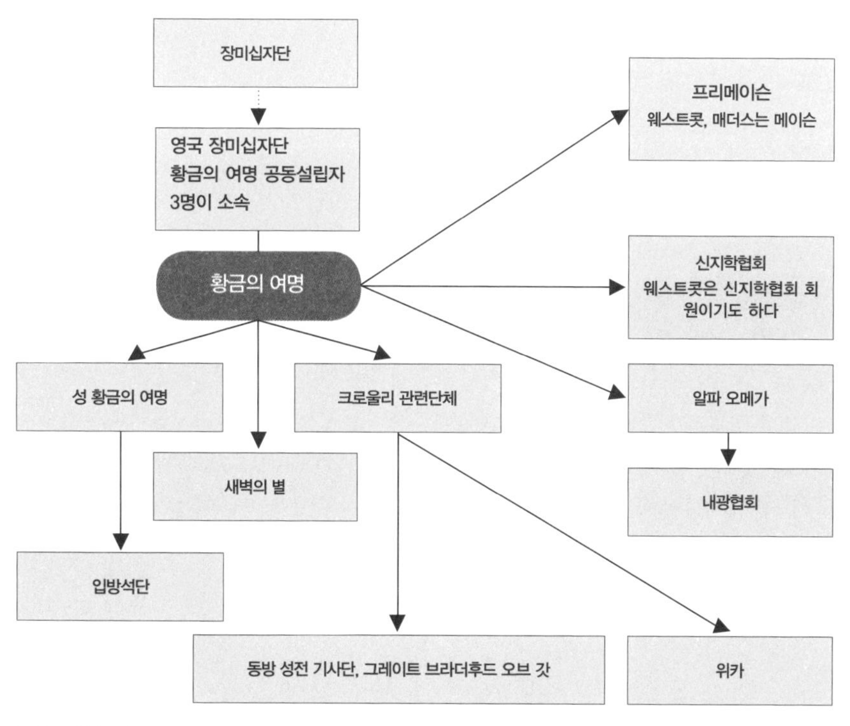

관련항목

● 에녹어

No.077

동방 성전 기사단

Ordo Templi Orientis

독일에서 태어난 근대마술결사. 탄트리즘을 본격적으로 도입, 크로울리에게도 영향을 주었다. 그 분파가 현재도 활동중

● 탄트리즘의 도입

독일의 카를 케르너(?~1905)가 설립한 마술결사로, 서양마술결사로서 시작되어 동양의 **탄트리즘**을 본격적으로 도입했다.

케르너는 벵골 지방으로 여행갔을 때, 인도인과 아랍인의 그루(도사)에게서 이니시에이션(통과의례)을 받았다고 주장했다. 이 결사는 일설에 의하면 1895년에 설립되었지만, 그 이름이 외부에서 확인된 것은 1904년 무렵의 일이었다.

교의로서는 **성마술**과 **템플 기사단**에서 유래되었다고 하는 상징해석을 지니며, **프리메이슨**과 유사한 위계를 도입하고 있다.

1905년의 케르너 사망 후, 테오도르 로이스(?~1924)가 교단을 이어받았다. 로이스는 프랑스의 마술사 **파퓨스**(1865~1916)와 독일의 신비사상가 **슈타이너**(1861~1925)와도 접촉하여, 덴마크와 영국에서 활약했다.

크로울리(1875~1947)가 이 단체에 가입한 것은 1912년 무렵이며, 로이스의 허가를 얻어 영국지부인 미스터리아 미스티카 맥시머를 설립한다.

1922년, 로이스는 크로울리를 후계자로 지명하지만, 독일의 교단 중에서는 크로울리의 『**법의 서**』의 내용에 반발하는 자가 있었기 때문에 교단은 분열되었다.

그 후 독일의 교단은 나치의 탄압에 의해 괴멸되었지만, 그 당시 크로울리파의 지도자 카를 요하네스 게르머(1885~1962)는 1941년에 미국으로 도망쳤고, 1947년 크로울리 사후 그의 저작권과 유골을 이어받은 뒤에 교단의 지도자가 되었다. 미국에서는 게르머의 후계자가 뉴욕에 본부를 잡았지만, 게르머는 생전 스위스의 단체에도 허가장을 발행했기 때문에 취리히에도 이 그룹의 거점이 있다.

동방 성전 기사단 관계도

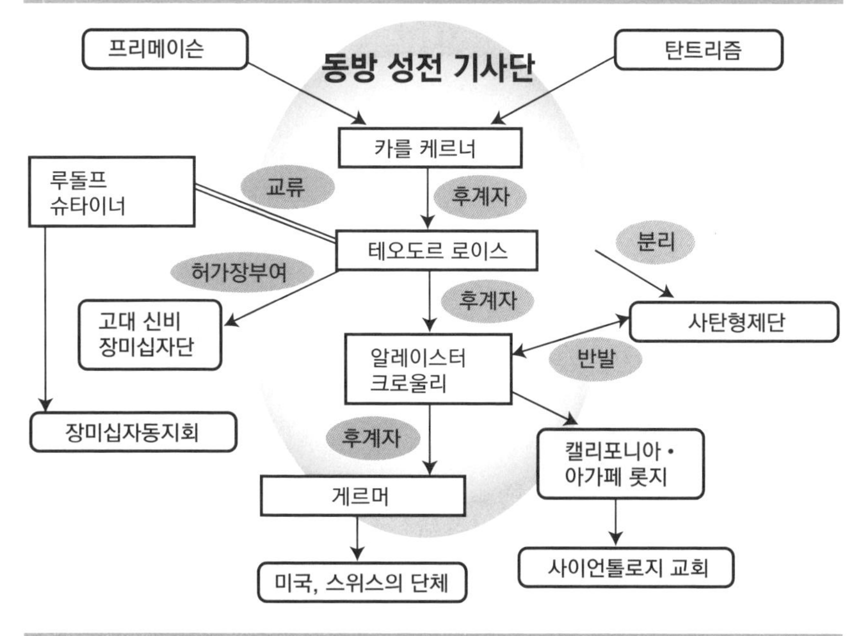

관련연표

1895	설립?
1904	프리메이슨계의 기관지에 등장
1905	카를 케르너 사망, 테오도르 로이스가 후계로
1912	알레이스터 크로울리 가입, 미스터리아 미스티카 맥시머 설립
1922	로이스, 크로울리를 후계로
1925	크로울리의 『법의 서』에 반발한 일부가 분열
1937	독일 국내에서의 활동이 괴멸
이후	크로울리의 제자 게르머가 미국을 중심으로 활동

관련항목

● 허바드

No.078

일루미나티

Illuminati

세계지배를 목적으로 하는 비밀결사. 처음 결성되었던 일루미나티는 당시의 국가권력의 탄압으로 소멸했지만, 그 후에도 동명의 결사가 설립되었다.

● 예수회사의 환상교단

일루미나티는 독일 출생의 예수회사 아담 바이스하웁트(1748~1803)가 1778년에 결성한 비밀결사로, 정식명칭은 바부리아 환상교단이라고 한다.

바이스하웁트는 독일의 잉골슈타트에서 태어나, 예수회의 교육을 받고 잉골슈타트 대학교수가 된다. 그러나 후에 예수회의 가르침에 반발하게 되어, 1776년에는 **프리메이슨**에 입회했다.

그 후 바이스하웁트는 왕권이나 교회와 같은 지상의 여러 가지 기존 권력을 부정하고, 신비주의적인 이니시에이션을 받은 일부의 인물들에 의해 독재체제수립을 목적으로 하게 되었다. 그리고 그 목적을 위해 프리메이슨의 내부에 일루미나티를 결성하게 된다.

바이스하웁트는 일루미나티를 이용해 프리메이슨 조직을 집어삼키고, 이용함으로써 그 목적을 달성하려고 했다.

1780년, 독일의 프리메이슨의 실력자였던 크니게 남작이, 일루미나티가 프리메이슨을 탈취하려고 하는 게 아닌가 하고 경계하면서, 사이가 벌어졌고 또한 바부리아 정부도 일루미나티에 대한 탄압에 동참했기 때문에, 바이스하웁트는 결국 프랑스로 망명하였으며, 조직은 괴멸되었다.

바이스하웁트는 그 후에도 영국의 프리메이슨과 접촉하여 지배하에 두려고 했지만 실패했다.

그러나 일루미나티의 세계재편의 혁명이론은 프랑스혁명에도 영향을 끼쳐, 일루미나티를 자칭하는 단체가 여럿 결성되게 되었다.

지금도 때때로 일루미나티가 프리메이슨을 조종하여 세계지배를 노리고 있다는 주장이 나오고 있다.

일루미나티의 흐름

1778
설립

1780
프리메이슨 회원인
크니게 남작 가입

프리메이슨에서
대량 가입

프리메이슨적인
색채가 강해짐

회원이 더욱 증가

1785
본부가 정부명령에
의해 해산

각지의 지부
자연소멸

전설적인 존재로

일루미나티가 구상한 세계지배 구도

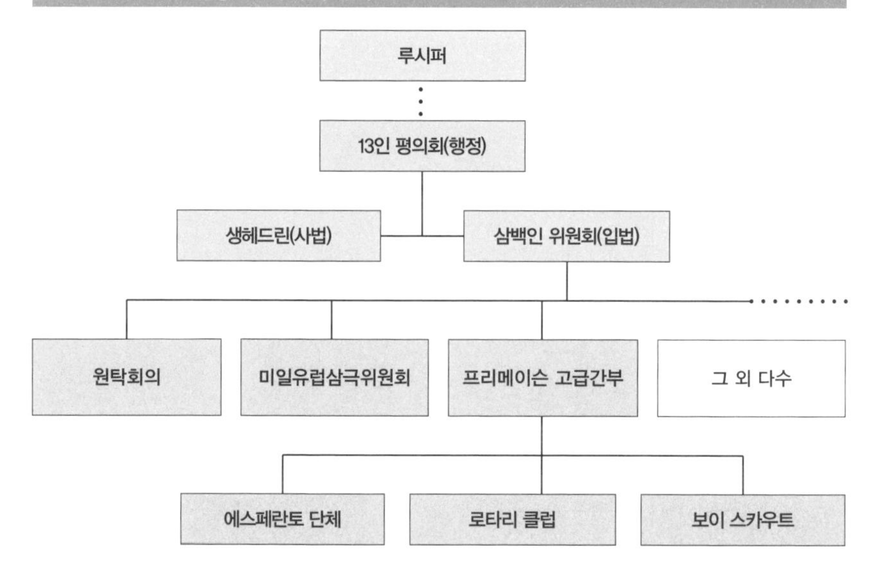

관련항목

● 시온수도회

No.079

사이언톨로지 교회

The Church of Scientology

허바드의 다이아네틱스 이론을 기초로 한 자기계발운동. 할리우드 스타에도 신자를 두고 있는 한편 유럽에서는 컬트 교단으로 보기도 한다.

● 할리우드 스타와 컬트 교단

SF작가 **허바드**(1911~1986)가 설립한 일종의 자기계발운동으로 현재 세계 100개국에 800만명 이상의 신봉자가 있으며, 할리우드 스타 톰 크루즈(1962~)나 존 트라볼타(1954~), 재즈 피아니스트 칙 코리아(1941~)도 신자로 이름이 올라있다.

한편, 유럽 같은 곳에서는 마인드 컨트롤을 하는 컬트로서 비판도 받고 있다.

사이언톨로지의 기본이 되는 것은 허바드가 1950년에 발표한「다이아네틱스」라는 이론이다.

이 이론에 따르면 인간은 누구라도 고대부터 존재해온 영적자아 세이탄을 갖고 있으며, 세이탄은 무한의 힘을 가진 선한 존재이지만, 이 힘은 과거로부터 현재에 이르기까지 축적되어 있는 잉그램이라고 하는 유해한 영향으로 인해 발휘할 수 없는 상태이다.

이 잉그램을 제거하는 방법이 다이네틱스인 것이다.

다이네틱스는 본래 SF잡지였던「아스타운딩」지에 발표되었던 것으로『다이아네틱스』단행본 발매 직후, 그 반향을 본「아스타운딩」지 편집장 켐벨(1910~1971)이「허바드 · 다이아네틱스 연구재단」을 설립하여 그 보급에 힘썼다.

그 후 허바드는 다이아네틱스를 기초로 사이언톨로지 교회를 조직했다.

사이언톨로지에서는 잉그램에 의해 감춰진 영적 자아를 해방시키기 위해, 개인 면접(오디팅이라고 부름)이나 강의 같은 수십가지 단계를 거쳐야만 한다.

세이탄의 개념

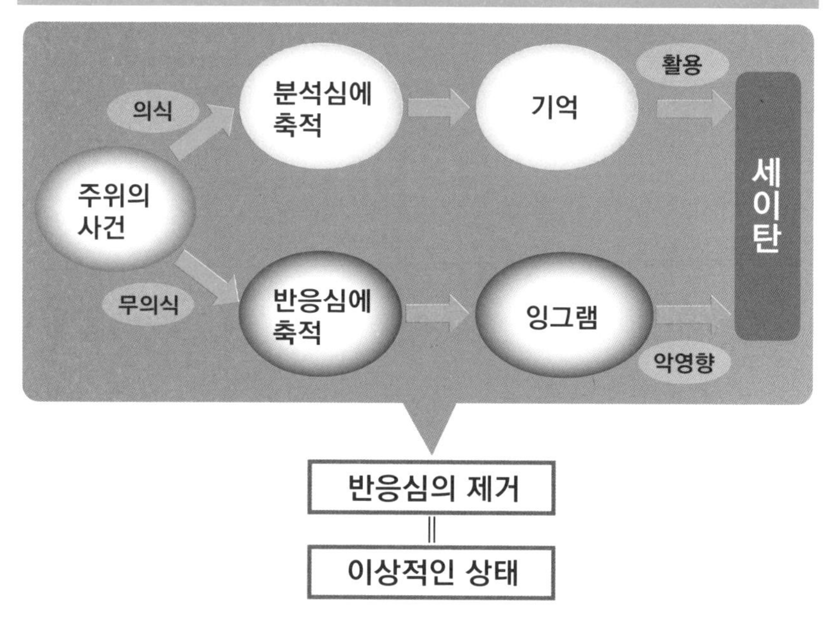

다이아네틱스의 이론

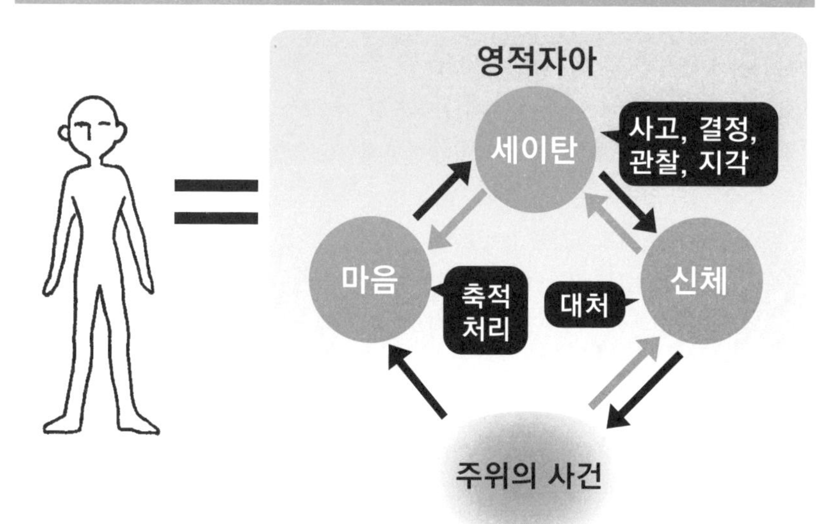

관련항목

● 동방 성전 기사단

No.080

위카

Wicca

가드너의 마술이론을 기초로 한 신조류. 결성 후 급속도로 세력을 확대. 현재는 많은 분파로 나뉘어졌다.

● 세관직원의 마술결사

위카는 20세기 후반, **가드너**(1884~1964)가 정비한 마술체계에 기초하여 만들어진 마술계의 신조류이다.

가드너에 따르면 그 마술체계의 원류는 고대 **드루이드**가 사용했던 자연마술에서 찾을 수 있지만, 가드너는 「묵시록의 짐승(사탄을 말함)」을 자칭한 **성마술**의 대부, 크로울리(1875~1947)의 협력도 얻었다. 어떤 의미로는 **황금의 여명**에도 참여하게 된 것이다. 말하자면 오래되었으면서도 새로운 계통이라고 할 수 있다.

그 활동은 지도자와 6개 조의 남녀 합계 13명으로 이루어진 「카븐」이라고 불리는 집단을 기본적인 단위로 해서, 새로운 가입자를 얻어 사람수가 13명을 넘기게 되면 「카븐」을 2개로 분열시켜 독자적으로 활동하게 된다.

기본적인 교의는 가드너의 저서 『그림자의 서』에 쓰여있고, 의식에는 명상, **주문**, 입신, 무용, 나아가 섹스 같은 것도 포함되어 있다.

의식의 시기를 결정하기 위해 만월이나 춘분 등, 자연의 순리를 중시하고 있으며, 의식을 진행할 때에는 남녀 모두 나체가 되어야 할 것을 요구하였지만, 후에 생겨난 알렉산더 선더스(1926~)의 일파는 반드시 나체가 되는 것을 고집하지는 않았다.

이렇게 교의의 일부에 섹스를 집어넣거나, 의식에 알몸을 요구하는 것으로 인해 **크로울리**에게서 이어지는 **성마술**집단이라는 비판을 받게 되지만, 1960년대부터 70년대에 걸쳐 조성되는 프리섹스의 조류에도 도움을 받아, 특히 미국에서 가입자가 확대되었다.

가드너가 죽은 뒤 조직은 레디 올윈 다시말해 모닉 니키 윌슨이 이어받게 되지만, 1970년대가 되면서 알렉산더 선더스가 『그림자의 서』에 독자적인 해석을 더해, 여사제인 막심 모리스와 함께 독자적인 활동을 개시, 가드너파를 능가하는 세력이 되었다.

위카의 계통도

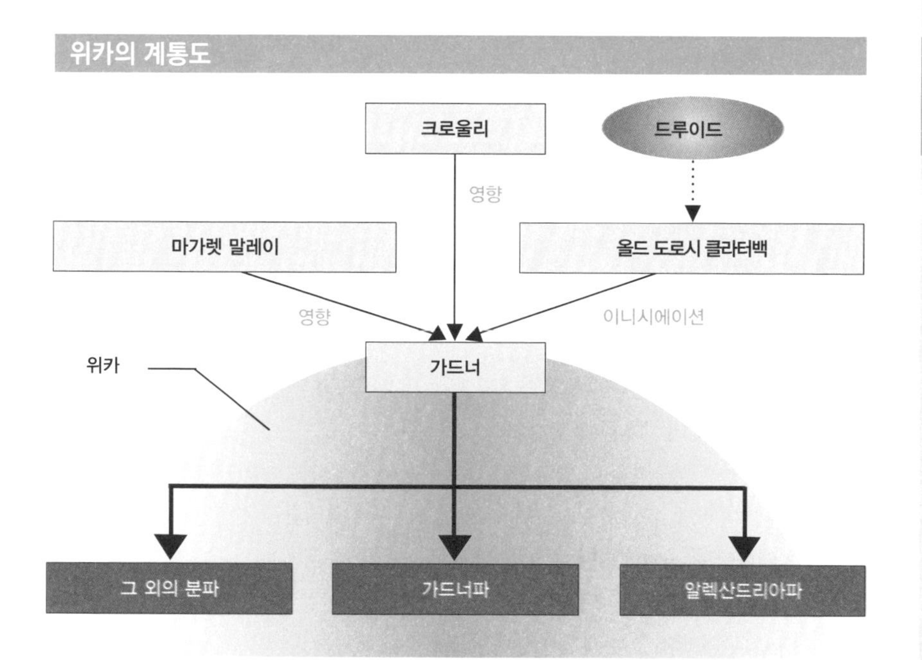

위카의 구조

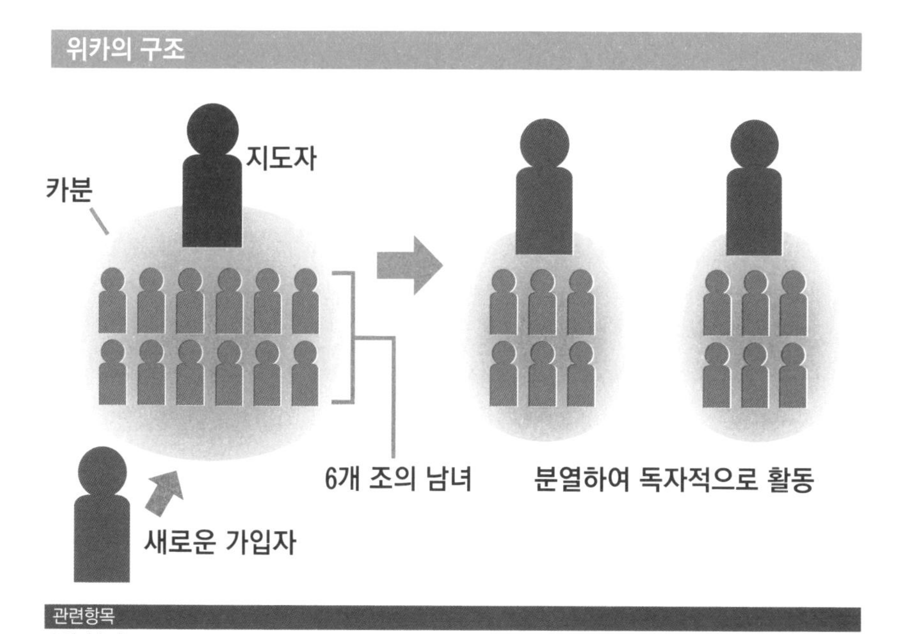

관련항목

● 악마숭배

No.081

나치스

Nazi Party(Nationalsozialistische Deutsche Arbeiterpartei)

독일의 정당으로, 정권탈취 후에는 국가와 일체화되어 활동, 제2차 세계대전에 의해 해체. 그 사상에는 게르만계 신비 사상이 포함되어 있었다.

● 신비주의적 정치결사

독일의 정당「국가사회주의 독일 노동자당」을 말하며, 1919년에 뮌헨에서 결성된「독일 노동자당」이 1920년에 개칭한 것.

1926년, 아돌프 히틀러(1889~1945)가 당의 총통에 취임하여 이후 세력을 확장하고, 1933년 1월에 히틀러가 수상에 취임하면서 차츰 국가와의 일체화를 진행,「제3제국」이라고 불리는 체제하에서 그 붕괴까지 독일을 지배했다.

나치 독일은 공산주의자나 **프리메이슨**과 함께 마술사나 점성술사, 마술결사를 박해했지만, 나치스 자체가 마술적 세계관을 배경으로 가진 오컬트 결사였다는 주장도 있다. 또한 히틀러 자신도 마술사였다는 설도 있다.

나치스의 심볼로, 고대부터 신비적 심볼로 알려진 갈고리 십자가를 채용한 것은 히틀러 자신이었으며, 친위대는 고대의 신비문자 룬을 다용하였다.

나아가 나치스 이전에 독일에서 활동하고 있던「툴레 협회」나「브릴 협회」의 교의가 나치스에 영향을 주었을 가능성도 지적되고 있다.

당시 마술사로서 유명했던 **하누센**(1889~1933)도 히틀러나 나치스와 관련성을 갖고 있었으며 히틀러의 브레인 중 한 사람인 카를 하우스호퍼(1869~1946)는 **그루제프**(1870?~1949)와도 관계가 있었다. 게슈타포 장관인 하인리히 힘러(1900~1945)나 부총통인 루돌프 헤스(1894~1987)도 오컬트 팬이었다.

선전상 요제프 괴벨스(1897~1945)가 점성술사 카를 에른스트 크라프트(1900~1945)를 등용하여 노스트라다무스(1503~1566)의 예언을 나치스의 사정에 맞게 해석했던 것은 유명한 실화이다.

나치 독일이란?

1919년 독일 노동자당 결성

1920년 국가 사회주의 독일 노동자당으로 개칭

||

나치 독일

1933년 독일의 제1당이 된다

나치 독일이 박해한 단체

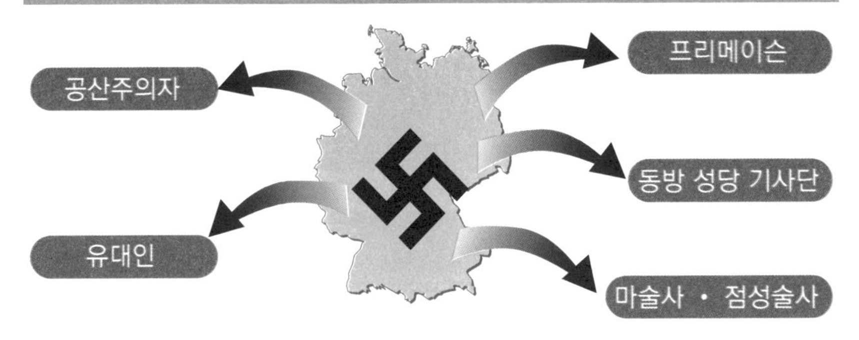

나치 독일과 오컬트의 관계

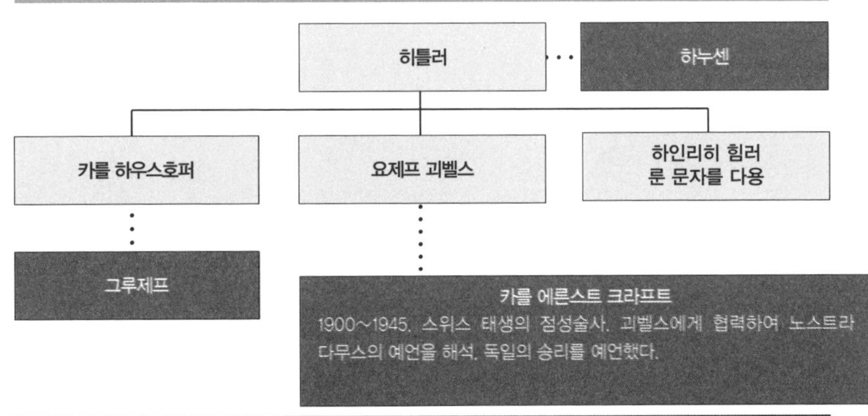

관련항목

●생 이브 달베이드로

자동서기

심령현상의 일종으로, 자동작용이라 총칭되는 것이 있다.

자동작용은 근육성자동작용이라고도 불리며, 영이 씌인 영매의 육체가 본인의 의지와 관련없이 멋대로 움직이고, 그에 의해 여러 가지 정보를 전해주는 현상을 말한다.

자동서기도 자동작용의 일종으로, 영이 영매의 손을 빌려 영 자신의 희망을 창작문, 혹은 회화 같은 것을 그려 남기는 현상을 가리킨다.

영매가 자신의 의지를 잃고 완전한 트랜스 상태에 빠질 경우와 자신의 의지는 있지만 손만이 멋대로 움직일 경우가 있으며, 또한 본인이 알지 못하는 내용이 쓰이거나, 배운적 없는 언어가 쓰이는 경우도 있다.

때로는 통상으로는 생각할 수 없을 정도의 속도로 문장을 써내려가기도 하고, 특정한 인물이나 수행을 쌓은 인물밖에 판독할 수 없는 문자가 나타나기도 한다.

자동서기에 의해 회화나 선화가 그려질 경우를 특별히 자동회화 · 자동선화라고 부르며, 영이 된 고인의 생전의 문체, 서체가 그대로 재현되는 경우를 복사현상이라고 부르기도 한다.

흔히 말하는 영적인 현상 중에서는, 자동서기가 상당히 일반적이기 때문에 오래전부터 많은 사례가 보고되고 있다.

예를 들면 일본의 각종 신도교단이 행하는 필선은, 신이 무녀에게 내려와 자신의 지시를 써내려가는 것이기 때문에 그야말로 자동서기 그 자체가 된다.

중국의 도교에서 탁선을 얻는 방법인 부기(扶箕)도 마찬가지이다. 이것은 다른 편이 양쪽으로 갈라진 Y자 모양의 나무 끝에 붓 같은 필기용구를 매달고, 양쪽 끝을 제각각 다른 사람에게 붙잡게 하면, 이 기구가 자동적으로 움직여 모래 위에 문자나 기호 같은 모양을 그리게 되는 것이다.

유럽에 있어서는 영국의 조안나 사우스코트(1750~1814)가 자동서기에 의해 그리스도의 재림을 예언한 적이 있지만, 19세기 말 심령연구가 본격화 될 무렵에는 이 자동서기를 특기로 하는 영매도 많이 활약했다.

명탐정 셜록 홈즈의 아버지이며 심령연구가로도 유명한 코난 도일의 아내 진이나, 마술사로도 활약한 노벨문학상 시인 예이츠의 아내 죠지 하이드 리스도 능력을 보유하고 있었다.

일본에서는 오카모토 텐메이(1897~1963)가 자동서기에 의해 얻은 신탁을, 예언서로 유명한 「히츠키 신지(日月神示)」로 정리하였다.

자동서기 이외에도 자동작용에 속하는 것은, 영과의 교신에 쓰이는 코쿠리상(분신사바)이나 위져판, 진자나 나무막대기 같은 것을 이용해서 땅속의 물체를 찾아내는 다우징, 나아가 O링 테스트 같은 것도 포함된다.

그러나 회의주의적 입장에서는, 이것들은 모두 무의식적인 근육운동에 의한 것으로, 영이나 초능력과는 관계가 없다고 설명하고 있다.

제 4 장

마술의 도구

No.082

말하는 머리

Speaking Heads

금속으로 만들어진 사람 머리에서 실제로 말이 나온다. 서양에서는 여러 사람의 마술사가 이것을 작성했다고 한다.

● 머리만 있는 로봇

서양중세의 마술사 중에는, 요즘 말하는 로보트와 같은 존재를 만들어냈다고 전해지는 인물이 몇 명 있다. 서양의 마술에 있어 인조인간이라고 불리는 것으로, 유대 전설의 **골렘**이나 **파라켈수스**(1493?~1541)의 **호문크루스**가 알려져 있지만, 그 외에도 말하는 금속제 사람 머리를 만들었다는 인물의 전설도 전해지고 있다.

역사상 최초로 말하는 머리를 만든 사람이 로마 교황 실베스테르 2세(945?~1003)라고 한다.

실베스테르 2세는 본명을 제르베르 드 오리야크라고 하며, 그가 교황이 되었을 때는 **악마**와 계약을 맺어 그 힘을 얻었다고 한다. 말하는 머리를 만든 이외에도 드래곤을 애완동물로 삼았다는 전설이 남아있다.

또 한사람은 로저 베이컨(1220무렵~1292?)이다.

베이컨은 화약의 제조법을 기술한 최초의 유럽인으로 비행기계나 동력선도 제안, 실험과학의 선구자로 불린다. 그러는 한편으로 점성술이나 **연금술**에도 관심을 보였다. 그 깊은 학식으로, 닥터 미러빌리스(기적의 박사)라고 불리며 수많은 발명을 했지만, 그 중 한 가지가 말하는 브론즈 머리였다.

거의 동시대의 도미니코회 수도사, 알베르토스 마그누스(1200?~1280), 다른 이름으로 알베르트 폰 보르슈타트에게도 같은 전설이 전해지고 있다. 그도 깊은 학식으로 유명한 인물로서, 그가 만든 것은 일설에 따르면 전신이 다 갖춰진 놋쇠로 된 인형이었다고 한다. 그는 30년에 걸쳐 인조인간을 만들었지만, 그의 제자 중 한 사람이며 후에 위대한 신학자가 된 토마스 아퀴나스(1225~1274)가 이것을 때려부쉈다는 이야기가 전해진다.

말하는 머리를 만든 사람들

실베스테르 2세

- 악마에게 혼을 팔아 교황이 되었다
- 천구의, 계산기 등을 발명
- 드래곤을 애완동물로 키웠다
- 말하는 머리를 만들었다
- 놋쇠로 만들어진 머리로 말하거나 미래를 예언했다

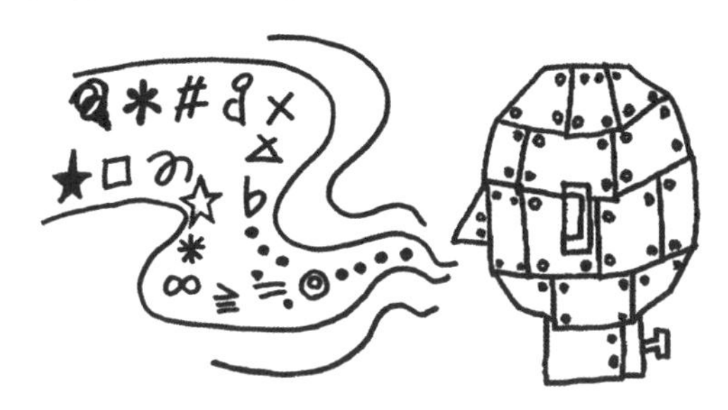

로저 베이컨

- 화약의 제조법을 기술한 최초의 유럽인
- 비행기계나 동력선도 제안
- 점성술이나 연금술에도 관심
- 말하는 놋쇠 머리를 만들었다

알베르투스 마그누스

- 당시의 학문전반에 통달
- 현자의 돌을 소유하고 날씨를 조종했다
- 말하는 머리 혹은 놋쇠로 된 인형을 만들었지만 제자 토마스 아퀴나스가 그것을 부숴다
- 자연과학자의 보호성인

관련항목
●서양점성술
●현자의 돌

No.083

골렘

Golem

유대교에 있어 인조인간. 성스러운 단어의 힘으로 흙인형에 생명을 불어넣은 것. 여러 사람의 랍비가 골렘을 만들었다.

● 불완전한 인간

골렘이란 본래, 헤브라이어로 「불완전한 존재」를 의미한다.

『구약성서』의 「시편」 제139장 16절에도 이 말이 등장하는데, 일본성서협회의 일본어역에는 「태아」라고 번역되어 있다.(*역주 : 한국의 기독교 개정판 성경에는 '형질이 이루어지기 전에'와 같이 풀어서 번역이 되어 있다. 천주교 중앙협의회 번역에서는 '태아'로 번역되어 있다.)

골렘이 인공적으로 생명을 부여받은, 흙으로 된 상을 의미했던 것은 중세의 일이지만, 유대교의 구전전승인 『탈무드』에는 랍비인 인물이 한 사람의 인간을 만들었다는 전승이 전해지고 있다.

또한 11세기의 솔로몬 이븐 가비롤(1021~1058)이나 아브라함 이븐 에즈라에게도 골렘을 만들었다는 전설이 전해지고 있다.

나아가 16세기의 헬른의 에리야, 17세기의 에리야 바르슘이나 18세기의 비르노의 가온 즉, 엘라이저 벤 솔로몬 잘만(1720~1797)도 골렘의 제작자라고 한다. 골렘 전설과 연결된 가장 유명한 사람은 16세기의 프라하의 랍비, **레브 벤 베사렐**(1520~1609)이다.

골렘의 작성은, 신이 인류의 조상 아담을 창조한 것에서 모티브를 따와, 흙과 물을 섞어 인형을 만들고, 이것에 생명을 불어넣으면 완성이다.

생명을 불어넣는 데에는 신의 진정한 이름이나 신성 4문자(신의 이름을 4문자의 약어로 표현한 것. 로마자로는 YHVH)를 적은 종이조각을 골렘의 입에 넣거나 귀에 끼우면 된다. 혹은 뺨에 4문자의 헤브라이어 emet(진실)를 적어넣기도 한다.

골렘은 괴력을 지니며 모습을 변하게 할 수 있고, 바람처럼 공중을 날아다닐 수 있지만, 주인의 명령에 절대복종하며 어떠한 어려운 역할도 수행해낸다. 골렘의 봉사를 더 이상 원하지 않는다면, 랍비들은 입안이나 귀의 종이를 떼어내고 이마에 새긴 문자의 첫글자를 제거한다. 그렇게 하면 emet는 met(죽음)가 되어 골렘은 원래의 흙으로 돌아간다.

골렘 작성법

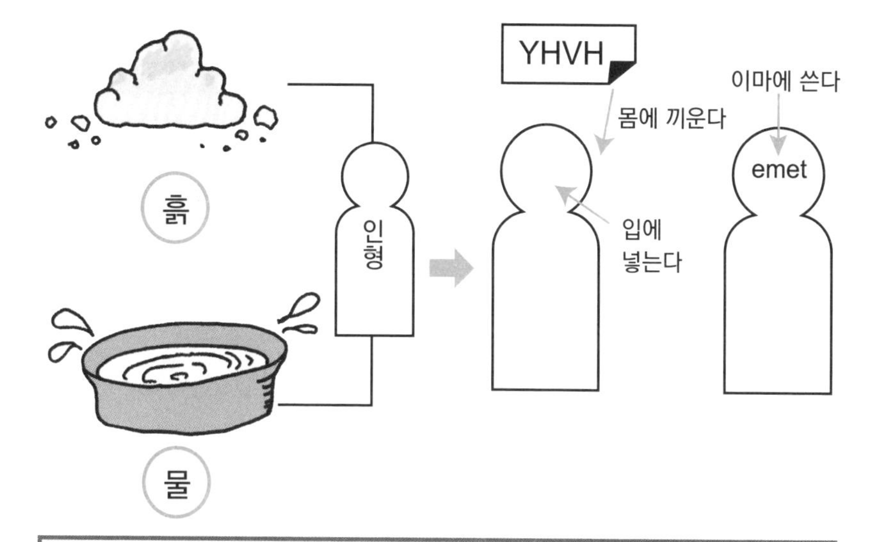

골렘의 특징

- 점토로 된 인형에 생명을 부여하여 만든다
- 모습을 바꾸거나, 하늘을 날아다닐 수 있다
- 성스러운 말을 잃으면 흙으로 돌아간다

골렘을 만든 랍비 일람

작성자명	년대	골렘의 특징
에노슈	창세기 시대	점토로 인간을 만듬
엘레미야	기원전 7세기	이마에 emet라고 써있다
솔로몬 이븐 가비롤	11세기	여성 골렘을 분해하거나 조립하거나 했다
에리야	16세기	이마에 emet라고 써있다
레브 벤 베사렐	16세기	이마에 emet라고 써있다
엘라이저 벤 솔로몬 자르만	18세기	신의 이름을 적은 종이를 골렘의 귀에 끼웠다

관련항목
- 카발라
- 말하는 머리
- 호문크루스

No.084

호문크루스

Homunculus

파라켈수스의 마술체계에 의해 작성된 인조인간. 신체는 작지만 보통의 인간에게는 없는 지식을 지니고 있다.

● 파라켈수스의 호문크루스론

마술적 수법으로 제조된 인조인간의 일종. 본래는 **파라켈수스**(1493?~1541)의 『호문크루스의 서』 외에, 일련의 문서에 기록되어 있는 것.

기록에 의하면 인간의 남자의 정액을 증류기안에 밀폐시키고, 나귀의 대변의 부패열을 이용해서, 말의 태내의 온도에 맞춰 계속 유지시켜준다. 그렇게 40일이 지나면, 투명하면서, 인간과 닮은 형태가 된다고 한다. 더욱이 40주 동안 인간의 혈액을 공급하여 키우면, 좀 작기는 하지만 사지를 가진 살아있는 인간이 태어난다고 한다.

이 파라켈수스의 호문크루스론은 태아의 원형이 되는 것은 정자이며, 정자가 여성의 태내에서 경혈을 빨며 성장한다는, 고대 그리스의 아리스토텔레스(BC384~BC322) 이래의 출생에 관련된 설을 배경으로 하고 있다. 다른 설로는 초승달이 떴을 때 모은, 가장 순수한 5월의 이슬과 건강한 젊은이에게서 채취한 혈액이 원료가 된다고 한다.

이렇게 태어난 호문크루스는 성인이 되면 소인과 거인, 그리고 그 외의 여러 가지 기형인 모습이 되지만, 통상의 인간이 모르는 여러 가지 지식을 태어나면서부터 알고 있다. 그들을 증류기 속에서 키우면 술자가 바라는 여러 가지 지식을 얻을 수 있다고 한다.

18세기의 요한 페르디난드 폰 큐프슈타인 백작은 남부 이탈리아의 칼라브리아의 여인숙에서 제로니라고 하는 승려와 만나, 두 사람은 산속의 수도원에 틀어박혀 10체나 되는 호문크루스를 만들었다고 전해진다. 큐프슈타인 백작은 이러한 호문크루스를 병에 넣은 채로, 오스트리아에 가지고 돌아가 빈에 도착하여 **장미십자단**의 회합에서 공개했다고 한다.

뇌과학의 분야에서는 뇌내의 신체지도를 발표했는데 이것에 「감각 호문크루스」라는 이름을 붙였다.

호문크루스의 작성법

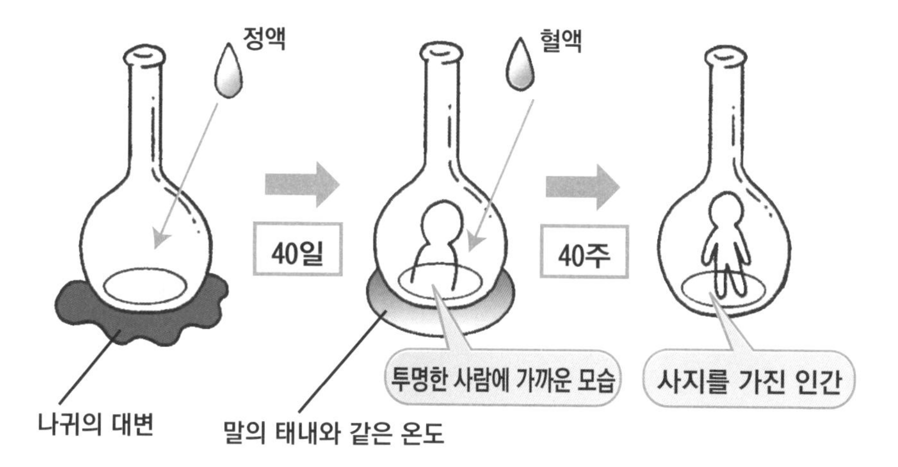

호문크루스의 특징

- 정액을 증류기 속에서 40일간 부식시켜, 인간의 피로 키운다(『호문크루스의 서』)
- 사지는 멀쩡하지만, 작다(『호문크루스의 서』)
- 인간이 모르는 지식을 갖고 있다(『호문크루스의 서』)
- 유리병 속 이외의 장소에서는 살 수 없다 (『파우스트』)
- 신장 4피트 정도로 머리가 크다(모음 『마술사』)
- 아름다운 한 쌍의 남녀 (『화학의 결혼』)

호문크루스를 취급하는 마술사

마술사	관련
로젠크로이츠	『화학의 결혼』 중에 왕과 왕비를 호문크루스로 되살린다
파라켈수스	『호문크루스의 서』 등으로 그 제조법을 소개
큐프슈타인 백작	실제로 호문크루스를 만들었다고 한다

관련항목
● 골렘

No.085

현자의 돌

Philosopher's Stone

비금속을 금으로 바꾸는 힘을 가진 특수한 물질. 인간을 불로불사로 만들어 기후를 조종하는 것도 가능하다. 연금술에 있어서 이 물질의 작성이 중요하다.

● 붉은 묘약, 아담의 돌

연금술에 있어서, 비금속을 금으로 바꾸고 인간을 불로불사로 만드는 힘을 가진 물질을 말한다. 제5원소라고도 하며, 지수화풍의 4대 **엘레멘트**를 내포하고 창출하며 키우는 힘을 가지고 있다고 한다. 그리고 금보다 무겁고 간단히 분말이 되며 밀랍처럼 용해되기도 한다.

또한 납이나 수은 같은 비금속에 섞으면 금으로 변한다. 이것을 녹인 액체는 여러 가지 병을 낫게하는 만병통치약이다.

일반적으로 붉은 색을 띠고 있다고 생각하기 때문에 붉은 묘약이라고 불리며, 불로불사의 영약「엘릭서」와도 동일시되고,「아조스」「엘릭서」「알카에스트」라는 용어도 거의 같은 의미로 쓰인다. 연금술사는 그 외에도 여러 가지 은어로 부르고 있다.

후에는 인류의 조상인 아담이 연금술의 달인이었다는 전설도 있고, 현자의 돌은 아담에게서 노아에게 전해져 노아의 방주의 안에 걸어놓아 조명으로 사용되었다는 전설까지 태어났다.

금을 변성시킬 때, 현자의 돌이라고 하는 물질의 중개를 상정하는 것은, 알렉산드리아의 연금술사 조시모스(3세기 무렵)라고도 한다. 이후, 연금술사에게 있어서는 현자의 돌을 발견, 혹은 작성하는 것이 최중요 과제가 되었다.

전설에는 중세의 연금술사 중 몇몇 사람이 실제로 현자의 돌을 보유하고 있었다고 한다.

예를들면 아르베르토스 마그누스(1200?~1280)는 현자의 돌을 사용해서 기후를 자유자재로 조종했다고 한다. **플라멜**(1330~1418)은 현자의 돌의 힘을 가지고, 실제로 수은을 금으로 바꿨다고 하며, 17세기의 요한 프리드리히 슈바이처도 처음보는 남자로부터 받은 현자의 돌을 이용해서 납을 금으로 바꿨다고 전해지고 있다.

현자의 돌의 성질

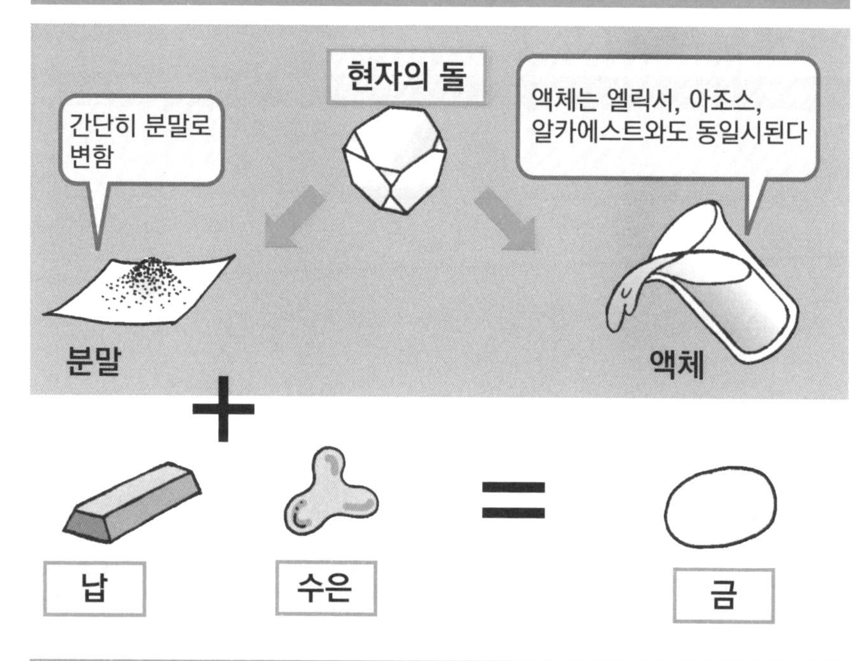

현자의 돌의 생성과정

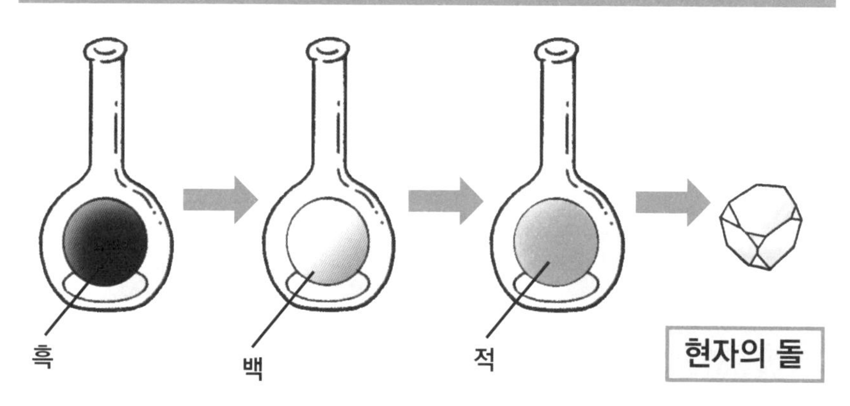

생성과정은 연금술사별로 다르지만
흑→백→적 상태변화를 기본으로 한다

관련항목

● 카리오스트로 백작

No.086

에메랄드 타블렛

Emerald Tablet

헤르메스 트리스메기스토스의 유체가 쥐고 있었던 에메랄드제의 판으로, 고대 아틀란티스의 비밀의 지식이 새겨져있었다. 그 소재에 대해서는 여러 가지 설이 있다.

● 고대 아틀란티스의 영지

헤르메스 트리스메기스토스, 혹은 고대 아틀란티스의 토트가 그 영지를 새겨넣었다고도 하는 에메랄드제의 판이다. 그 소재나 매수에 대해서는 여러 가지 설이 있다.

본래 에메랄드 타블렛은 한장으로 전설의 헤르메스 트리스메기스토스의 유체가 쥐고 있었으며, 알렉산드로스 대왕(BC356~BC323)에 의해 발견되었다는 전설이 있는 한편, 기자의 대 피라미드 내부나 샴발라(티벳 불교에 나오는 유토피아) 같은 곳에 여러 개의 에메랄드 타블렛이 보관되어 있다는 설도 있다.

에메랄드 타블렛 자체는 없어졌지만, 그 내용은 흔히 말하는「헤르메스 문서」로 전해지고 있으며, **연금술**이나 점성술을 비롯한 오컬티즘의 오의나, 우주의 구조, 나아가 인류의 미래에 관련된 예언까지 포함되어 있다.

에메랄드 타블렛의 기술이 문헌상 등장하는 것은 13세기 이후의 일이며, 17세기에는 박식하다고 알려진 예수회사 아타나시우스 키르햐(1602~1680)가 그 내용을 번역했다.

한편, 19세기의 마술사 **레비**(1810~1875)는 기자의 대 피라미드 속에 있던 에메랄드 타블렛을 실제로 손에 넣었다고 주장했다.

그 외에도 미국의 무리엘 드릴(1901~1963)은 본래 대 피라미드의 안에 보관되어 있던 12장의 에메랄드 타블렛을 발견하였고, 원래 장소에 돌려놓았을 때, 그 일부를 필사했다고 주장하고 있다.

드릴에 의하면 에메랄드 타블렛은 고대 아틀란티스 최후의 제사왕 토트가, 지금부터 3만6000년 전에 이집트에서 기록한 것이며, 아틀란티스 시대의 지식이 새겨져있다고 한다.

타블렛의 번역이력

❖ 아타나시우스 키르햐

1602~1680. 아타나시우스 키르햐는 독일의 예수회 수도사이지만, 점성술사로서 카발라의 숙련자이기도 했다. 키르햐의 업적은 다방면에 걸쳐 있으며, 그가 유럽 각지를 여기저기 여행해서 모은 지학, 박물학, 민족학, 역사학에 관련된 여러 가지 자료들은, 후에 키르햐를 기념한 박물관에 보관되었다. 고대 이집트의 히에로그리프를, 최초로 문자로서 간파했던 것도 키르햐였으며, 보이니치 문서의 해석을 시도했던 적도 있던 암호의 전문가이다. 키르햐는 성서해석에도 카발라의 수법을 이용하여, 노아의 홍수는 기원전 2396년에 일어나 강우는 365일간 계속되었고, 햄이 조로아스터였다는 설을 전개하고 있다.

관련항목

●헤르메스 사상

No.087

마법원

Magic Circle

마법의식으로서, 지상에 그리는 특정한 모양. 결계의 역할을 한다. 원을 기조로 한 것이 많다.

● 지상에 그린 호부

각종 마술을 할 때, 의식의 일환으로서 지상에 그리는 원을 중심으로 한 일정한 모양을 말한다. **소환마술**에 있어서는 거의 필수품이 되어 있다.

흑마술로 **악마**를 소환하는 경우에는, 불러내는 악마에게 위해를 당하지 않도록 그 악마에 맞는 특정한 모양을 지면에 그릴 필요가 있다. 또한 대상이 되는 악마에 따라서는, 나타나는 시간이나 좋아하는 장소가 다르기 때문에, 시간과 장소도 고를 필요가 있다.

마법원의 패턴도 대상이 되는 악마에 따라서 다르지만, 대부분의 경우 이중원을 기본으로 하여 오망성이나 육망성, 삼각형 같은 도형이 첨가되는 경우가 많다.

악마는 정확하게 작성된 마법원의 안에는 들어올 수 없지만, 일부라도 잘못 그려져있으면 방어의 효과가 없어지기 때문에 악마에게 붙잡혀 찢겨져나가고 만다. 또한 악마는 어떻게든 술사를 원 밖으로 끌어내려고 하기에, 손가락 하나라도 밖으로 나가면 찢겨 죽고 만다.

마법원은, **황금의 여명**에 도입된 에녹마술의 체계에 따라서도 이용되고 있다.

에녹마술에 따라서는, 이중원 바깥쪽에 네 개의 **엘레멘트**에 대응하는 파수탑이라고 불리는 영역(고차원적인 세계 속에 있는 영역 중 한가지)의 상징으로서, 삼각형을 네개 그려넣는 것이 통상이다.

또한 에녹 마술에 있어서는, 어떤 사정으로 지면에 마법원을 그릴 수 없는 경우, 자기의 상념 속에서 원을 그리는 것도 효과가 있다. 그러나 이 경우 마음 속에 확실히 원이나 삼각형이 보일 정도로 굳게 생각할 필요가 있다.

지상에 마법원을 그리든, 마음 속에서 그리든, 마법원을 작성한 뒤에는 우선 정확한 방식으로 성별(聖別)할 필요가 있다.

마법원에 자주 사용되는 심볼

육망성

다비드의 별이라고도 한다. 악마의 상징이기도 하다.

열두 별자리의 심볼

태양이 다니는 길인 황도상의 열두 별자리를 나타낸다. 서양 점성술에서 사용된다.

오망성

악마에게서 몸을 지킨다. 반대로 그리면 악마를 나타낸다.

행성기호

태양계의 행성을 나타내는 기호. 서양점성술에서 사용된다.

4대원소의 심볼

근본 엘레멘트인 4대의 상징. 4대천사를 나타내는 경우도 있다.

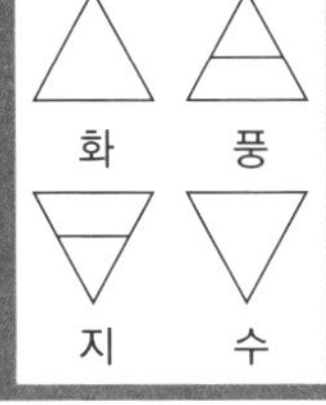

에녹마술의 마법원

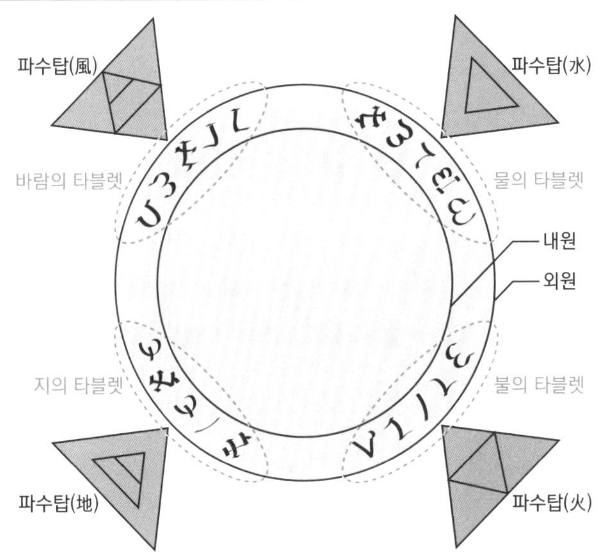

관련항목

●백마술과 흑마술
●에녹어

No.088

호부

Amulets & Talismans

재앙에서 몸을 지키거나, 행운을 가져온다고 하는 여러 가지 종류의 물체. 마술의 보조수단으로서 쓰이며, 혹은 단독으로 이용되기도 한다.

● 아뮬렛과 탈리스만

호부에는 무수한 종류가 있다.

기본적으로는 재앙을 면하고 행운을 불러들인다고 여겨지는, 각종 물체나 특정한 문구 및 그림을 기록한 종이조각으로 존재하는 것이 많이 이용된다.

사람에 따라서는 재앙에서 몸을 지키는 「아뮬렛(호부)」과 더욱 적극적으로 초자연적인 힘을 발휘하는 「탈리스만(주부)」 등을 구별하는 경우도 있지만, 그 양자를 엄밀하게 구별하는 것은 어렵고 쌍방의 기능을 가진 것도 있다.

간단하게 말하자면 아뮬렛은 일본에서 부적과 같은 기능을 갖고 있는 것이며, 탈리스만은 그 자체가 마술적 효과를 갖고 있는 것이다. 도교의 영부 같은 것이 전형적인 탈리스만이다.

호부는 또한 마술을 이행할 때의 보조수단으로서 사용되는 경우도 있다.

에녹마술에서 이용되는 「마법진」이나 **소환마술**을 벌일 때의 「**마법원**」도 이런 의미에서 호부라고 할 수 있다.

호부의 기원은 오래전으로 거슬러 올라가며, 이미 구석기시대부터 호부로서의 기능을 가지고 있었다고 생각되는 물건이 출토되고 있다. 인류의 가장 오래된 문명인 고대 이집트에 있어서도 「앙크」나 「스카라베」「호루스의 눈」 등 다종류의 호부가 사용되고 있다.

호부로서 이용되는 것에는 신, 혹은 초자연적 존재를 표시하고 있는데, 그 힘을 상징하는 형상을 한 물체가 많지만, 그 종류나 재질은 여러 가지이다. 예를 들어 돌이나 **보석**, 조개껍데기, 동물의 몸의 일부, 식물의 잎사귀가 그대로 호부로서 사용되는 경우도 있고, **주문**을 기록한 종이조각 등 여러 가지 물건이 호부로서 기능하였다. 손가락을 특정한 형태로 취하는 인(印)도 넓은 의미에서 호부의 일종으로 보고 있다. 그 사용법에 대해서도 몸에 지니거나 집안에 안치하거나 벽에 장식하거나, 때로는 복용하는 등 여러 가지였다.

호부의 정의

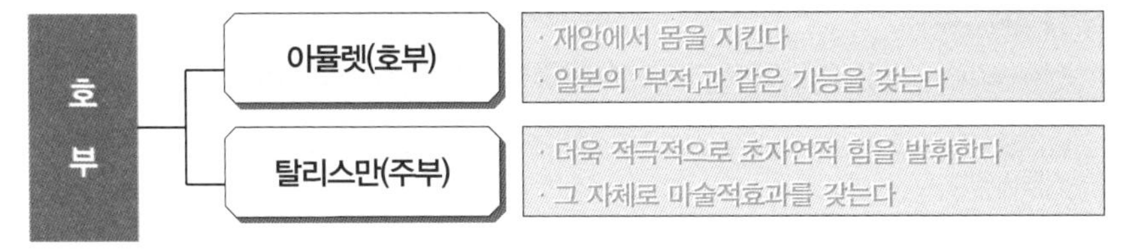

※양자를 엄밀히 구별하는 것은 어렵고, 쌍방의 기능을 갖는 것도 있다

세계의 호부

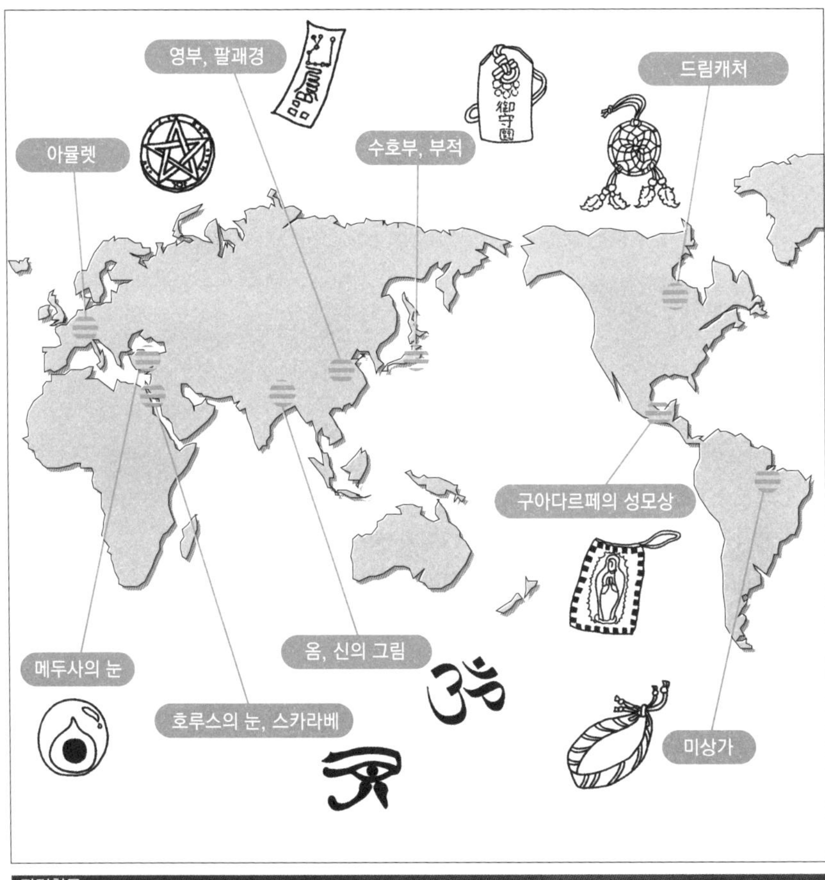

관련항목

● 에녹어

No.089

타로트

Tarot

점술 전용 카드로 그 기원에 대해서는 여러 가지 설이 있다. 헤브라이 문자나 카발라와 관계가 있다고 보는 견해도 있다.

● 기원불명의 신기한 카드

「대 아르카나」라고 불리는 카드 22장과「소 아르카나」56장으로 된 점술용 카드로서, 소 아르카나는 후에 트럼프로 발전하고, 대 아르카나는 우자(愚者)의 카드가 죠커가 되었다. 프랑스음독으로「타로」혹은「타록」이라고 읽기도 한다.

그 기원에 대해서는 여러 가지 설이 있고, 고대 이집트나 **헤르메스 트리스메기스토스**의 가르침에까지 거슬러 올라간다는 설도 있다.

고대 이집트 설은 18세기의 쿠르 드 제블랑이 집시의 기원과 함께 주장했기 때문에, 당시에는 집시가 이집트에서 왔다고 믿는 사람도 있었다. 쿠르 드 제블랑은 타로트가 고대 이집트의 이시스나 오시리스의 사제들에게 영향을 받았다고 주장하였으며, 직업적인 타로트 점술을 시작한 프랑스의 에테이야(1738~1792)나 **레비**(1810~1875)도 이 설을 지지했다.

연구가인 슈바르츠에 의하면, 그 기원은 기원전 312년에서 64년 사이라고 보이지만, 현존하는 가장 오래된 카드는 파리의 국립박물관에 보존되어 있는 1392년의 것이다.

대 아르카나의 장수가 22매인 점에 대해서는 **카발라**에 있어「생명의 나무」를 구성하는 22개의 오솔길이나 헤브라이어 알파벳과의 관련성이 지적되며, 검, 봉, 동전, 컵 4개의 수츠는 제각각 바람, 불, 땅, 물의 네개의 대 **엘레멘트**에도 대응된다.

매더스(1854~1918)나 **크로울리**(1875~1947) 등 **황금의 여명** 계통의 마술사도 타로트를 연구하였으며, 아더 에드워드 웨이트(1848~1942)는 그 성과를『타로트 도해』로서 공개하고 있다.

타로트를 이용한 점술의 방법은 다수 있다.

타로트와 트럼프

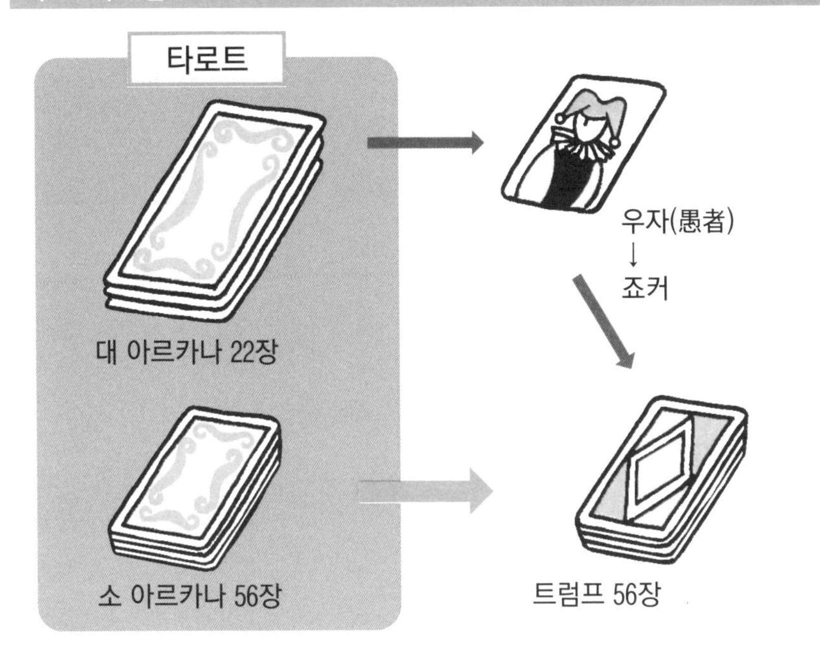

타로트의 역사

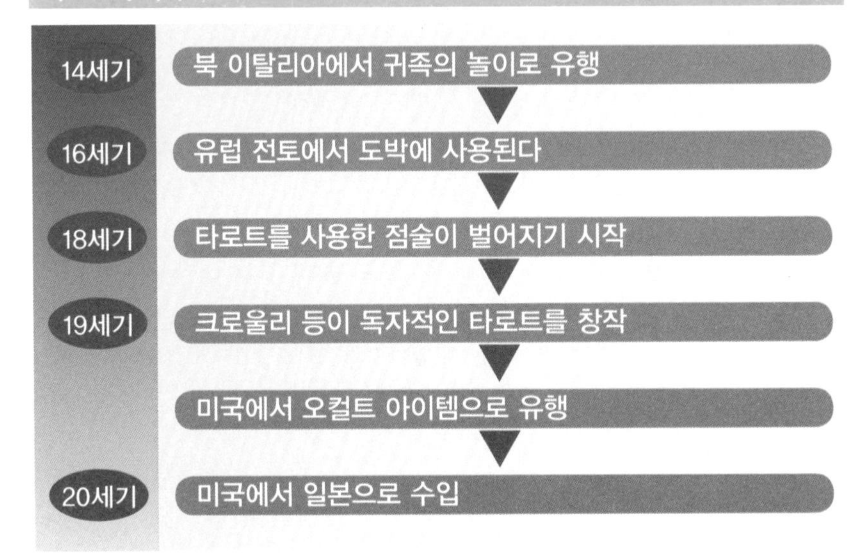

관련항목

● 서양의 여러 가지 점술

No.090

성배

Holy Grail

예수 그리스도가 최후의 만찬에서 사용했던 잔. 그외에 시온 수도회에 얽힌 전설에는 예수의 혈통이라는 이설도 있다.

● 성배의 행방

일반적으로는 예수 그리스도가 최후의 만찬에서 사용했던 와인 잔을 말한다. 『신약성서』의 복음서에는 예수가 잔을 들고 기도를 하였다는 기술이 있다. 이 잔에는 그 후, 예수의 제자였던 아리마태아의 요셉(1세기 경)에 의해 반출되어, 그 잔으로 책형을 당한 예수의 피를 받았다.

성배에는 여러 가지 상처와 병을 치유하는 힘이 있으며, 또 그 속에서 솟아나오는 감로(甘露)는 장생할 수 있는 힘을 부여해준다는 설도 있다.

성배는 그 후 아리마태아의 요셉에 의해 영국, 혹은 프랑스로 갔다고 한다.

성배전설은 아더왕 전설과도 연결되어, 12세기 이후 아더왕궁의 기사들이 성배를 탐색한다는 이야기가 여럿 형성되었다.

아더왕 전설을 살펴보면, 어느날 아더왕궁에 성배가 나타남으로 인해 원탁의 기사들이 성배탐구를 위해 각지에 파견되어, 최종적으로는 갤러해드, 퍼시발, 볼르스 세 사람이 그것을 손에 넣었지만, 그 성배는 잃어버리고 말았다고 전해진다.

현재 성배로서 전해지는 성유물은, 영국의 제노아, 스페인 발렌시아의 대성당, 프랑스의 트로와 등 유럽의 수많은 장소에 보관되어 있다.

한편, 성배는 단순한 그릇이 아니라 예수와 막달라 마리아의 자손에 해당하는 혈통을 가리키는 것이라는 설도 있다.

이 설에 의하면 예수와 막달라 마리아는 부부였으며, 예수는 골고다 언덕에서 십자가에 매달린 뒤에도 살아남아 막달라 마리아와 함께 프랑스로 도망쳤다고 한다. 이 두 사람의 혈통을 잇는 것이 한때 프랑스를 지배했던 메로빙거 왕조(148년 무렵~751)이며, **시온 수도회**는 이 혈통을 지키기 위해 만들어졌다고 한다.

성배의 전설

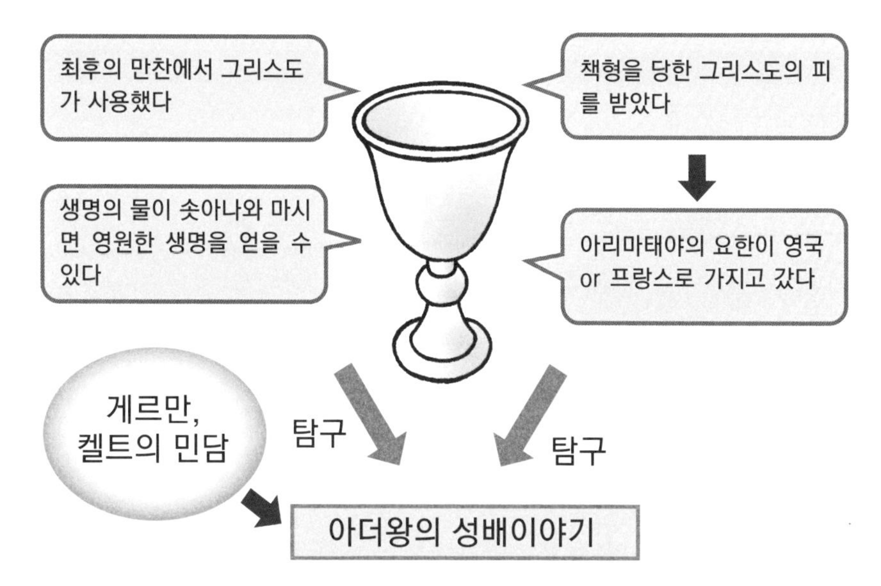

메로빙거 왕조 계도

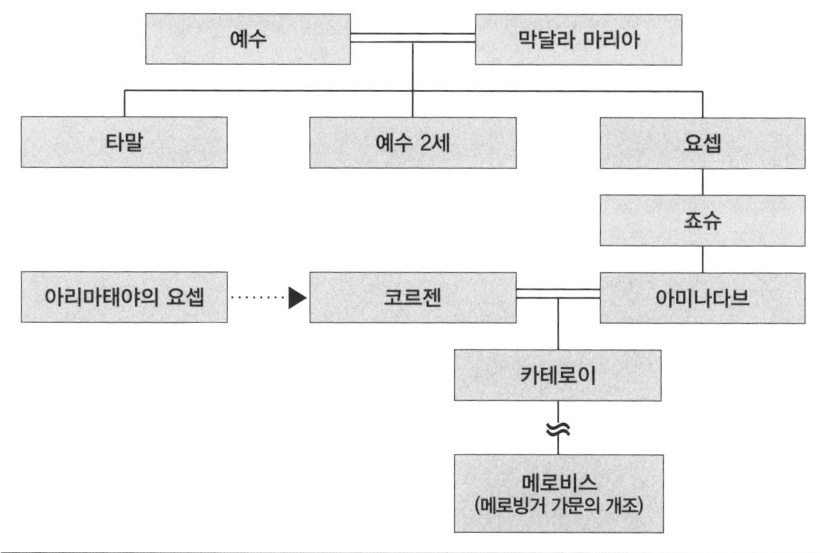

관련항목

● 롱기누스의 창

No.091

롱기누스의 창

Lance of Longinus

십자가에 매달린 예수의 옆구리를 찌른 창. 이 창을 소지한 자는 세계의 지배자가 될 수 있다. 실제로는 현재 몇개의 창이 롱기누스의 창이라고 전해지고있으나 진상은 알 수가 없다.

●역사를 바꾼 창

『신약성서』의 「요한 복음서」 제19장 34절에 따르면, 예수 그리스도(BC4?~29?)가 골고다 언덕에서 십자가에 못박힌 뒤, 숨진 예수의 복부를 한 사람의 병사가 창으로 찔렀다.

복음서에는 이 병사의 이름이 나와있지 않다. 그러나 후세의 전설에는 이 병사의 이름이 가이우스 카시우스 롱기누스라고 특정되어 있다. 그가 예수의 옆구리를 찔렀을 때 사용했던 창이 롱기누스의 창이며, 이 창을 가진 자는 세계의 지배자가 된다는 전설이 생겨났다.

실제로는 롱기누스의 창이라고 전해지는 것이 여러 개가 존재하지만, 그 중 한 개는 대대로 신성로마 제국왕가에 전해져왔다.

전설에 의하면 이 창은 9세기의 카를 대제(프랑스어로는 샤를마뉴, 742~814)가 한시도 떼어놓지 않고 가지고 다녔다고 하며, 이 창의 힘으로 대제는 천리안의 힘을 얻어 전쟁에서 항상 승리하였다고 한다. 그 후 이 창은, 작센왕가에서 다음 호엔슈타펜가로 넘겨졌다. 호엔슈타펜가의 바바롯사(붉은 수염) 다시말해 프리드리히 1세(1123?~1190)도 또한 창을 가지고 다니면서 영토를 광대하게 넓혔지만, 시칠리아에서 강을 건널 때 창을 떨어트렸는데, 불과 몇분 후에 사망했다.

나치 독일의 총통 아돌프 히틀러(1889~1945)도 이 창에 관심을 가지고 있었다. 1938년의 오스트리아를 병합하고, 히틀러는 이 창을 포함한 합스부르크가의 재보를 성 카탈리나 교회의 홀에 보관했다. 연합군의 뉘른베르크 공격이 심해짐에 따라 특별히 만들어진 지하 보관고로 옮겨졌지만 1945년 4월 30일, 이 창은 결국 연합군의 손에 떨어진다. 같은 날 저녁 히틀러는 베를린 지하 방공호에서 자살했다.

창의 행방

프랑크 왕가 (481~843) …… 카를 대제 (742~814)

동 프랑크 왕국 (843~962) …… 하인리히 1세 (876?~936)

신성로마제국 (962~1804) …… 오토 1세 (936~973)

- 자리엘 가
- 호엔슈타펜가 …… 프리드리히 1세 (1123?~1190)
- 룩셈부르크가
- 합스부르크가

오스트리아 (1804~1938)

독일 공화국 …… 아돌프 히틀러 (1889~1945)

↓

오스트리아 합스부르크 궁전으로

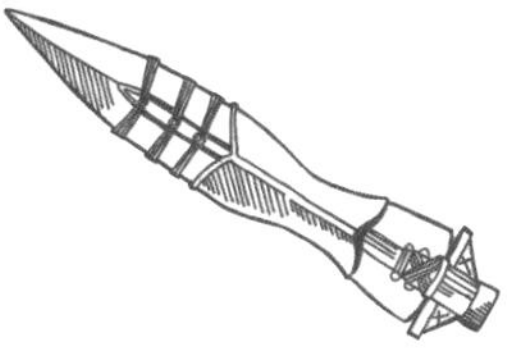

관련항목

● 성배

No.092

하르마게돈

Armageddon, Harmagedo

본래는 세계최종전쟁이 일어날 장소의 지명. 이것이 세계 최후의 전쟁 그 자체를 가리키는 말이 되어 버렸다. 그 정경은 『성서』의 많은 곳에 언급된다.

● 메기도와 하르마게돈

『신약성서』의 「요한 묵시록」 제16장에 등장하는 이스라엘의 지명. 본래는 하이파 남동 30km에 있는 「메기도의 언덕」을 의미하는 그리스어.

메기도는 『구약성서』에도 여러 차례 등장하는 지명으로, 유사이래 수없이 중요한 전쟁이 벌어진 장소이기도 하다. 예를 들면 「여호수아기」 제12장에는 여호수아가 이끄는 이스라엘인에게 정복당한 왕 중 한 사람으로서 메기도의 왕이 등장하며, 「사사기」 제1장 제27절에는 가나안인의 주거라고 기록되어 있다.

「요한 묵시록」 제16장에 의하면 종말의 때에, 7명의 **천사**가 그릇에 담긴 신의 분노를 지상에 뿌리며, 위예언자의 입에서 나오는 악령들이 전세계의 왕을 이 장소로 불러모아 신과 최후의 전쟁을 일으킨다고 기록되어 있기 때문에, 장소를 나타내는 말이 변해 "세계최후의 전쟁"을 의미하는 말로써 쓰이게 되었다.

크리스트교의 종말사상은 최종전쟁을 의미하는 하르마게돈 뿐만 아니라 예수 그리스도의 재림이나 최후의 심판, 천년왕국의 수립과도 연관되어 있다.

하르마게돈의 상황은 「요한 묵시록」 뿐만 아니라 『구약성서』의 「즈카르야서」「에제키엘서」「다니엘서」 그리고 『신약성서』의 네개의 복음서에도 단편적으로 묘사되고 있다.

「에제키엘서」 제38장 이후에는 메섹과 투발의 으뜸 제후인 마곡의 땅의 곡이 전군을 이끌고 페르시아, 풋(에티오피아), 쿠쉬(리비아) 등 많은 국민과 함께 이스라엘에 침공해 올 것이라고 예언되어 있다. 그리고, 그 날에 대지진이 일어나 산들이 무너지고 곡과 그 군세의 머리 위에는 큰 비와 천둥과 불과 유황이 쏟아지며, 곡과 모든 군대는 결국 이스라엘의 산 위에 쓰러질 것이라고 한다.

지금까지 하르마게돈이나 종말의 도래를 예언한 자는 많이 있지만 모두 빗나가고 있다.

메기도=하르마게돈?

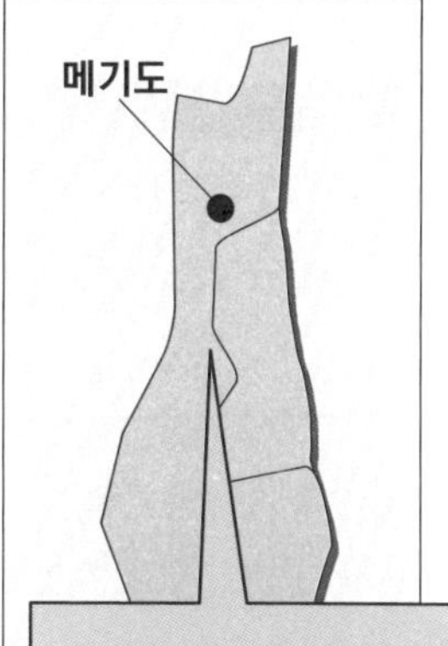

더럽혀진 영들은 헤브라이어로 「하르마게돈」이라고 불리는 지역에 왕들을 불러모은다
「요한 묵시록」 16-16

하르마게돈=메기도의 언덕

교통의 요지
▼
구약성서에 싸움터로 많이 등장
▼
최종결전의 땅으로
▼
최종결전 그 자체를 가리키는 말로

종말예언 일람

173무렵	무렵 몬타누스는 그리스도의 재림이 가깝다고 예언
992	슬링지아의 베르나르도가 종말을 예언
1260	피오레의 요아힘이 종말을 예언
1533	메르키오르 호퍼만이 종말을 예언
1584	시프리안 레오비츠가 종말을 예언
1654	에리사에우스 로슬링이 종말을 예언
1704	니콜라스 데 쿠자가 종말을 예언
1863	존 로우가 천년왕국의 도래를 예언
1969	로빈 맥파렌이 최후의 심판을 예언
1999	고토우 벤이 노스트라다무스의 예언을 해석

관련항목
● 에티오피아어 에녹서

No.093

마법의 지팡이

Magic Wand(Staff, Rod)

많은 마술사가 소도구로 쓴다. 그 사용은 고대 이집트 시대부터 전해지며, 모세나 선인 등도 지팡이를 사용한 비술을 보였다.

● 지혜와 힘의 상징

지팡이도 마술사에게 빠질 수 없는 소도구이다.

고대 이집트에서 지팡이는 권위의 상징이었으며, 신들의 대부분은 특별한 형태를 가진 독자적인 지팡이를 손에 들고 있는 것으로 묘사되어 있다.

또한 고대 유럽의 **드루이드**도, 성목인 떡갈나무 지팡이를 휘둘러 여러 가지 마술을 펼쳤다고 전해진다.

지팡이는 연로한 인간이 사용하는 것이라는 점에서, 오랫동안 살아온 인간이 지닌 지혜를 상징하는 것이 되었다. 이러한 생각은 특히 중국에서 두드러졌으며, 선인의 대다수는 노인의 모습으로, 지팡이를 들고 있는 것으로 묘사되며, 지팡이를 용으로 바꾸거나 혹은 자신의 사체를 대신해서 관에 넣어두었다는 전설이 전해져 온다.

지팡이의 마력에 대해서는 『구약성서』에도 기록되어 있다. 「출애굽기」 제7장에는 모세의 지팡이가 뱀으로 변하거나 지팡이로 나일강의 물을 치자 물이 피로 변했다는 기적이 기록되어 있으며, 같은 편 제17장에는 아말렉과의 싸움에서 모세가 신의 지팡이를 든 손을 치켜든 것으로 이스라엘이 우세해졌다고 적혀있다.

이러한 지팡이의 사용은 그 후의 마술에도 이어진다.

타로트에서 지팡이, 혹은 봉은 네개의 심볼 중 한가지로 4대원소(**엘레멘트**) 중 불을 상징하고 있다.

근대 마술결사의 원류로 불리는 **황금의 여명**에서도 12색으로 채색된 「로터스 원드」라고 불리는 지팡이를 사용하였다. 이 로터스 원드의 12색은 황도 열두 별자리의 상징적인 색채이론에서 유래된 것으로 황금의 여명의 공동창설자 중 한 사람 **매더스**(1854~1918)가 **비밀의 수령**에게서 배운 것이라고 한다.

여러 가지 지팡이

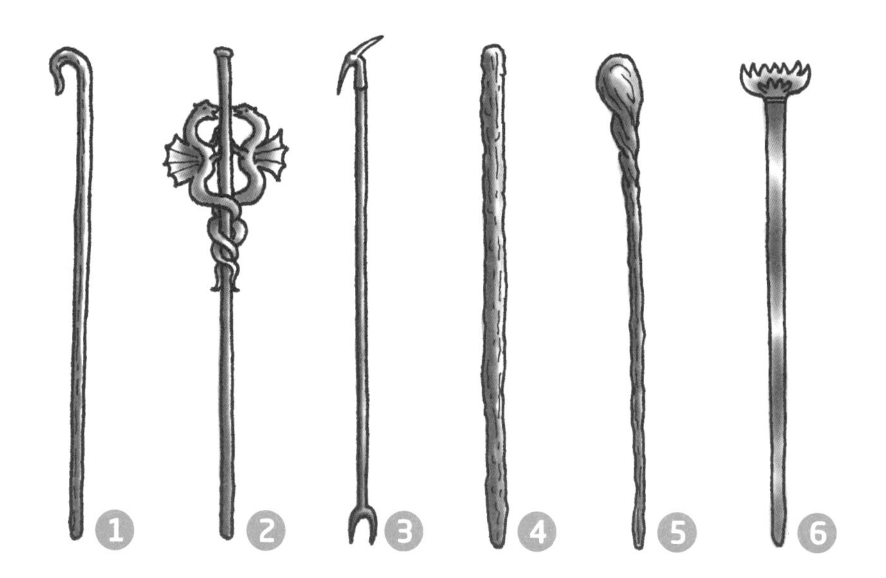

1 모세의 지팡이
모세가 양치기를 하고 있을 적에도 사용했던 것. 던지면 뱀이 된다.

2 헤르메스의 지팡이
케르케이온이라고 불린다(로마 신화에서는 카두케스). 두마리의 뱀이 얽혀 있는 모양.

3 이집트 신들의 지팡이
제각각 신마다 독자적인 지팡이를 갖고 있다.

4 드루이드의 지팡이
성목인 떡갈나무로 만들었다.

5 선인의 지팡이
용이 되거나, 사체를 대신해서 관에 들어간다.

6 로터스 원드
황금의 여명 계통의 마술에서 사용한다.

관련항목
●빗자루 ●드루이드

No.094

빗자루

Witch's Broom

마녀의 필수 아이템 중 한가지. 하늘을 날 때는 반드시라고 해도 좋을 정도로 사용된다. 고대부터 마력을 가진 도구로 여겨졌다.

● 해리포터도 애용

마녀가 하늘을 날 때의 도구로서, 누구나 떠올리는 것이 「빗자루」이다.

영화 「오즈의 마법사」나 미국의 드라마 「사모님은 마녀」, 나아가 「요술공주 샐리」나 「마녀 배달부 키키」, 해리포터 시리즈에 이르기까지 마녀가 타는 것은 빗자루라는 것이 상식이 되어 있다.

그러나 중세의 마녀재판 중에 얻은 수많은 증언에서는, 탈 것이 반드시 빗자루로만 한정되어 있지 않다. 빗자루 외에 부지깽이, 세갈래로 갈라진 나뭇가지, 옥수수심지 같은, 봉 모양이라면 거의 뭐든지 탈 수 있다. 도구뿐만이 아니라 올빼미나 쥐, 닭, 개, 돼지, 염소에 이르기까지 동물들도 있었고, 나체에 특별한 연고를 바르는 것만으로 탈것없이 하늘을 나는 경우도 있었다.

한편 빗자루에 대해서는 오래전부터 마력이 담긴 존재로 여겨져, 고대 로마에서는 여신 헤카테를 따르는 무녀의 심볼이었으며, 고대 그리스의 피타고라스(BC582?~BC500?)도 빗자루에 올라타는 것을 금했다고 한다. 이런 의미로 카톨릭 교회에서 빗자루는 이교의식의 상징이기도 했다.

또한 빗자루 같이 봉 모양의 도구를 마녀가 끼고앉는 행위는 카톨릭 교회가 강력하게 억압하고 있던 성행위, 내지는 여성의 자위행위를 상징하는 것이기도 했다. 16세기 초반까지 빗자루를 끼고 앉는 마녀를 그린 그림에서, 자루쪽을 거꾸로 한 것이 많았던 것은 성행위나 자위행위와의 관련성을 단적으로 보여주는 것이기도 하다.

다시말해 빗자루는 카톨릭 교회에 있어 이중의 의미로 **악마**적 존재였던 것이다.

마녀의 여러 가지 탈것들

민간신앙과 빗자루

시대	사용자	사용법
고대 로마	헤카테의 무녀	아이가 태어난 집 앞을 빗자루로 쓸었다
중세 유럽	농민	결혼의 의식에서 빗자루를 뛰어 넘었다
일본	민간	순산을 기원한다
북 아프리카	민간	상중에 며칠동안은 집을 빗자루로 청소해서는 안 된다

관련항목
●성마술 ●악마숭배 ●사역마
●마법의 지팡이

No.095

보석

Gems

보석은 고대서부터 여러 가지 마술적 힘을 가지고 있다고 여겨져왔다. 보석의 사용은 서양에서는 자연마술의 기법 중 하나로 확립되어 있다.

● 천체의 힘을 모은다

보석은 고대서부터 귀중한 물품으로 중요시되었다. 보석이 가치가 있는 것으로 여겨진 이유는, 아름다운 외관뿐만 아니라 마술적인 **호부**로서 중시되었다는 요소도 있다. 자연계에서 흔히 볼 수 없는 진기한 존재는 그것만으로 영력을 갖는다는 생각을 가질 수 있었는데, 특히 보석에 대해서는 최근까지 그것이 어떻게 생겨났는가를 해명할 수 없어, 그 존재 자체 내역이 불명인 신기한 것이라고 여겨졌다.

보석이 귀중하게 여겨진 원인에는 보석이 굉장히 단단하다는 이유도 있다.

중세의 서양에서는 보석은 특정한 천체의 힘을 흡수하여 보유하고 있다는 생각이 있었던 데다가, 그 보석이 단단하면 단단할수록 그 힘을 강하게 유지하고 있다고 믿기까지 했다.

이러한 자연계의 상응관계에 기초한 보석의 사용도 **자연마술**의 일부이다.

박식하기로 유명한 도미니코회 수도사, 알베르투스 마그누스(1200?~1280)의 저작이라고 하는 마술서『알베르』에는 동물이나 식물이 지닌 마력과 함께 보석이 지닌 효력에 대해서도 기록되어 있다.

그 외에도 저 **루돌프2세**(1552~1612)의 시의(侍醫)를 지냈던 안세른 보티우스 데 보트가『보석 그리고 광석사』중에서 보석을 선성(善性)과 사성(邪性), 장소나 힘에 따라 분류하였고, 라인의 여자 예언자로 불린 환시자 빈겐의 힐데가르트(1098~1179)나 이탈리아의 오컬티스트 쟝 바티스타 데라 폴타(1550~1615) 등도 보석의 힘에 대해서 기록을 남기고 있다.

현재도 스포츠 선수등이 이용하는 수정 목걸이나 탄생석 등도 이러한 보석신앙의 잔재라고 할 수 있다.

별자리와 보석

서양점성술에서는, 별자리와 보석을 엮어 자신이 탄생한 달의 보석을 몸에 지니면 행운을 불러온다고 여겼다.

백양 자리 ♈	금소 자리 ♉	쌍둥이자리 ♊	큰게자리 ♋
다이아몬드, 루비	에메랄드	홍호마노(사드오닉스)	오팔, 진주

사자자리 ♌	처녀자리 ♍	천칭자리 ♎	전갈자리 ♏
루비, 다이아몬드, 토파즈	터키석, 공작석	사파이어	오팔

사수자리 ♐	염소자리 ♑	물병자리 ♒	물고기자리 ♓
토파즈	터키석	자수정	월장석

보석의 마력의 예

보석	마력
다이아몬드	악령이나 마력, 맹수로부터 지켜주고 적을 지배할 수 있다
루비	출혈이나 염증에 효과가 있고, 전장에서의 상처도 치유한다
옵타미트	몸에 지니면 사람의 눈을 피하게 하고 모습을 감출 수 있다
에메랄드	몸에 지니면 머리가 좋아지고, 혀 밑에 품으면 예언의 능력을 얻을 수 있다
흑호마노	누군가의 손가락에 끼워두면 뭐든지 무서워하게 된다
아스만다스	해독작용이 있고 예언의 힘이나 해몽 능력이 생긴다

관련항목

●현자의 돌 ●반지 ●그리모어

No.096

반지

Ring

마술사의 소도구 중 한가지. 반지의 마술적 사용도 오랜 역사가 있으며, 솔로몬의 반지는 특히 유명.

● 솔로몬부터 톨킨까지

반지도 또한 고대부터 마술과 깊은 관계를 가지고 있다.

애초에 반지는 장식품으로서 귀걸이나 팔찌처럼 큰 것보다, 고도의 정밀한 가공기술을 필요로 한다. 따라서 반지는 지식과 기술의 상징이었다.

나아가 일상적으로 농작업이나 사냥을 하는 자에게 있어 반지는 작업에 방해가 되기 때문에, 반지를 사용하는 자는 지위나 권위가 있는 인물에 한정되어 초기의 크리스트교회에서는 사교에 취임할 때, **보석**이 붙은 반지를 수여했다. 나아가 고대부터 중세에 이르기까지 인장을 대신하여 이용되었기 때문에 독자적인 심볼을 새겨넣는 경우가 많았다.

다시말해 반지에는 지혜나 권위, 나아가 개인을 특정하는 신분증명기능 같은 것이 들어있었던 것이다.

이처럼, 사회적으로 중요한 기능을 가진 반지가 신비적인 힘과 엮이게 된 것도 어찌보면 당연한 일이라 할 수 있다.

고대 이스라엘의 전설의 왕 솔로몬(?~BC922)은, 신의 성스러운 이름을 새긴 반지를 이용해서 **악마**를 자유롭게 부렸고, 동물의 말까지 이해할 수 있었다. **티아나 아폴로니우스**는 **사역마**를 가둔 10개의 반지를 가지고 목적에 따라서 나눠 사용했다고 한다.

그리스 신화에서도 리디아의 규게스 왕이, 모습이 보이지 않게 되는 반지를 가지고 있었고, 알라딘과 마술램프의 이야기에서도 램프의 정령과 함께 반지의 정령이 등장한다. 아더왕 전설에서는 갈레스가 상처를 입어도 피를 흘리지 않는 반지를 가지고 있었고, 오르디아는 젊음과 건강을 보증하는 반지를 가지고 있었다.

이러한 반지의 마력에 대해서는, 바그너(1813~1883)의 가극「니벨룽겐의 반지」나 그 영향을 받은 영국의 톨킨(1892~1973)에 의한『반지의 제왕』같은 것으로 이어지고 있다.

마법의 반지

1 솔로몬의 반지

신의 비밀의 이름이 새겨져있어 악마를 지배할 수 있다.

2 니벨룽겐의 반지

소인족의 알베리히가 라인강의 황금으로 제작. 세계를 지배할 수 있다.

3 알라딘의 반지

알라딘이 램프를 찾아 지하로 내려갈 때, 마술사가 부적으로 쥐어주었다. 문지르자 진이 등장.

4 아폴로니우스의 반지

사역마를 봉인한 반지를 여러개 갖고 있어 목적에 맞게 나누어 사용했다.

5 파들 바심의 반지

아라비안 나이트에 등장하는 호라산의 왕자 파들 바심이 숙부인 바닷속 인간에게서 받은 것. 몸에 지니면 물에 빠지지 않는다.

관련항목
● 솔로몬의 72악마
● 마법의 지팡이

No.097

주문

Spells

마술의 보조수단으로서 쓰이거나, 혹은 그 자체단독으로 이용되는 특정한 문구. 지역이나 목적에 따라 무수한 종류가 있다.

●술법과 주문

마술적인 결과를 낳기 위해 입으로 직접 외우는 특정한 단어를 총칭하여 주문이라고 부른다.

주문의 내용은 일반적으로 정형적인 것이 많고 직유나 은유, 닮은 소리나 돌려말하기, 고어나 신기한 말이 사용되는 경우가 종종 있지만, 그 종류나 용법은 여러 가지로, 병이나 재앙을 막아주거나 사업의 성공을 기원하거나 재채기나 하품 같이 불길한 생리현상이 일어날 경우의 살풀이, 몸을 부딪히거나 했을 때의 아픔을 낳게 하기 위한 문구 등, 거의 모든 상황에 대응하고 있다.

일반적으로 할머니 손은 약손처럼, 같은 사회에서 일상적으로 이용되는 간단하게 정해진 문구를 사용하는 경우가 많다.

한편 중세 유럽에서 많이 쓰여진 「**그리모어**」 등 **악마**를 소환할 때의 주문은 상당히 길고 복잡한 것도 많은 데다가, 소환의 대상이 되는 악마에 따라서 내용이 다르고, 일부라도 틀릴 경우 효과가 없다고 한다.

주문은 통상적으로 정해진 문구를 정해진 의식대로 외우지 않으면 효과가 없다고 하지만, 외우는 자의 판단으로 자유롭게 문구를 바꾸거나 상황에 맞게 즉흥적으로 만들어 낼 경우도 있다.

또한 주문은 그 자체 독단으로 이용될 경우도 있지만, 마술 의례의 일환으로 외울 경우도 있고, 때때로는 특정한 동작과 함께 쓰일 때도 있다.

서양에서는 「아브라카타브라」 같은 주문이 잘 알려져있어 호부에 적어서도 이용된다. 일본에서도 인이나 쿠지기리 동작과 함께 이용되는 쿠지 등 많은 주문이 있다.

주문의 사용법

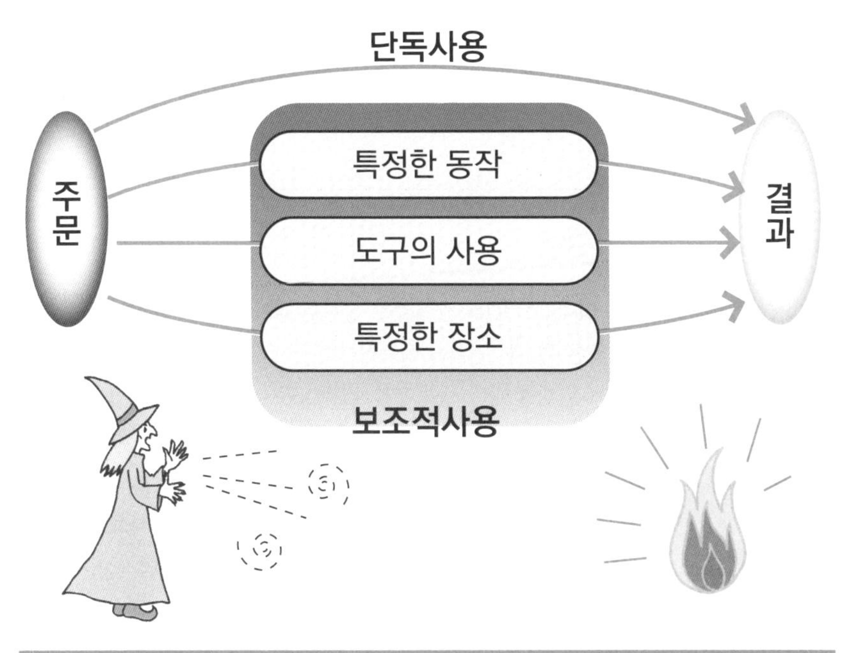

주문의 예

1 아브라카타브라

서양에서 종종 이용되는 마법의 주문. 3세기의 서몬딕스가 처음으로 사용하였다. 역삼각형으로 표기된 호부에도 이용된다. 그 어원은 그노시스파로 지고의 존재가 된 아브라쿠사스라고 한다.

ABRACADABRA
BRACADABRA
RACADABRA
ACADABRA
CADABRA
ADABRA
DABRA
ABRA
BRA
RA
A

2 쿠지

밀교나 수험도에서 쓰이는 주문으로 「임병투자개진열재전(臨兵鬪者皆陣列在前)」, 이 아홉문자를 계속해서 외운다. 주문을 외우며 제각각의 문자에 대응하는 인을 맺거나, 9가지의 수인(손가락으로 독특한 모양을 취하는 것)을 펼쳐서 격자모양의 그물망을 공중에 그리기도 한다.

관련항목
● 소환마술

No.098

에녹어

Enochian Language

존 디가 조수인 에드워드 켈리를 통해 대천사 우리엘에게 받은 언어체계. 제령을 조종하는 힘이 있어 에녹 마술체계의 기본이 되어있다.

● 천사에게 받은 언어

16세기 영국의 마술사 **디**(1527~1608)가 조수로 일하던 **켈리**(1555~1595)를 통해 대천사 우리엘에게 받았다고 하는 특수한 언어가 에녹어이다.

디는 중세 영국을 대표하는 마술사로, 엘리자베스 1세(1538~1603)의 전속 점술사로 일했지만, 그 스스로는 영을 볼 수 있는 능력이 없었다. 그래서 조수 켈리를 통해 대천사 우리엘에게서 여러 가지 메시지를 얻었는데, 에녹어도 이러한 형태로 전달받았다.

에녹어의 기원에 대해서는 고대 아틀란티스 대륙에서 쓰여지던 언어의 퇴화된 형태라는 등, 영어 혹은 웨일즈어에서 파생된 것이라는 등, 에덴 동산에서 쓰이던 언어라고도, **천사**의 말이라고도 하며, 영어와 닮은 독자적인 언어체계와 21문자로 이루어진 알파벳을 가지고 있다. 제각기 21문자에는 **서양점성술**에서 쓰이는 황도의 열두개 별자리나 4대 **엘레멘트**, 나아가 **타로트** 카드에도 대응된다.

에녹어는 본래 천사의 말이기 때문에 천사를 소환하고 천사의 힘을 빌려, 제령을 조종하는데 유효하다고 여겨지고 있다.

우리엘은 단순히 에녹어를 전해준 것뿐만 아니라, 에녹어로 정령을 불러내 제어하는 19가지 열쇠와 정령을 조종할 때 쓰이는 100개의 마방진, 나아가 그것을 사용하기 위해 필요한 지시 같은 것도 남겨주었다.

이렇게 디가 완성한 에녹어를 중심으로 하는 소환마술의 체계를 에녹마술이라고 부르며, 디와 켈리는 마술의식을 하기 전에 반드시 에녹어로 기도를 했다.

에녹마술의 체계는 마술결사 **황금의 여명**의 공동창설자 **매더스**(1854~1918)에 의해 발굴되어 그 후 마술단체에 이어지게 된다.

에녹어의 21문자

Pa b	Veh c,k	Ged g,j	Gal d	Or f	Un a	Graph e
Tal m	Gon i	Nab h	Ur l	Mals p	Ger q	Drux n
Pal x	Med o	Don r	Ceph z	Vah u/v	Fam s	Gisg t

각 상징과의 대응

4대 엘레멘트

불	물	흙	바람

열두 별자리

백양 자리	금소 자리	쌍둥이 자리	큰게 자리	사자 자리	처녀 자리
천칭 자리	전갈 자리	사수 자리	염소 자리	물병 자리	물고기 자리

관련항목
●성기체투사 ●마법원 ●호부

No.099

솔로몬의 72악마

72 Spirits of solomon

마술서 『레메게톤』이 열기한 72악령으로 고대 이스라엘의 전설의 왕 솔로몬이 부렸다고 한다. 『레메게톤』은 제각각의 특징이나 소환법을 기술하고 있다.

● 솔로몬의 반지와 악마

고대 이스라엘의 왕 솔로몬(?~BC922)은 다윈의 아들로, 신에게서 지혜와 명성을 받았다고 전해진다.

후세의 전설에 있어, 솔로몬은 신의 비밀의 이름을 새긴 **반지**를 소유하고 있어, 그 힘으로 여러 가지 **악마**를 지배하였으며 동물의 말도 이해했다고 한다.

이슬람교의 성전인 『코란』 제27장에는 솔로몬이 진이라고 불리는 초자연적 존재를 부리며, 시바의 여왕이 일어설 때에 그 옥좌를 자신의 궁전까지 가지고 왔다는 전설도 전해지며, 『아라비안 나이트』에 등장하는 병 속의 마신도 사크루라고 하는 동료 진과 함께 솔로몬에게 대항하였기 때문에 병 속에 봉인당했다고 말한다.

장엄한 솔로몬의 신전을 7년만에 완성시키도록 신에게 명을 받은 솔로몬 왕은, 샤미르라고 하는 거대한 벌레를 가지고 돌을 자르는데 썼다고 한다. 이 괴물은 돌을 마음먹은 크기와 모양대로 잘라낼 수 있는 마력을 지니고 있었지만, 이것을 조종할 수 있는 것은 악마 아스모데우스 뿐이었다.

솔로몬은 부하인 벤 야히야에게 아스모데우스를 붙잡을 것을 명했고, 벤 야히야는 아스모데우스에게 잔뜩 술을 먹여 취하게 만들어 신의 이름을 새긴 반지의 마력으로 악마를 복종시켰다. 이슬람교의 전설에 따르면 솔로몬의 반지는 철과 놋쇠로 만들어진 인장반지로 놋쇠 부분으로 선한 진을, 철 부분으로 악한 진을 부렸다고 한다.

이 솔로몬이 부렸다고 하는 72의 악마가 속칭 「솔로몬의 72악마」라고 불리고 있다.

중세 유럽에서 탄생한 「**그리모어**」 중 하나인 『레메게톤』은 솔로몬이 부렸던 72의 악마를 특정하여 그 특성이나 소환방법을 기술한 것이다.

72령의 악마

번호	이름	알파벳	번호	이름	알파벳
1	바엘	Bael	37	페넥스	Phenex
2	아가레스	Agares	38	할파스	Halphas
3	바사고	Vassago	39	말파스	Malphas
4	가미진	Samigina	40	라움	Raum
5	마르바스	Marbas	41	포칼로르	Focalor
6	발레포르	Valfor	42	베파르	Vepar
7	아몬	Amon	43	사브녹	Sabnock
8	바르바토스	Barbatos	44	샥스	Shax
9	파이몬	paimon	45	비네	Vine
10	부에르	Buer	46	비프론	Bifrons
11	구시온	Guison	47	부알	Uvall
12	시트리	Sytry	48	하겐티	Haagenti
13	벨레스	Beleth	49	크로셀	Crocell
14	레라예	Leraje	50	푸르카스	Furcas
15	엘리고스	Eligos	51	발람	Balam
16	제파르	Zepar	52	알로세스	Alloces
17	보티스	Botis	53	카임	Camio
18	바딘	Bathin	54	무르무르	Murmur
19	살로스	Sallos	55	오로바스	Orobas
20	푸르손	Purson	56	그레모리	Gremory
21	마락스	Marax	57	오세	Ose
22	이포스	Ipos	58	아미	Amy
23	아임	Aim	59	오리악스	Oriax
24	나베리우스	Naberius	60	바풀라	Vapula
25	글라샤 라볼라스	Glasya-Labulas	61	자간	Zagan
26	부네	Bune	62	볼락	Volac
27	로노베	Ronove	63	안드라스	Andras
28	베리스	Berith	64	하우레스	Haures
29	아스타로스	Astaroth	65	안드레알푸스	Andrealphus
30	포르네우스	Forneus	66	시메예스	Cimejes
31	포라스	Forus	67	암두시아스	Amdusias
32	아스모다이	Asmoday	68	벨리알	Belial
33	가아프	Gaap	69	데카라비아	Decarabia
34	푸르푸르	Furfur	70	세에레	Seere
35	마르코시아스	Marchosias	71	단탈리온	Dantalion
36	스톨라스	Stlas	72	안드로말리우스	Andromalius

관련항목

●소환마술 ●사역마

No.100

사역마

Familiar Spirits

마녀의 수하인 하급 영. 고양이나 두꺼비와 같은 작은 동물의 모습을 취한다. 힘이 있는 마술사는 악마를 사역마로 부린다.

● 마녀와 사역마

중세 유럽에서 번성했던 마녀재판 중에는, 마녀라고 의심받는 여성이 사역마라고 부르는 작은 동물을 기르고 있었던 것이 중요한「마녀의 증거」가 되었다.

사역마는 마녀가 **악마**에게 자신을 바치고 그 대신 악마의 힘으로 여러 가지 마력을 얻는 계약을 맺을 때, 악마가 부여하는 것으로 항상 마녀를 따르며 마술을 부릴 때에 힘을 빌려주기도 한다. 통상은 작은 동물의 모습을 하고 있으며 중세의 신앙에서는 고양이의 모습을 취하는 경우가 가장 많았다고 한다. 그러나 그 외에도 개구리, 새, 족제비, 병아리, 돼지새끼, 바퀴벌레 등의 모습을 취할 경우가 있었다.

또한 사역마는 계약을 맺을 때 악마가 마녀에게 딸려 보냈으며, 마녀의 몸에 있는, 악마의 증거로 불렸던 사마귀나 커다란 점 모양을 한 부분에서 마녀의 피를 빨아먹어 살았다고 여겨졌다.

이러한 사역마는 실제로는 작은 동물의 모습을 한 하급 영이지만, 그것보다 커다란 힘을 가진 마술사는, 악마 그 자체를 반지나 수정 같은 것에 봉인하여 사역마로 원할 때 부렸다고 전해지기도 한다.

가장 유명한 것은 고대 이스라엘의 전설의 왕 솔로몬(?~BC922)으로 신의 이름을 새긴 **반지**를 사용하여 아스모데우스라고 하는 악마를 부렸다고 한다. 중세의 마술서『레메게톤』은 솔로몬 왕이 부렸던 72악마, 통칭「솔로몬의 72악마」의 이름이나 특성을 열거하고 있다.

티아나 아폴로니우스에 대해서도, 사역마를 봉인한 반지를 갖고 있어 목적에 따라 사용하였으며 16세기의 마술사 **아그리파**도 사역마로서 무슈라고 하는 이름의 검은 개를 기르고 있었다는 전설이 전해져온다.

또한 아랍 세계에서는 현대에도 진을 부리는 인물이 실재하고 있다고 한다.

사역마와 마녀

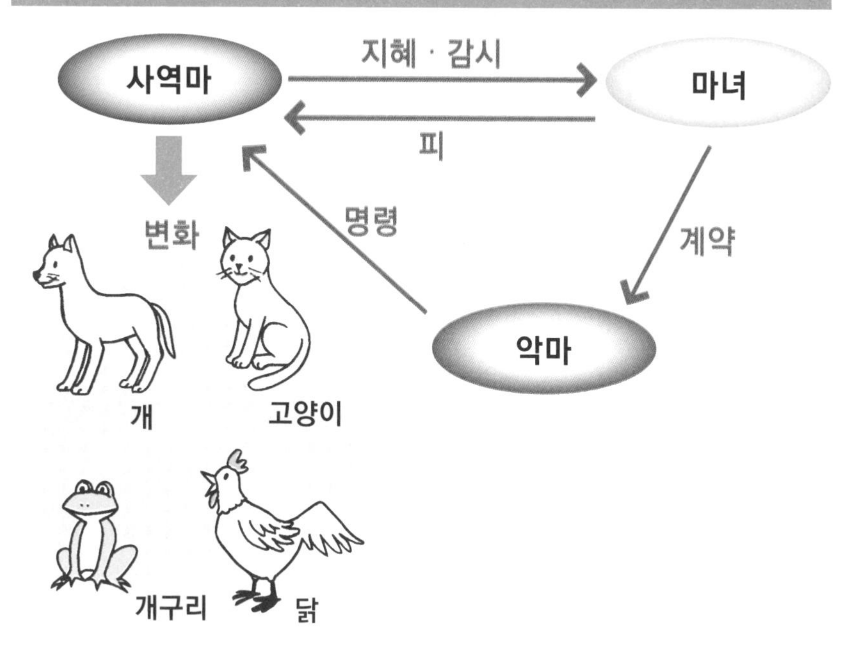

대표적인 사역마

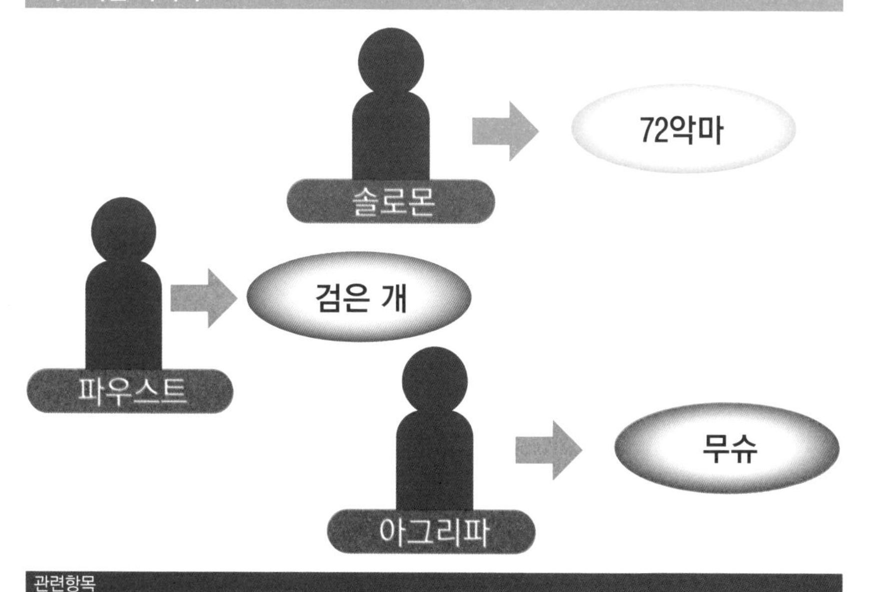

관련항목

- 다히시 박사
- 악마숭배
- 그리모어

No.101

악마

Demon, Devil, Satan

인간에게 해를 끼치는 영적존재. 크리스트교에 있어서는 여러 가지 이유로 신을 거스르고 하늘에서 쫓겨난 천사들이 악마가 되었다.

● 타천사와 악마

악마라고 하는 말은 본래 불교어로, 산스크리트어의「살인자」라는 의미의 말인 마라에서 유래하여, 깨달음을 목표로 하는 수행자를 방해하는 악신을 말한다.

또한 인간에게 해를 끼치는 초자연적 존재로, 세계 각지의 여러 가지 종교나 민간신앙 속에서 보이며, 선한 신에게 대립하는 자로 항상 악을 행하는 존재로서, 악마는 고대 페르시아의 조로아스터교에서 시작되었다.

일신교인 유대 크리스트교에 있어서는 악마도 결국 유일절대신의 피조물인 **천사**에서 그 기원을 찾는다.

유대교의 전설에 따르면, 악마란 여러 가지 이유로 신에게 거스른 한 무리의 천사들이 하늘에서 쫓겨나 악마와 같은 모습이 된 것이라고 한다.

루시퍼(빛나는 자)라고 불리던 천사가 동료들을 이끌고 신에게 반역하여 지옥에 떨어졌다는 전설이 일반적으로 퍼져있지만, 「**에티오피아어 에녹서**」나 『구약성서』의 「창세기」에는 인간의 여성의 아름다움에 마음을 빼앗겨 스스로 하늘에서 내려온 타천사의 존재도 기록되어 있다.

『구약성서』나 그 외전에는 사탄 뿐만 아니라 아스모데우스나 벨리알, 베엘제붑 같은 몇몇의 악마가 등장하지만, 후에 유대 크리스트교 이외의 종교가 받드는 신들도 악마로 여겨지게 되었다.

유대의 전설 속에서, 이러한 신들은 유대교의 신에 의해 제각각 다른 민족으로 파견된 천사였지만, 사람들에게 숭배를 받아 스스로 신을 사칭하게 되었다고 한다.

유럽에서는 중세가 되면서, 악마는 예술이나 민화 속에서 중요한 역할을 담당하게 되었다. **파우스트** 전설에서는 메피스토펠레스라고 하는 악마가 그런 역할을 담당하고 있다.

주요 종교에서의 선과 악

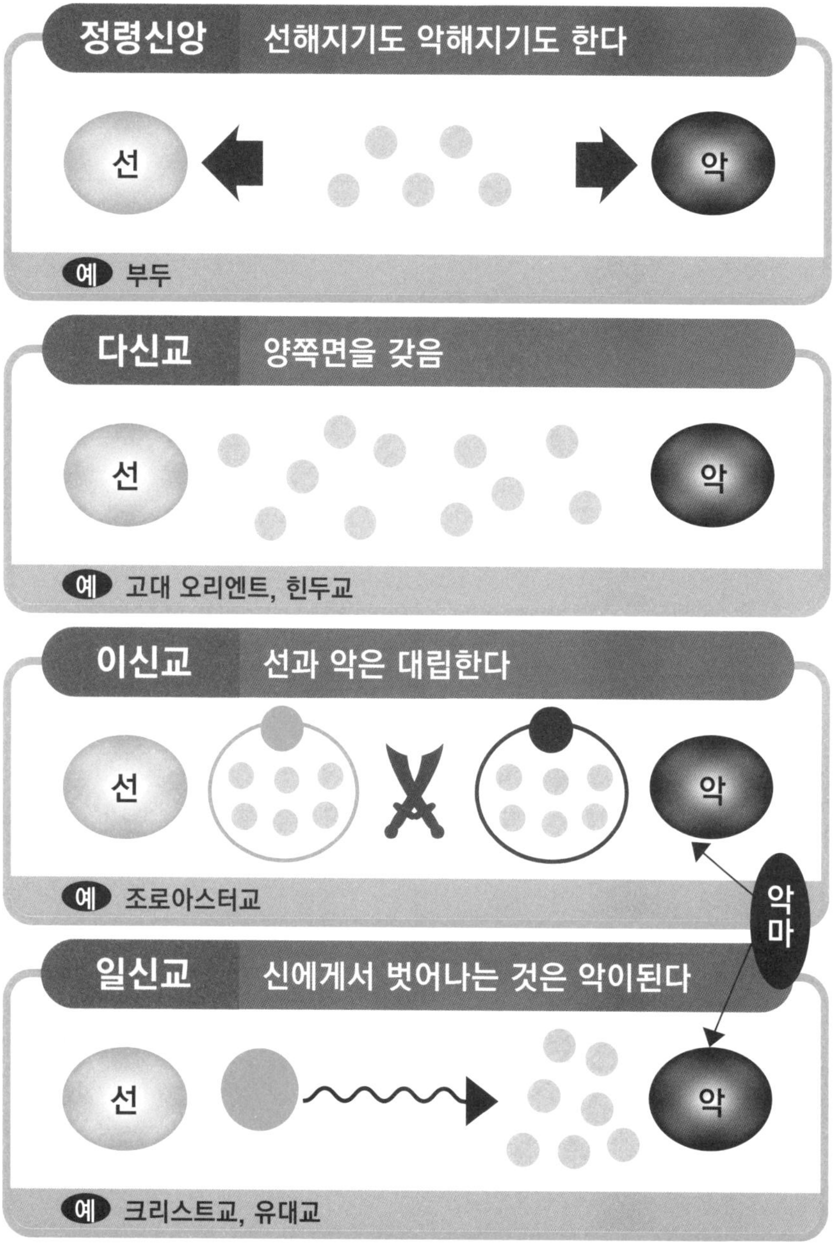

정령신앙 선해지기도 악해지기도 한다

선 악

예 부두

다신교 양쪽면을 갖음

선 악

예 고대 오리엔트, 힌두교

이신교 선과 악은 대립한다

선 악

악마

예 조로아스터교

일신교 신에게서 벗어나는 것은 악이된다

선 악

예 크리스트교, 유대교

관련항목

● 솔로몬의 72악마

No.102

천사

Angels

신의 심부름을 맡는 영적존재. 날개를 가진 인간모습으로 묘사되는데, 크리스트교에 있어서는 9계급이 정해져있다.

● 9계급의 천사들

조로아스터교, 유대, 크리스트교 및 이슬람교에 있어서 신의 심부름꾼을 맡고 있는 영적존재를 말한다.

영어의「엔젤」은 그리스어의「앙게로스」에서 유래되어, 그 말 자체가「사자」의 의미를 갖는 헤브라이어「마라크」의 번역이다.

민화나 전통적인 종교 이야기에서는 천사는 신으로부터 인간에게 심부름을 하는 사자이지만, 수호신이나 안내역, 음악사, 교사, 치료사, 위안사, 전사 등 많은 종류의 역할을 수행하고 있다. 헤브라이어나 아람어의 단어로「신의 아이」「사제들」「종들」「성스러운자들」「감시하는 자들」이라고 불린다.

일반적으로는 보통의 천사 위에 미카엘, 가브리엘, 라파엘, 우리엘의 4명의 대천사가 군림하고 있지만, 대천사에 대해서는 7명이라는 설도 있다.

또한 로마 카톨릭교회에 있어서는, 천사에 대해 성질(聖秩)이라고 부르며 9계급을 정해놓았다. 그리고 이 9계급이 상급 3대, 중급 3대, 하급 3대의 세가지로 나뉘어진다.

상급 3대로 분류되는 것은「치천사」「지천사」「좌천사」세가지로, 모두 신을 가까운 곳에서 모시며 좌천사는 신의 보좌역을 수행한다.

중급 3대는「주천사」「능천사」「역천사」, 하급 3대가「권천사」「대천사」「천사」순서가 된다.

이 성질에는 상위의 계급일수록 그 특질에 있어서 신에 가깝고, 하급의 천사들은 물질계의 통치와 인류에 대한 봉사에 공헌한다는 도식이 만들어져 있다.

유대 크리스트교에 있어서는 사탄을 비롯하여 **악마**들도 본래는 천사였으며, 신에게 반역하였기 때문에 지옥으로 떨어져 무시무시한 모습이 되었다고 한다.

로마 카톨릭 교회의 천사계급

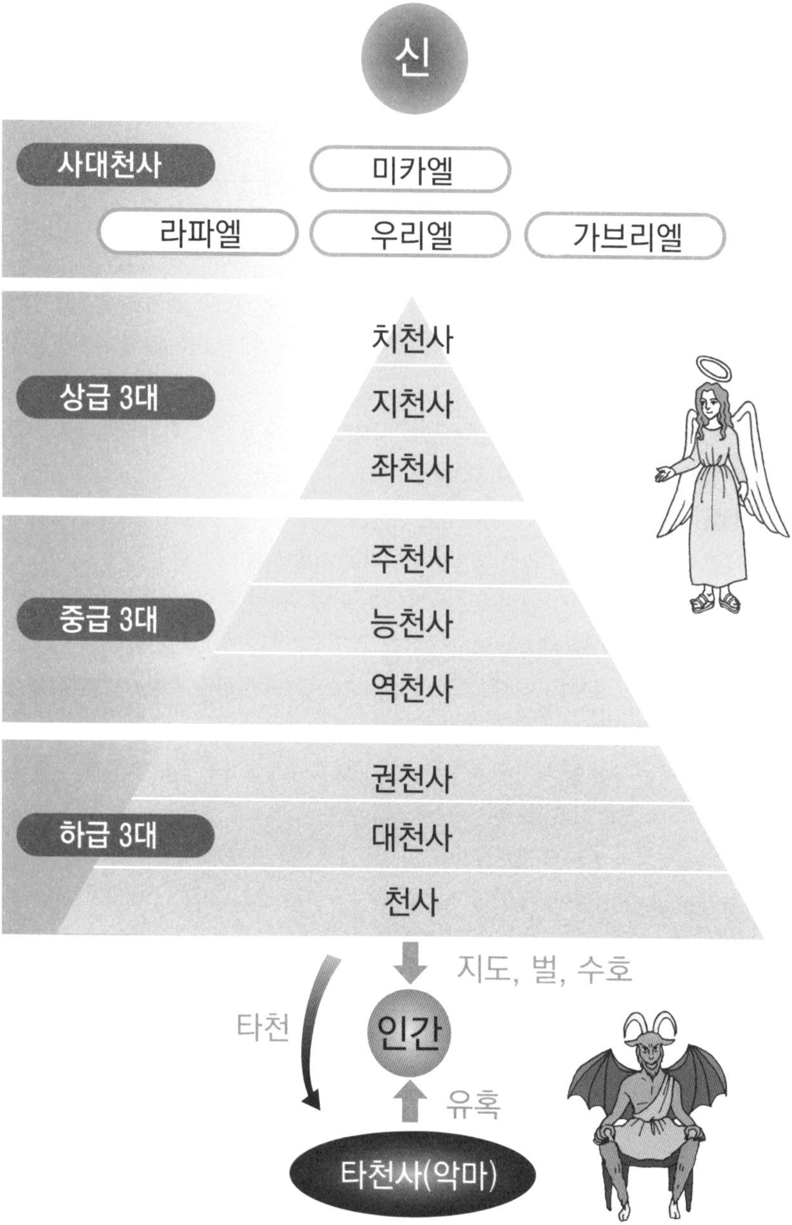

신

사대천사: 미카엘, 라파엘, 우리엘, 가브리엘

상급 3대: 치천사, 지천사, 좌천사

중급 3대: 주천사, 능천사, 역천사

하급 3대: 권천사, 대천사, 천사

지도, 벌, 수호

인간

타천

유혹

타천사(악마)

관련항목

- 디
- 에녹어

No.103

성수호천사 에이와스

Guardian Angel Aiwass

성수호천사는 아브라멜린 마술에 있어 중요한 개념으로, 인간의 잠재의식이라고도 일컬어진다. 에이와스는 크로울리 자신의 성수호천사로서, 『법의 서』를 전해주었다.

● 수호천사와 성수호천사

크리스트교에 있어 수호천사는 어느 특정한 업적이 있는 인물을 지키거나 특정한 병 및 재해에서 지켜주는 역할을 가진 **천사**, 혹은 특정개인으로 태어나면서부터 붙어있는 천사를 말한다.

그러나 **황금의 여명**에서 부활한 **아브라멜린** 마술체계에 있어, 성수호천사의 개념은 전통적인 크리스트교의 수호천사와는 다르다.

아브라멜린 마술의 세계관에서도, 인간은 본래 선한 신의 피조물이며, 한 사람 한 사람의 인간이 제각각 수호천사에 의해 보호받고 있다는 개념이 있다.

그러나 황금의 여명의 시대가 되면, 이 의미의 성수호천사는 인간과 독립된 존재가 아니라, 실은 본인의 잠재의식의 바닥에 존재하는 고차원적인 자아라고 여겨지게 되었다.

아브라멜린 마술의 체계는 기본적으로 이러한 성수호천사의 힘을 빌려, 초자연적 존재인 **악마**와 계약을 맺지 않고 그 힘을 이용하는 것이다.

그러기 위해서는 자기를 철저히 정화하여 자신의 성수호천사와 직접 대화를 나눌 필요가 있다.

에이와스는 영국의 마술사 **크로울리**(1875~1947)가 카이로에서 접촉한 성수호천사이며, 크로울리에 의하면, 에이와스가 이집트의 태양신 호루스의 사자로서 **비밀의 수령**이라고 한다.

1904년 크로울리가 아내 로즈와 이집트에 신혼여행을 갔을 때, 로즈가 의식을 치르는 중 기묘한 의식상태가 되어 에이와스의 메시지를 전하기 시작했다. 그리고 크로울리가 호루스의 소환을 행했을 때, 에이와스의 목소리가 크로울리에게 메시지를 전해주었다. 이 메시지의 내용을 정리한 것이 크로울리의 대표작 『**법의 서**』이다.

크리스트교의 수호천사

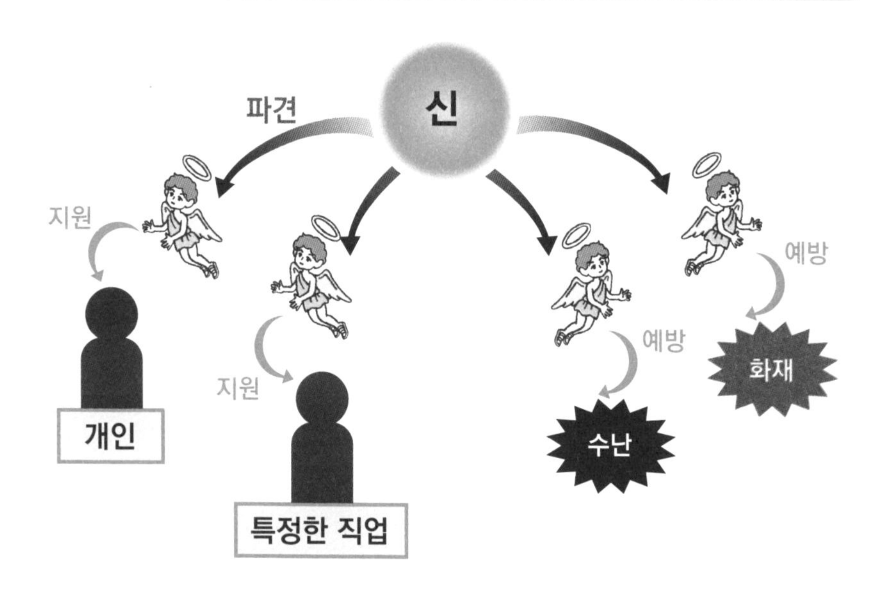

수호천사와 마술

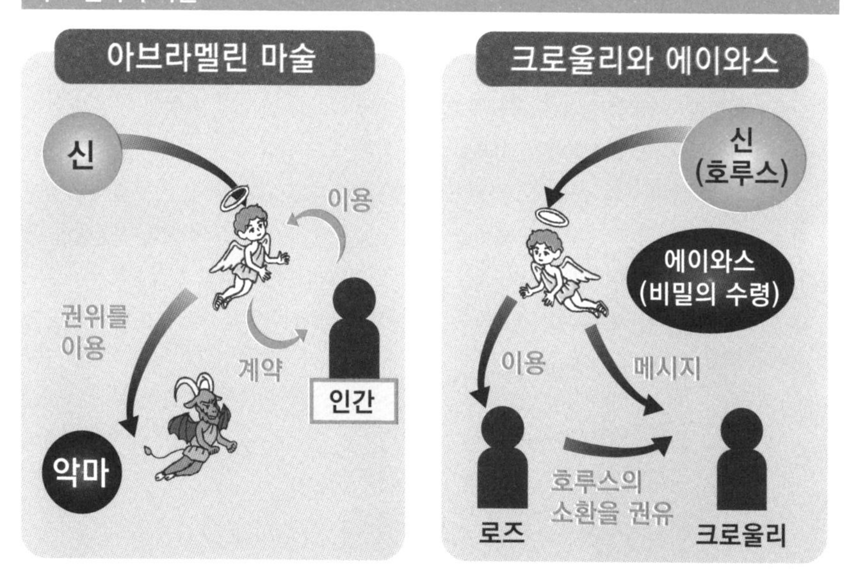

관련항목

● 소환마술

No.104

비밀의 수령(시크릿 치프)

The Secret Chief

근대 서양마술에 있어, 마술결사의 설립에 허가를 주는 존재. 비밀의 수령과 접촉한 마술사는 여럿 있지만 실제로 살아있는 인간인지 어떤지는 불명.

● 마술계의 대보스

세계의 어딘가에 살고 있다고 하는 마술결사의 두령을 말한다. 일설에 의하면 물질계보다 고차원적인 성유계에 살며, 육체적 시각에서는 감지할 수 없고 영계통신이나 자동서기의 형태로만 접촉할 수 있다고 한다. 인류보다도 진화된 초인으로, 숨어서 인류를 가르치며 이끄는 존재.

비밀의 수령의 개념은, **황금의 여명** 이래 확립되었지만, 그 배경에는 선택받은 인간이 비밀리에 인류전체를 이끈다는 **장미십자단** 전설의 영향을 들 수 있다.

황금의 여명 설립에 맞춰, 공동설립자 중 한 사람인 윌리엄 윈 웨스트콧(1848~1925)이 독일의 마술결사에 소속된 안나 슈프렝겔이라는 여성의 서간을 발견하여, 그녀와 편지교환을 한 결과, 비밀의 수령으로부터 마술결사설립의 허가를 얻었다.

그 후 **매더스**(1854~1918) 등은, 실제로 비밀의 수령은 자신의 **성수호천사 에이와스**와 동일하다고 했지만, 새벽의 별을 주최한 로버트 페르킨(1858~1922)은 유럽의 어딘가에 비밀의 수령이 실존하고 있다고 믿어 실제로 탐색을 한 적도 있다.

페르킨은 **성기체투사**의 수법으로 비밀의 수령과 성유계에서의 접촉을 시도해 성공했지만 현실에 살아있는 수령 자신과의 회견을 원했기 때문에, 유럽 본토에 몇번이나 발을 옮겼다. 그리고 그 결과, **슈타이너**(1861~1925)야말로 비밀의 수령이라고 생각했다.

내광협회를 설립한 포춘(1891~1946)도 영계통신에 의해 비밀의 수령으로부터 마술결사설립 허가를 받았다.

비밀의 수령과 접촉한 사람들

비밀의 수령

매더스
1892년, 비밀의 수령과 직접접촉하여 「황금의 여명」에 내진을 설립, 독자적인 의식을 도입했다.

크로울리
이집트에서 접촉한 성수호천사 에이와스를 비밀의 수령이라고 주장.

웨스트콧
독일 마술결사의 안나 슈프렝겔과 편지교환, 이 여성을 통해 비밀의 수령으로부터 설립허가를 얻었다.

포춘
비밀의 수령으로부터 영계통신을 받고 「내광협회」를 설립. 성기체투사에 의해 비밀의 수령과 접촉.

페르킨
성기체투사에 의해 비밀의 수령과 접촉. 현실에 존재하는 수령을 찾기 위해 유럽 각지를 여행했다.

비밀의 수령이란?

세계의 어딘가에 살고있다

영계통신이나 성기체투사만으로 접촉이 가능

인간보다도 진화된 존재

실은 성수호천사?

은밀하게 인류를 가르치고 이끈다

마술결사 설립의 허가를 준다

관련항목

● 마스터

No.105

마스터

Masters

신지학에 있어, 인류를 숨어서 이끄는 초인적 존재. 역사상의 많은 위인들이 마스터였다고 한다. 그레이트 화이트 브라더후드 등의 단체도 결성.

● 신지학에 있어 인류의 지도자

브라바츠키(1831~1891)의 신지학에서는 세계의 어딘가에 살고 있는 「마스터」 혹은 「마하트라」「이스킨」이라고 불리는 초인적 존재를 상정하고 있다.

마스터들의 모습은 한정된 인간에게만 보이며, 은밀하게 인류의 영혼을 고차원적으로 만들어주기 위해 일하고 있다고 한다.

과거에 출현했던 우수한 종교지도자나 심령술의 도사는 모두 마스터로, 브라바츠키에 의하면 석가(BC6세기 무렵), 공자(BC551/2~BC479), 솔로몬 왕(?~BC922), 노자(생몰년 불명), 나아가 프랜시스 베이컨(1561~1626), **생 제르망 백작**(1710?~1784) 등도 마스터였다고 한다.

브라바츠키가 만난 쿠트후미라고 하는 마스터는 이전 피타고라스(BC582?~BC500?)로 모습을 바꾸고 있었지만, 지금은 푸른 눈을 한 미형 카슈미르인으로 브라만(승려)의 모습을 하고 있었다고 한다.

브라바츠키뿐만 아니라 헨리 스틸 올콧(1832~1907)이나 **크리슈나무르티**(1895~1986) 등도 실제로 마스터들의 방문을 받았다고 한다.

그리고 이 마스터들이 구성한 것이 「그레이트 화이트 브라더후드」라고 불리는 그룹이다.

여러 가지 정보를 종합하면, 이 그레이트 화이트 브라더후드에는 144명의 마스터로 이루어져 샴발라(티벳 불교에 있어 유토피아)에 있는 세계의 왕을 정점으로 삼는다. 이 세계의 왕의 선조는 비너스(로마 신화의 미와 사랑의 여신)로서, 수족으로서 일하는 여러 사람을 부리며, 16세의 소년의 모습을 하고 있다. 이 세계의 왕의 수족으로 일하는 자로는, 석가, 마누(인도 신화에 있어 최초의 인간), 마이트레야(인도 불교의 전설적인 인물) 등이 있다.

마스터들의 세계

❖ 브라바츠키와 마하트라 레터

브라바츠키는 티벳에서 마스터 혹은 마하트라라고 불리는 존재와 접촉하여, 이후 그들에게서 통신을 꾸준히 받았다고 한다. 처음에는 텔레파시에 의한 콘텍트에 의지하고 있었지만, 마드라스에 신지학협회본부를 설립하고나서, 마하트라로부터의 편지가 머리 위에서 떨어지거나, 신전이라고 불리는 선반 속에서 나타나기도 했다. 그러나 영국 심령연구회의 조사에 따르면, 신전 안에는 비밀의 문이 있어 그 안쪽에 브라바츠키의 방이 있었다고 한다. 천장에서 편지가 떨어진 것도 그저 천장 위의 다락에 넣어둔 편지를 꺼냈을 뿐이라는 견해도 있다.

관련항목

●신지학협회 ●솔로몬의 72악마

No.106

성기체투사(아스트랄 프로젝션)

Astral Projection

성기체라는 것은 또 하나의 신체를 육체에서 분리시켜, 다른 세계를 방문하거나 먼 곳의 사정을 감지하는 기술. 많은 마술결사에서 채용하고 있지만, 분열병의 위험도 있다.

● 또 하나의 신체

성기체란 「아스트랄체」「유체」 등으로 불리기도 하는 것이다. 평소에는 육체와 겹쳐져 존재하며, 육체와 같은 형상을 하고 있지만, 그보다 더욱 정묘한 물질로 구성되어 있는 신체이며 육체가 죽게 되면 분리된다. 또한 수면 중에 신체를 빠져나가 다른 세계에 들어가기도 하며, 이것이 꿈이라고 불리는 현상이다.

이 성기체를 의식적으로 육체에서 해방시켜 다른 세계를 방문하는 기술이 성기체투사로, 「유체이탈」이라고 부르기도 한다.

물질세계와 겹쳐진 형태로서, 물질적 지각으로는 인지할 수 없는 세계가 존재한다고 하는 관념은 오래전부터 있어왔는데, 중세 영국의 **디**(1527~1608)가 체계화한 에녹 마술에 있어서도, 이러한 고차원적인 세계와의 접촉이 포함되어 있었다. 18세기의 프랑스에서 결성된 **에뤼 코엔**에서도 성기체투사는 포함되어 있었다.

에녹마술을 포함한 **황금의 여명** 계통의 마법결사에 있어서도, 성기체투사는 비밀의 수령과 접촉하는 수단으로 이용되었다.

특히 로버트 페르킨(1858~1922) 등이 결성한 새벽의 별은 이 방법을 다용하였으며, 페르킨은 「선 마스터」라고 불린 독일의 **비밀의 수령**과 접촉하였으나 단원 중에 분열병 환자도 발생했다.

내광협회를 설립한 **포춘**(1891~1946)도 성기체투사를 통해 비밀의 수령으로부터 통신을 받았었다.

독립을 결심한 포춘이 언젠가 성기체투사 기술을 이용하여 마술의 세계를 탐험하고 있었는데, 마술의 의복을 입은 모이나 매더스(1865~1928)와 만나 공중으로 내던져졌다고 생각하는 찰나, 자신의 육체로 돌아온 적이 있었다. 이 이후 곧바로 포춘은 다시 유체이탈하여 비밀의 수령과 만날 수 있었다.

성기체의 위치

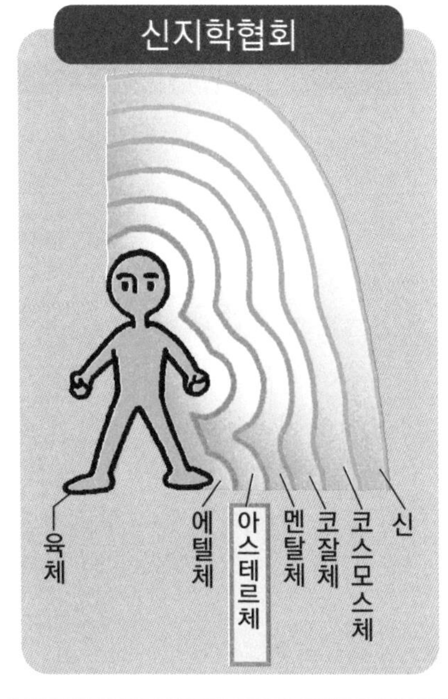

성기체투사의 구조

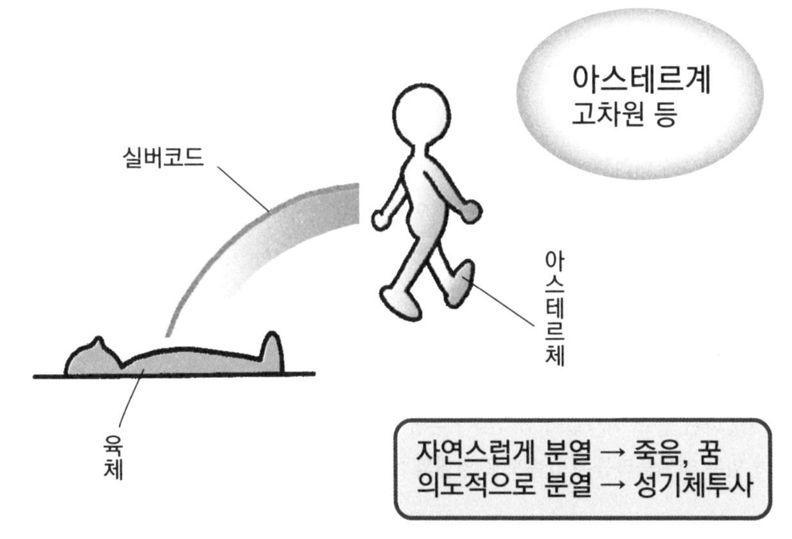

관련항목

●에녹어
●마스터

No.107

엑토플라즘

Ectoplasm

영매의 육체에서 유출되는 백색의 물체. 영이 물질화되는 순간 그 육체를 구성하는 재료라고 한다.

● 빛에 약한 영적인 물질

교령회를 한창 하고 있을 때, 영매의 입이나 귀, 코, 털구멍 같은 곳에서 분출되는 수수께끼의 물체를 가리키는 명칭으로, 심령주의에 있어 중요한 용어 중 하나.

이 단어는 노벨 생리 · 의학상을 수상한 프랑스의 생리학자 샤를르 리쉐(1850~1935)가 명명하였고 그리스어로 「외부」를 의미하는 「엑토」와 「실체화한 물체」를 의미하는 「플라즈마」를 조합하여 만든 조어라고 한다. 테라플라즘, 이데오플라즘, 사이코플라즘이라는 용어도 거의 같은 의미로 사용되며, 일본어로는 「유물질(幽物質)」「영물질」 등으로 번역되는 경우도 있다.

엑토플라즘은 영이 그 모습을 실체화시켜 형성될 때의 재료로서 자주 이용되지만, 그 형태는 일정하지 않고 점액모양, 실모양, 천모양 외에도 가스 상태가 되거나 유동물질인 경우도 있다.

영이 물질화될 경우가 아니라 공중부양이나 직접대화(영이 빙의된 영매가 이야기하는 것이 아니라, 영의 목소리가 어딘가에서 들려오는 것)할 때의 각종 물리적 **심령현상**을 일으킬 경우의 매체가 된다는 설도 있다.

리쉐박사에 의하면 백혈구, 상피세포를 포함하여 타액과 닮아있으며, 쉬렝 노칙 남작(1862~1929)은 엑토플라즘에서 식염과 인산칼슘 성분을 검출해냈다고 한다. 또한 폴란드의 돈브로스키 박사에 의하면 인체의 지방과 세포를 포함하며, 전분반응이 확인되지 않았고, 알부민 모양의 물질이었다고 한다.

통상은 빛을 싫어하며 어두운 장소에서 많이 보이고, 백색으로 빛나 보인다. 그러나 때로는 사진촬영도 가능하여, 엑토플라즘을 찍은 사진도 많이 남아있다.

물질화된 영에 허가없이 참가자가 손을 대거나 출현 중에 빛을 쬐일 경우 영의 신체가 되어 있는 액토플라즘은 급속도로 영매의 체내로 돌아가 영매자신을 상처입힌다고 한다.

엑토플라즘이란?

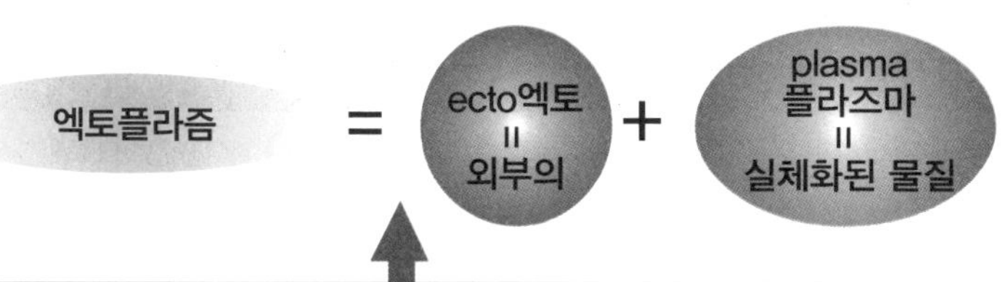

특징

- 물리적 심령현상의 매체가 된다
- 빛을 싫어하고 하얗게 빛난다

형태

실모양, 천모양, 점액모양 등 다수

성분

백혈구, 상피세포 등 인체구성물질과 닮아있다

✤ 샤를르 리쉐 박사

1850~1935. 샤를르 리쉐는 프랑스의 생리학자로 1913년 노벨 생리·의학상을 수상했다. 그 한편, 심령현상에도 큰 관심을 기울여 많은 영매의 영능력을 연구하였다. 엑토플라즘의 명명자라 불리며, 1895년에는 영국 심리학연구회회장을 지냈다.

관련항목

- 파퓨스

No.108

그리모어

Grimoire

중세 유럽의 마술서. 그 대부분은 악마의 소환법을 기술하고 있는 흑마술 문헌으로서, 많은 종류가 있다.

● 각종 그리모어

중세 유럽에서 쓰여진 각종 마술서의 총칭으로 많은 종류가 있다.

「그리모어」에 이용된 **주문**이나 마술의 기원은, 고대 이집트나 고대 유대의 종교의식으로까지 거슬러 올라가는 것도 있다는 설이 있다. 이러한 각종 「그리모어」 중에서도 최초의 것이 13세기에 쓰여지고 1629년에 교황 호노리오 3세(?~1227)의 저작이라며 출판된, 『호노리오의 헌장』이라고 하며, 수탉이나 양을 희생시켜 의식을 거행하여, 영을 소환하는 방법에 대해 해설하고 있다.

「그리모어」 중에서도 『솔로몬의 큰 열쇠』 혹은 『솔로몬의 작은 열쇠』는 고대 이스라엘의 왕 솔로몬(?~BC922) 자신이 지었다는 전설도 있다.

『솔로몬의 큰 열쇠』는 솔로몬이 아들 르호보암에게 「세상의 부와 자연의 이치를 마음 속 깊이 경애하는」 방법을 이야기한 내용으로, 마술결사 **황금의 여명** 공동설립자인 매더스(1854~1918)가 발굴했다.

『솔로몬의 작은 열쇠』는 별명 『레메게톤』으로 불리는 것으로, 다섯개의 부분으로 되어 있다. 그 첫번째 부분이 『게티아』라고 불리며, **크로울리**(1875~1947)에 의해 번역출판되었다.

알베르투스 마그누스(1200?~1280)가 기록한 『알베르』는 식물이나 동물, 보석 등의 마력을 기록한 **자연마술**의 입문서이다.

역시 **매더스**가 발굴한 『아브라멜린의 신성마술』도 「그리모어」의 일종이며, 『검은 수탉』은 수탉을 찢어죽여 「엘로임 엣사임」이라는 **주문**으로 **악마**를 불러내는 방법을 기록하고 있다.

이외에도 『붉은 용』『피라미드의 철인』『네크로노미콘』 등을 「그리모어」로 들 수 있다.

주요 그리모어

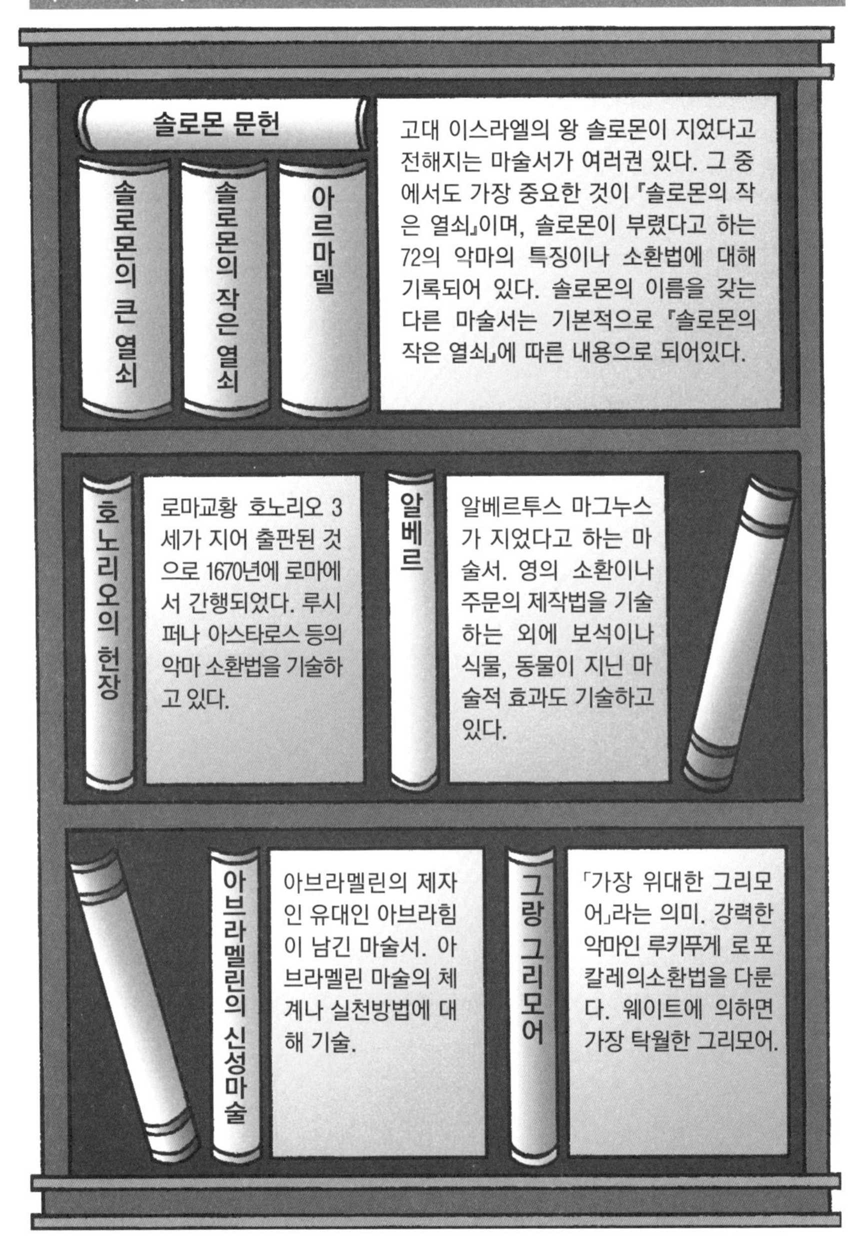

관련항목

- 아브라멜린
- 광휘의 서
- 솔로몬의 72악마
- 에티오피아어 에녹서
- 창조의 서
- 법의 서

No.109

창조의 서

Sepher Yetzirah

카발라의 중요한 성전 중 하나. 2세기의 랍비 아키바가 편찬했다. 그 오의를 깨달은 자는 세계의 여러 가지 현상을 자유롭게 조종할 수 있다.

● 생명의 나무와 문자의 비밀

카발라의 성전 중 하나로서, 헤브라이어로『세페르 예이티러』라고 부른다.

카발라의 성전으로서 가장 오래된 것으로, 전승으로는 유대인의 조상인 아브라함의 작품이라고도 하지만, 120년 무렵 랍비 아키바(50?~135)에 의해 성립되었다는 것이 통설이다. 한편 3세기에서 6세기에 걸쳐 제작되었다는 다른 설도 있다.

본문은 헤브라이 문자로 된 1,600어도 되지 않는 짧은 것이지만, 10세기 무렵부터 본문만 있는것과 부록 부분을 추가해서 좀 더 장문인 것, 두 종류의 판본이 전해지고 있다.

문장은 간결하지만, 한편으로는 매우 애매한 것으로,「세피로트」라고 하는 카발라 용어도 본문에서 처음으로 사용되었다.

내용은 세계가 10개의 세피로트와 22개의 문자로 성립되었다는 것을 설명하며, 이 창조의 과정은 10개의 세피로트와 22개의 오솔길에 의해 구성된「생명의 나무」로 상징된다. 나아가 22개의 헤브라이 문자를 3개의 모문자, 7개의 중문자, 12개의 단일문자 3종류로 나누었으며, 또한 문자가 공기, 물, 불의 3원소나 7요, 7행성, 12월 등, 세계만물에 대응한다는 것을 설명하고 있다. 그 내용에 대해서는 **그노시스파**의 영향도 지적되고 있다.

『창조의서』는 그 짧은 텍스트 속에 천지창조의 비밀을 숨기고 있다고 여겨져왔다. 따라서 그 비의를 읽어낸다면 세계의 삼라만상을 자유로이 조종하는 것도 가능해진다.

유대의 전승을 모은『탈무드』에는, 유대 하나시의 제자 랍비 한나와 랍비 호사이아가『창조의 서』의 비밀을 깨우쳐 3살의 어린소를 만들어냈다는 전승이 남아있다.

생명의 나무

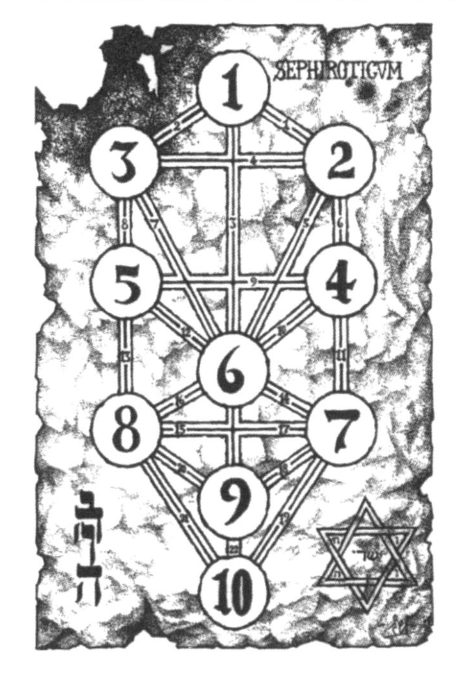

	세피로트 이름	의미
1	케테르	왕관
2	호크마	지혜
3	비나	이해
4	헤세드	자비
5	게브라	준엄
6	티파레트	미
7	네자	승리
8	호드	영광
9	예소드	기초
10	말쿠트	왕국

헤브라이 문자와의 대응

모문자

א	공기
מ	물
ש	불

중문자

ב	태양
ת	달
פ	금성
ר	수성
ד	화성
ג	목성
כ	토성

단일문자

문자	대응	문자	대응
ע	1월	ח	7월
צ	2월	ט	8월
ק	3월	י	9월
ה	4월	ל	10월
ו	5월	נ	11월
ז	6월	ס	12월

관련항목

- 광휘의 서
- 법의 서
- 그리모어
- 에티오피아어 에녹서

No.110

광휘의 서

Sefer ha-Zohar

카발라의 기본문헌 중 하나. 세계 창조의 비밀이나, 세계의 운명을 기록. 많은 카발리스트가 그 주석을 남겼다.

● 빛을 찾아서

카발라의 기본문헌 중 하나. 헤브라이어로 『세퍼 하 조하르』라고 부른다.

내용은 2세기의 시온 벤 요하이가 토라(『구약성서』의 모세 5경)에 대해 카발라적 관점에서 주석을 단 것으로, 시온 벤 요하이 본인이 편집하였다. 그러나 『광휘의 서』의 존재는 1280년부터 1286년에 걸쳐 스페인 북동부의 카탈루냐 지방에서 고대 아람어 원고가 발견됨으로써, 처음으로 밝혀지게 된다. 그렇기 때문에 실제로는 13세기 스페인의 카발리스트 모이서스 데 레온(1250 무렵~1305)의 창작이라는 설도 있다.

『광휘의 서』의 주제는 두 가지 있으며, 그 중 하나는 세계의 창조에 관련된, 세피로트의 신비적 해석이다.

태양에서 태양광선이 비추도록, 앤 소프라고 불리는 신에게서 계속해서 유출되는 것이 세피로트로, 원초의 인간은 완전한 인간으로서 전부 10개의 세피로트로 성립되어 있었다.

이 우주적 조화를 어지럽히는 것이 악으로, 악은 「시틀러 아후라(다른 측면)」라고 불리고, 창조시에 파괴된 세계의 잔존물이며, 아담이 「생명의 나무」와 「선악을 알게 되는 나무」를 분리하였을 때 이 세계에 들어왔다고 한다.

또 하나의 주제는 현세와 영계에 걸친 유대인의 현황과 운명이다.

『광휘의 서』는 세계의 시간을 설함에 있어, 『구약성서』의 「창세기」에 등장하는 6일간을 6000년에 해당한다고 보았으며, 따라서 7일째의 안식일에 해당하는 7,000년기는 모든 존재가 원초로 돌아가게 된다고 한다.

『광휘의 서』에 대해서는 후세의 모이제스 코르도베로(1522~1570) 등 많은 카발리스트가 주석을 달았다.

광휘의 서의 세계관

엔 소프(무한한 자)

세피로트를 유출

구세계의 존재물

시틀러 아후라 (다른 측면)

활동을 방해

= 악

1 2 3 4 5 6 7 8 9 10

원초의 인간

유대교의 서

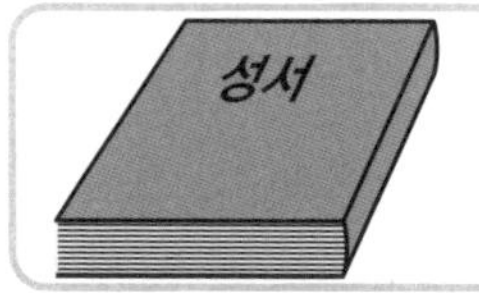

율법(토라) →모세 5경
예언서(네이빔)
제서(케투빔)

생활에 관련된 규정서

창조의 서(세퍼 예이칠러)
광명의 서(바히르)
광휘의 서(세퍼 하 조하르)

관련항목

●창조의 서
●그리모어
●에티오피아어 에녹서
●법의 서

No.111

에티오피아어 에녹서

The (Ethiopic) Book of Enoch

『구약성서』 위전 중 하나. 하늘을 내려온 200명의 타천사의 업적이나, 천계의 모습을 기록.

● 200명의 타천사

『구약성서』에는 정전 이외에도 속편, 혹은 위전이라고 불리는 문헌이 있다.

흔히 말하는 「에녹서」도 위전 중 하나로 정확하게는 「에티오피아어 에녹서(에녹 제1서)」와 「슬라브어 에녹서(에녹 제2서)」 두종류가 있다. 어느것도 원전은 없고, 제각각 에티오피아어, 슬라브어만이 그 전모를 전하고 있기 때문에 그렇게 불리고 있지만, 그 내용에는 민간전승과의 공통점도 많다.

마술서로서 중요한 것이 「에티오피아어 에녹서」로 『구약성서』의 「창세기」에 등장하는 유대의 족장 에녹이 대천사 우리엘에게 지도받아 천계를 순례하고 세계의 비밀을 알아나가는 내용이라고 한다.

에녹이 본 비밀 중에는 수목이 왜 무성해지는가, 태양은 어떻게 해서 지구를 도는가, 같은 자연의 비밀뿐만 아니라, 노아의 홍수나 최후의 심판 같은 예언도 포함되어 있지만, 「에티오피아어 에녹서」가 마술서로서 중시되는 이유는, 인간의 딸의 아름다움에 끌려 타천한 200명의 **천사**의 명칭, 사적에 대한 자세한 기술 때문이다.

「창세기」 제6장에는 인간의 딸의 아름다움에 매료되어 지상으로 강림한 천사들에 대해 간결하게 적고 있지만, 「에티오피아어 에녹서」에 의하면 이들 200명의 천사는 세무야자를 필두로 인간들에게 여러 가지 기술을 가르쳤다. 그러나 인간들은 이러한 기술을 이용해 서로를 죽였기 때문에, 신은 5대천사에게 명해 타천사들을 벌하라 하였다.

「에티오피아어 에녹서」에서 기술된 타천사와 그 행적에 대해서는, 민간에 단편적으로 전해오는 것도 많으며, 이러한 자료를 총칭하여 「에녹 문헌」이라고 부른다. 또한 그러한 「에녹 문헌」에 등장하는 타천사를 「에녹의 데몬」이라고 부른다.

두개의 에녹서

에녹서

일부는 사해문서로서 근년 발견되었다

에티오피아어 에녹서

- 구약성서의 족장 에녹이 대천사 우리엘에게 이끌려 천계를 돌아본다
- 하늘에서 내려온 200명의 천사들의 행적에 대해 기술
- 노아의 홍수나 최후의 심판에 대하여 예언한 것도 포함

현존

슬라브어 에녹서

- 두 사람의 천사가 에녹을 천계로 이끈다
- 지상에 내려온 것은 제5천에 살고 있던 그리고리라는 자
- 대제사 메르키세데크의 탄생에 대하여 기술

에녹서의 타천사

『에티오피아어 에녹서』에 의하면 200명의 천사가 하늘을 내려와 인간의 딸과의 사이에서 거인 네피림을 낳았지만, 심판의 날까지 지하에 갇히게 되었다고 한다.

● 타천사의 행적

세무야자(혹은 세무야사, 셰미하자)	마법과 초목의 뿌리를 자르는 법을 가르쳐줌
아자젤	검이나 방패, 가슴받이의 제작법, 금속의 가공을 알려줌
아르마로스	마법을 푸는 방법을 가르쳐줌
바라캬얄	점성술을 알려줌
에제케르	구름의 지식을 알려줌
아라키엘	지상의 전조를 알려줌
샤무시엘	태양의 전조를 알려줌
사리엘	달의 궤도를 가르쳐줌

관련항목
● 에녹어
● 그리모어
● 창조의 서
● 법의 서
● 광휘의 서

No.112

법의서

The Book of Law, Liber Al vel Legis

크리울리의 대표작으로 이집트에서 성수호천사 에이와스의 말을 적은 것. 출판하고나서 9개월 후에 전쟁이 일어났다고 전해진다.

● 성수호천사 에이와스의 목소리

영국의 마술사 크로울리(1875~1947)의 대표작으로 **성수호천사 에이와스**의 말을 기록한 것.

1903년, 로즈 켈리와 결혼한 **크로울리**는, 1904년에 실론으로 신혼여행을 갔을 때 아내의 임신을 알게되어 중국을 향할 예정을 취소, 영국으로 돌아왔다.

그 도중 카이로에 들러 박물관에 가까운 부라크 지구에서 아파트를 빌렸다. 거기서 이집트의 신 토트나 이 아 오의 소환을 행하고 있을 때, 신부인 로즈는 비몽사몽간에 「그들은 당신을 기다리고 있습니다」라는 말을 반복해서 들었다.

며칠 후에는 「기다리고 있던 자는 호루스였습니다」라고 말해, 크로울리가 호루스를 분노하게 만든 것에 대해서, 소환하여 사과해야 된다고 말했다.

이집트학에 무지했을 터인 로즈가 호루스의 이름을 꺼냈던 것에서 무언가를 느낀 크로울리는 「호루스는 누구냐」라고 물었다. 그러자 그녀는 크로울리를 가까운 박물관으로 데려가 어떤 유리 케이스를 가리켰다. 거기에는 호루스 신의 초상이 있었고, 그 전시번호는 "666"이었다. 이리하여 크로울리는 소환을 거행하고 성수호천사 에이와스의 목소리를 듣게 된다.

소환은 1908년 4월 8일부터 3일간 계속되었고, 크로울리가 의식을 한 뒤에, 펜을 들고 백지를 향하자 방안 구석 쪽에서 왼쪽 어깨를 넘어 목소리가 들려왔다. 크로울리는 이 목소리를 받아적어, 합계 220절의 『법의 서』를 완성했다. 절의 수로부터 『220의 서』라고 불리거나 『AL의 서』라고 불리기도 한다.

『법의 서』에 대해서는 출판되고나서, 9개월뒤에 전란이 일어났다는 소문도 있다.

법의 서의 성립

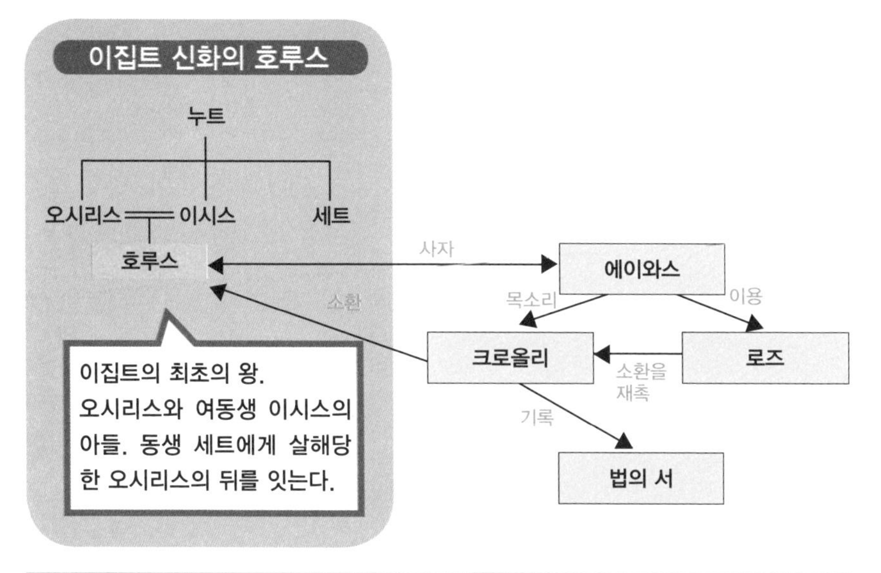

법의 서와 숫자

220절 = 22 x 10
(전체의 절의 수)
헤브라이 문자의 수
세피로트의 수

65매 → 6 + 5 = 11
(원고의 장수)
클리포트(악마판 세피로트)의 수

666 → 성서에 기록된 신의 적대자의 수
(호루스 신의 초상의 전시번호)

관련항목
●창조의 서
●광휘의 서
●그리모어
●에티오피아어 에녹서

색인

참고문헌

『도교사전(道教事典)』 平河出版社-
『「도교」 대사전(道教大事典)』 新人物往来社
『성마술의 세계(性魔術の世界)』 プランシス·キング/国書刊行会
『이미지로 보는 박물지4 마술-또 하나의 유럽 정신사(イメージの博物詩 4 魔術—もう一つのヨーロッパ精神史)』 プランシス·キング/平凡社
『도설 아베노세이메이와 음양도(図説 安部晴明と陰陽道)』 山下克明監修/河出書房新社
『뱀과 무지개(蛇と虹)』 ウェイド·デイヴィス/草思社
『좀비전설(ゾンビ伝説)』 ウェイド·デイヴィス/第三書館
『역과 점의 과학(暦と占いの科学)』 永田久/新潮社
『마법-그 역사와 정체(魔術—その歴史と正体)』 K·セリグマン/平凡社
『신비학 대전(神秘学大全)』 ルイ·ポーウェル、ジャック·ベルジュ/サイマル出版会
『신 천일야화(新千一夜物語)』 羽仁礼/三一書房
『마도구 사전(魔道具事典)』 山北篤監修/新紀元社
『뇌 속의 원더랜드(脳の中のワンダーランド)』 ジェイ·イングラム/紀伊国屋書店
『괴물 해부학(怪物の解剖学)』 種村季弘/青土社
『전석한문대계9 역경 상(全釈漢文大系 9 易径 上)』 鈴木由次郎/集英社
『렌느 르 샤토의 수수께끼(レンヌ=ル=シャトの謎)』 マイケル·ベージェント、リチャード·リ、ヘンリー·リンカーン/柏書房
『슈타이너 입문(シュタイナー入門)』 西平直/講談社
『마법 · 마술(魔法·魔術)』 山北篤/新紀元社
『에메랄드 타블렛 대예언(エメラルド·タブレット大予言)』 上坂晨/三笠書房
『에메랄드 타블렛(エメラルド·タブレット)』 M.ドウリル/竜王文庫
『아브라멜린의 마술(アブラメリンの魔術)』 S.L.マグレガー·メイザース Church of Wicca
『마술(魔術)』 学習研究社
『초 이상현상의 수수께끼에 도전(超常現象の謎に挑む)』 コリン·ウイルソン監修/教育社
『고등 에녹마술 실천교본(高等エノク魔術実践教本)』 ジェラード·J シューラー/国書刊行会
『오컬티즘 사전(オカルティズム事典)』 アンドレ·ナタフ/三交社
『마도서 솔로몬왕의 열쇠(魔道書ソロモン王の鍵)』 青狩団/二見書房
『성서 백과전서(聖書百科全書)』 ゾョン·ボウカー/三省堂
『마녀사냥의 사회사(魔女狩りの社会史)』 ノーマン·コーン/岩波書店
『세계 점술 대사전(世界占術大事典)』 日本占術協会編/実業之日本社
『고등마술의 교리와 제의(高等魔術の教理と祭儀)』 エリファス·レヴィ/人文書院
『대 알베르토스의 비법(大アルベルトゥスの秘法)』 アルベルトゥス·マグヌス/河出書房新社
『레메게톤(レメゲトン)』 ロン·ミロ·ドゥゲット、プリシュラ·シュウイ/魔女の館BOOKS
『아브라카타브라 기술의세계사(アブラかダブラ奇術の世界史)』 前川道介/百水社
『도설 아서왕 전설사전(図説 アーサー王伝説事典)』 ローナン·コグラン/原書房
『카발라(カバラ)』 箱崎総一/青土社
『신 플라톤주의자(ネオプラトニカ)』 新プラトン主義教会編/昭和堂
『초이상 과학 수수께끼 사전(超常科学謎学事典)』 秘教科学研究会編/小学館
『밀교(密教)』 正木晃/講談社

참고문헌

「SF 잡지의 역사(SF雑誌の歴史)」 マイク・アシュリー/東京創元社
「프리메이슨이란 무엇인가(プリーメーソンとは何か)」 赤間綱/三一新書
「에피소드 마법의 역사(エピソド魔法の歴史)」 ゲリー・ジェニングス/社会思想社
「오오에도 마법진(大江戸魔方塵)」 加門七海/河出書房新社
「세계 신비학 사전(世界神秘学事典)」 荒俣宏編/平河出版社
「마술의 제국(魔術の帝国)」 R.J.W.エヴァンズ/平凡社
「지옥사전(地獄の事典)」 コラン・ド・プランシー/講談社
「Millenium Prophecies」 Stephen skinner / Carolton
「Gods & Demons」 Amanda O'Neill / Grange Books
「Egyptian Magic」 E.A. Wallis Badge / RKP
「Harper's Encyclopedia of Mystical & Paranormal Experience」 Rosemary Ellen Guiley / castle
「The Book of Enoch」 R.H.Charles역 / SPCK
「Hamlyn History Supernatural」 Karen Farrington / Hamlyn
「Mystics and Prophets」 Parragon

AK Trivia Book No.16

도해 근대마술

초판 1쇄 인쇄 2012년 6월 25일
초판 1쇄 발행 2012년 6월 30일

저자 : 하니 레이
펴낸이 : 이동섭
번역 : 문우성
편집 : 이민규
디자인 · DTP : 스페이스 와이
커버 일러스트 : 시부야 유지
본문 일러스트 : 하라다 유코, 후쿠치 타카코
한국어판 디자인 · DTP : 이혜미, 이은영
마케팅 : 송정환, 홍인표
관리 : 이윤미

펴낸곳 : (주)에이케이 커뮤니케이션즈
등록 : 1996년 7월 9일 (제302-1996-00026호)

주소 : 140-848 서울특별시 마포구 서교동 461-29 2층
TEL : 02-702-7963~5
FAX : 02-702-7988
www.amusementkorea.co.kr
cafe.naver.com/akpublishing

ISBN 978-89-6407-325-4 03830

図解 近代魔術
"ZUKAI KINDAI MAJYUTSU" by Rei Hani

Originally published in Japan by Shinkigensha Co Ltd Tokyo.
This Korean edition published by arrangement with Shinkigensha Co Ltd Tokyo
in care of Tuttle-Mori Agency, Inc Tokyo.